ENTRE MUNDOS

PEDRO IVO E RODRIGO DE OLIVEIRA

ENTRE MUNDOS

COPYRIGHT © FARO EDITORIAL, 2021

Todos os direitos reservados.
Nenhuma parte deste livro pode ser reproduzida sob quaisquer meios existentes sem autorização por escrito do editor.

Diretor editorial **PEDRO ALMEIDA**
Coordenação editorial **CARLA SACRATO**
Preparação **GABRIELA ÁVILLA**
Revisão **BÁRBARA PARENTE E CÉLIA REGINA**
Capa e diagramação **OSMANE GARCIA FILHO**
Ilustrações **PEDRO IVO**

Dados Internacionais de Catalogação na Publicação (CIP)
Angélica Ilacqua CRB-8/7057

Oliveira, Rodrigo de
    Entre mundos / Rodrigo de Oliveira, Pedro Ivo – São Paulo : Faro Editorial, 2021.
    288 p.

ISBN 978-65-5957-015-7

1. Ficção brasileira 2. Contos de horror I. Título II. Ivo, Pedro

21-2163   CDD-B869.3

Índice para catálogo sistemático:
1. Ficção brasileira

1ª edição brasileira: 2021
Direitos de edição em língua portuguesa, para o Brasil, adquiridos por **FARO EDITORIAL**

Avenida Andrômeda, 885 – Sala 310
Alphaville – Barueri – SP – Brasil
CEP: 06473-000
www.faroeditorial.com.br

**MILAGRE PARA ALGUNS,
MALDIÇÃO PARA OUTROS.**

DOR INFINITA 11
FRANKENSTEIN 26
OS MORTOS FALAM 46
OS PORTÕES DO CEMITÉRIO 64
BODAS DE TURQUESA 89
MEDIA ONE 98
RENAN 104
SEGREDOS DE FAMÍLIA 115
SOB SUSPEITA 137
O PARANORMAL 153
O COMANDANTE 166
O INVESTIDOR 184
O ASSASSINO 213
PRISÃO 224
REVELAÇÕES 234
O AÇOUGUEIRO 246
A PROMESSA 257
NÃO ME DEIXE SÓ 271
EPÍLOGO 281

NOTA DOS AUTORES

OS PROCEDIMENTOS MÉDICOS DESCRITOS NESTE LIVRO SÃO PERIGOSOS E NÃO DEVEM SER REPETIDOS SOB HIPÓTESE ALGUMA.

DOR INFINITA

Já eram quase duas horas da manhã quando Miguel chamou o filho e a esposa para irem embora daquela festa. A comemoração familiar seguia animada e parecia que ainda iria longe, mas eles tinham pela frente uma estrada de cerca de duas horas até chegar em casa, em uma cidade no interior do estado, a 150 quilômetros da capital, onde aquele evento estava acontecendo. Por isso, Miguel decidiu que era melhor que ele, Rubens e Flávia partissem naquele momento.

O filho conversava animadamente com Tânia, uma amiga de infância, quando Miguel se aproximou. O pai, vendo a cena, sorriu, pois sabia muito bem o que o jovem sentia pela moça, apesar de ele negar veementemente que houvesse algo além de amizade entre eles. Ele simpatizava com a jovem, mesmo ela tendo um passado terrivelmente conturbado e agora exibindo uma aparência um tanto quanto intimidadora, para dizer o mínimo, com tantas tatuagens pelo corpo e uma maquiagem bem pesada.

Flávia também se aproximou dos adolescentes e não se conteve ao ver a "nova" aparência da jovem:

— Tânia, não estou acreditando que você fez isso! — comentou a mãe de Rubens, observando os braços da moça riscados e coloridos. — Seus tios não te mataram?

— Bom, eles ficaram furiosos — ela respondeu sorrindo. — Ameaçaram inclusive denunciar meu tatuador, já que sou menor de idade, mas eu disse que não contaria quem ele era nem sob tortura. Fiz enquanto eles estavam viajando.

Tânia tinha só dezessete anos, mas era uma das pessoas mais decididas que Rubens já conhecera na vida. Ela era arrojada, corajosa, incrivelmente irônica e incisiva quando provocada. Com a pele outrora muito branca e os cabelos negros lisos, a moça sempre teve aparência angelical, mas agora ela havia passado por uma transformação total ao adquirir um estilo gótico.

— Você é maluca, mas eu te admiro! Também tenho vontade de fazer algumas dessas — ele disse, tocando o braço dela de leve.

— Quando você for maior de idade e pagar as próprias contas, fique à vontade — Flávia falou, enquanto Rubens fazia uma careta.

— Vamos embora, então? Já está muito tarde e desse jeito não vou conseguir ficar acordado na estrada — Miguel falou, enquanto conferia o relógio mais uma vez.

— Você bebeu muito! Nunca que eu vou deixá-lo dirigir nesse estado! — disse Flávia ao notar que o marido estava bem alcoolizado.

— Você também bebeu bastante, não é verdade? — Miguel retrucou, olhando para a esposa, que também parecia um pouco zonza.

— Só tomei duas taças de champanhe, o que foi muito menos que você — ela falou, um pouco sarcástica.

— Pode ser melhor ficarmos mais um pouco, então, assim esperamos nós dois melhorarmos — Miguel contemporizou.

— Sim, vamos ficar mais um pouco, não tem por que ter pressa! — Rubens completou, animado com a ideia de continuar conversando com Tânia.

— Não tem necessidade! Eu estou em condições de dirigir, já faz tempo que parei de beber. Vamos para casa agora, sim, estou bem cansada — Flávia argumentou, destruindo as esperanças do filho.

— Bom, então é melhor a gente se despedir, né? Pelo visto, nos veremos agora só na faculdade, certo? — Tânia comentou, sorrindo por causa do olhar de decepção de Rubens.

— Isso se eu conseguir passar no vestibular, né? — Rubens respondeu, levemente irritado.

— Olha, se você não conseguir, ninguém mais consegue. Nunca conheci alguém mais inteligente! — ela respondeu, sincera. — Eu é que preciso estudar igual a uma louca, tenho muito mais dificuldade — ela falou, ciente de que, se não conseguisse entrar em uma faculdade pública, jamais teria condições de fazer o ensino superior.

— Então continue estudando muito! Conto com você para ser minha companheira de aventuras quando eu me mudar para cá — Rubens falou, dando uma piscadinha para a amiga.

— Nós inclusive já combinamos com o Alex e com o Ryan, que vão alugar para o Rubens a edícula da casa deles quando ele vier para a faculdade. Assim ele vai poder morar com alguém da nossa confiança. Para eles vai ser ótimo, porque a casa que compraram é enorme e eles não têm filhos — Flávia comentou.

— A fofoca, Tânia, é que eles pagaram muito barato pela casa por causa da suspeita de que ali aconteceu um assassinato, acredita? — Rubens contou para a moça com ar de divertimento.

— Ah, Rubens, isso era só uma suspeita da polícia, nunca se comprovou nada. A verdade é que o mercado estava em crise e eles conseguiram fazer um ótimo negócio — Flávia comentou.

Rubens e Tânia trocaram mais algumas palavras, aproveitando que ele estava na cidade grande, o que era cada vez mais raro nos últimos tempos. Ia apenas a eventos de amigos ou da família.

Em seguida, ele e os pais se despediram de todos e partiram.

Rubens jogava no celular enquanto ouvia a conversa animada dos pais nos bancos da frente do carro. Flávia dirigia, pois tinha sido irredutível quanto àquilo, e Miguel precisou se conformar em viajar como passageiro.

— No ano que vem, nossa vida vai ser bem diferente. Vai ser estranho não ter você em casa todos os dias.

— Vocês falam como se eu já tivesse passado no vestibular! Eu queria ter essa mesma certeza — Rubens falou sério. — A concorrência é enorme e está superdifícil entrar. A Tânia tentou no ano passado e não conseguiu, e olha que ela estuda muito.

— Filho, você tem 158 de QI, quase como o Albert Einstein! E nunca tirou uma nota abaixo de 9 na sua vida; não há risco nenhum de não passar no vestibular.

— Uma vez eu tirei 7 — o jovem retrucou.

— Educação física não conta, não se faça de tonto — Miguel falou, divertido.

Rubens sorriu. Ele adorava o senso de humor do pai e a genuína relação de amizade entre os dois. Depois de alguns minutos de viagem, o cansaço começou a vencer o adolescente. Desistiu de jogar e colocou uma música para ouvir no celular. Olhou para o *smartphone* e sorriu. Para muitas pessoas, aquele tipo de aparelho era apenas um objeto qualquer, para uso corriqueiro, mas cujo funcionamento se revestia de absoluto mistério. Para ele, entretanto, tratava-se de algo muito óbvio. Rubens era capaz de desmontar e remontar um celular daquele de olhos fechados, com perfeito entendimento de como funcionavam os componentes e os aplicativos. Por isso, pretendia estudar engenharia da computação na faculdade. Aquele era seu talento, seu superpoder.

Depois de alguns instantes relaxando, ele finalmente caiu no sono.

Rubens acordou com um estrondo e com o carro inteiro sacolejando com violência extrema. Sentiu como se o ar de dentro do veículo o estivesse comprimindo de todas as direções, esmagando seus ossos e órgãos. Queria abrir os olhos, mas tudo acontecia tão rápido que esse simples gesto parecia impossível. Sentia tudo girando convulsivamente, enquanto um barulho de metal sendo amassado o envolvia. Ele experimentou o gosto de vidro e sangue na boca, enquanto o tórax era pressionado pelo cinto de segurança, que tentava mantê-lo colado ao banco a qualquer custo.

Enquanto o veículo capotava, a cada novo impacto no chão, Rubens tinha a impressão de que a qualquer momento seus ossos seriam projetados para fora do corpo, rompendo músculos e artérias.

Depois de tombar três vezes, finalmente o carro parou, com as rodas no asfalto, no meio da rodovia. O jovem, entretanto, ainda não conseguia abrir os olhos, mesmo sabendo que haviam sofrido um acidente grave e que precisava se mover. Seu corpo parecia anestesiado, entorpecido.

— Filho! Você está bem?! — Miguel gritou, fazendo com que Rubens abrisse os olhos, o que exigia um esforço gigantesco. — Fala comigo, filho!

— Eu estou bem... — ele falou, olhando finalmente para o pai. Ele se surpreendeu com o que viu: o rosto de Miguel estava coberto de sangue. — Pai, você está ferido?!

— Eu estou bem, não se preocupe! — ele exclamou, enquanto tentava verificar a situação da esposa, que aparentemente estava desmaiada. — Flávia, fala comigo, amor, acorda!

Desesperado, Miguel saiu do carro e se assustou ao ver o veículo todo destruído e atravessado no meio da rodovia. Eles tinham colidido com outro automóvel, que vinha em sentido oposto, e, agora, também se encontrava arrebentado no meio da via, a uns 30 metros de distância.

— Meu Deus! — Miguel murmurou chocado. Em seguida, caminhou com dificuldade até a porta do motorista e viu que a esposa estava tentando recobrar a consciência. O vidro da janela tinha sido destruído e por isso ele conseguiu falar com ela sem abrir a porta do carro.

— Flávia, minha querida, você está bem? — Miguel perguntou, assustado, porém esperançoso, quando viu a esposa abrir os olhos.

— Eu... acho que sim... minhas pernas estão presas... — ela falou, ofegante. — Amor, desculpe, eu acho que dormi na direção, eu...

— Você dormiu?! Caralho, mãe, você não falou que...
— Desculpe, filho, eu...
— Rubens, fica calmo, não foi culpa da sua mãe, eu vou pedir...

Nenhum deles conseguiu concluir as frases. Um caminhão de pequeno porte surgiu do escuro, raspou na lateral do carro e arrastou Miguel para longe, diante do olhar aterrorizado de Rubens e Flávia, que gritaram em uníssono diante da cena impensável.

Depois disso, a visão de Rubens escureceu e ele não viu mais nada.

Qual é o seu nome?
— Eu... não sei. Quer dizer, eu... desculpe, quem é você? — perguntou, confuso.

Diante dele havia um desconhecido, que vestia farda e o encarava com preocupação. Ao fundo, ele conseguia escutar diferentes sons, como sirenes de ambulância, pessoas conversando e, bem mais ao longe, buzinas de carros disparadas por motoristas impacientes.

— Eu sou o soldado Mateus, da Polícia Rodoviária Federal. Você está sentindo alguma dor?

— Não sei... acho que sim — falou o rapaz de forma desconcertada, sem fazer ideia de por que estava travando aquela conversa com um estranho. Quando moveu o braço, o jovem sentiu uma dor aguda, que o fez retrair-se enquanto esboçava uma careta. — Sim, estou sentindo muita dor. O que aconteceu comigo?

— Qual é a última coisa de que você se lembra? — o soldado perguntou com educação, desviando-se deliberadamente da pergunta.

— Não sei, está tudo muito confuso... Eu estava no carro, jogando no meu celular. Depois, senti muito sono e decidi dormir um pouco durante a viagem... Onde nós estamos? Que horas são?!

— Nós estamos na rodovia intermunicipal e agora são 3h20 da manhã — o soldado informou consultando o relógio de pulso. Naquele instante, um segundo homem, também fardado, se aproximou. Ele acendeu uma lanterna pequena diante dos olhos perplexos do jovem, que fechou a cara quando a luz feriu suas retinas.

— Alguma mudança? Ele conseguiu se lembrar de alguma coisa? — o recém-chegado perguntou.

— Quase nada. Já o questionei várias vezes, mas ele não consegue se lembrar nem mesmo do próprio nome, mas se recorda de estar no carro — o soldado falou.

— Nós já tivemos esta conversa antes? — o jovem perguntou, surpreso. — Eu não me lembro.

— Sim, algumas vezes nos últimos minutos — o soldado informou. — Não se recorda de nada mesmo?

— Rubens. Eu me chamo Rubens — o rapaz falou de forma automática. Até ele se surpreendeu quando pronunciou o próprio nome, e sentiu como se estivesse se referindo a outra pessoa. — Quem é o senhor?

— Eu sou o doutor Tobias, eu e minha equipe somos responsáveis pelos atendimentos de emergência aqui na rodovia — o médico falou, enquanto checava os sinais vitais de Rubens. — Você está sentindo alguma...

— Meus pais! — Rubens gritou de repente, já se colocando de pé em sobressalto, surpreendendo o médico. — Onde estão os meus pais?

— Calma, Rubens, sente-se, você precisa se acalmar agora — o doutor Tobias falou, colocando as mãos nos ombros do rapaz, que, no entanto, não se sentou. Permaneceu alerta e em pé. Finalmente, o jovem começou a entender onde estava.

Ele olhou à sua volta e viu as luzes de vários carros de polícia e ambulâncias ao redor. A alguns metros dali, um homem era imobilizado por um grupo de médicos. Um deles colocava um colar cervical no pescoço do infeliz, que parecia muito ferido, enquanto outro aparentemente tentava conectar uma agulha à sua veia.

— Espera, quem é aquele? É o meu pai? — Rubens perguntou, em pânico, tentando reconhecer o homem deitado no asfalto da rodovia. Mais à frente, era possível ver outra pessoa também estendida no chão. Rubens arregalou os olhos ao notar que era alguém coberto

por uma lona preta. Quem quer que fosse, já tinha partido para o mundo dos mortos. — Quem está ali? Quem morreu?!

— Rubens, acalme-se, aqueles são os ocupantes do outro carro, um casal que estava viajando na direção oposta — o médico explicou, tentando conter o jovem, mesmo sabendo que seria impossível. — Por favor, sente-se, você passou por uma experiência muito difícil.

— Quem está debaixo da lona? Quem morreu? — Rubens perguntou novamente, quase ríspido dessa vez.

— Uma moça de uns 25 anos, não sabemos ainda o nome dela. Fique sentado, por favor.

Rubens engoliu em seco. Morrer tão jovem parecia uma ofensa às leis da natureza. Quem seria aquela mulher? Haveria em algum lugar uma família esperando por ela que nunca mais a veria com vida?

— Eu não vou me sentar, quero saber onde estão os meus pais! O que está acontecendo?

— Rubens, calma, por favor. Quantos anos você tem? — o médico perguntou, tentando tranquilizar o jovem.

— Eu tenho dezesseis anos — ele respondeu, após alguns instantes de hesitação. Não queria desviar o assunto, precisava de respostas.

— Tenho um filho quase da sua idade, e sei que vocês, jovens, têm urgência em saber de tudo, mas preciso de verdade que você se tranquilize e...

Naquele instante, entretanto, o véu da memória foi removido. As lembranças que Rubens estava reprimindo foram resgatadas e o atingiram como um soco no estômago. O jovem sentou-se, não porque o médico pedira, mas porque sabia que, se assim não o fizesse, acabaria caindo.

— Meu Deus... eu me lembrei de tudo — ele sussurrou, com as lágrimas queimando seus olhos. — Meu pai! Onde está o meu pai? — Rubens berrou desesperado. O médico e o policial viram, pelo olhar do jovem, que ele finalmente estava lembrando o que havia acontecido.

— Rubens, filho, respira fundo. Você vai precisar de tranquilidade para lidar com essa situação. O motorista do caminhão não conseguiu desviar — o médico falou com suavidade, compadecido do olhar de desespero do rapaz. — Sua mãe está bem, nossa equipe conseguiu tirá-la do carro. Estão se preparando para levá-la para o hospital.

— Meu pai... morreu?! — Rubens perguntou em um sussurro, sentindo a pulsação acelerar.

— Não, Rubens. E por isso você precisa ser forte. Seu pai está em estado crítico, mas está vivo e pedindo para falar com você — o médico disse, sentindo o coração sangrar ao ver a dor e o desespero estampados na face do rapaz.

Rubens caminhava, amparado pelo médico e pelo soldado, em meio a um cenário de destruição total. Pedaços dos veículos estavam espalhados por todos os lados, enquanto carros da polícia, dos bombeiros e ambulâncias se encontravam estacionados de ambos os lados da rodovia. Mais à frente, um caminhão-baú pequeno estava enfiado no *guard rail*, e uma fumaça saía do capô destruído.

Rubens estava visivelmente ofegante; sua cabeça girava e a boca se tornara seca. Os olhos estavam cheios de lágrimas, prestes a desabar. Ele queria desmaiar, perder a consciência, desaparecer dali; não podia acreditar no que estava vivendo. Achava que iria vomitar a qualquer momento e sentia-se como um condenado sendo levado para a cadeira elétrica, obrigado a fazer a pior coisa do mundo.

Ao se aproximar do caminhão e olhar a cena, o jovem perguntou, rezando para ter entendido errado:

— Ele está debaixo desses ferros? É isso mesmo?

— Sim, está. Ele está quase sem dor, fizemos os primeiros socorros, mas não temos como tirá-lo daí sem machucá-lo gravemente, Rubens, sinto muito. É muito arriscado. Para removê-lo com segurança, será necessário aguardar a chegada de outros equipamentos, mas já soubemos que vão levar quase uma hora para estar aqui.

— Mas ele aguenta por tanto tempo?

— Olha, vou ser honesto com você: achamos que ele não vai resistir por muito mais tempo. Por isso, acho, de verdade, que você precisa falar com ele agora. Talvez seja a última chance de vocês conversarem. Acredite em mim, já passei por isso.

Rubens escutou aquilo e sentiu o estômago revirar mais uma vez. Não podia acreditar. Por quê? Tudo estava tão bem alguns minutos antes! Por que a mãe dele decidiu dirigir? Por que ela simplesmente não acatou a sugestão do seu pai? Tudo teria sido diferente se ela não tivesse insistido naquela ideia estúpida...

Rubens meneou a cabeça tentando afastar aqueles pensamentos que pareciam querer levá-lo à loucura. Ele precisava ser forte, seu pai tinha que ser sua prioridade naquele instante.

Três enfermeiros estavam deitados no asfalto, enfiados sob o caminhão, tentando prestar atendimento a Miguel. Um deles, vendo Rubens se aproximar, falou com o doutor Tobias.

— Ele é o filho?

— Sim, ele mesmo — o médico respondeu.

— Tem certeza de que é uma boa ideia? Ele é apenas um garoto, eu achei que fosse mais velho, pois o pai não para de falar que o filho vai para a faculdade no ano que vem!

— É, ele é novo, mas que escolha nós temos? — respondeu o médico. Não podia negar a um moribundo a chance de se despedir do único filho.

O enfermeiro soltou um suspiro pesado.

Rubens começou a tremer, olhando para o caminhão, tal qual um imenso sarcófago de metal que agora aprisionava seu pai. Um dos enfermeiros falou com Miguel, que ainda permanecia invisível para Rubens.

— Seu filho está aqui, aguenta firme!

Rubens sentia o mundo inteiro ficar ainda mais escuro ao seu redor, mas, ao mesmo tempo, parecia captar todos os detalhes daquela cena, a placa e o modelo do caminhão, o número de ambulâncias paradas e de bombeiros que participavam do resgate e tudo o mais que ali acontecia.

Quando chegou próximo ao veículo, sua coragem finalmente se esvaiu. Ele não conseguiria fazer aquilo, não queria seguir em frente. O enfermeiro, ajoelhado ao lado do caminhão, esticou a mão para ele, oferecendo-se para ajudá-lo a se abaixar.

— Venha, seu pai está aqui — o enfermeiro falou. — Coragem, está tudo bem.

— Filho? Você está aí? — Miguel gritou sob o caminhão com uma voz fraca, no limite de suas forças.

Rubens chegou a colocar um dos joelhos no chão, mas, quando começou a se abaixar e enxergou parcialmente Miguel preso debaixo do veículo, esmagado contra o asfalto, sua coragem implodiu.

— Não... não consigo... desculpe... — Rubens murmurou, com as lágrimas caindo copiosamente. — Eu sinto muito, pai...

— Rubens, fala com seu pai, é melhor você...

— EU NÃO CONSIGO! NÃO! NÃO POSSO!!! — Rubens gritou, apavorado e destruído. Aquela não era a última imagem que queria guardar do pai. Ele queria se lembrar de Miguel como o homem cheio de vitalidade, brincalhão e caloroso que sempre havia sido. Vê-lo mutilado sob toneladas de aço, exalando seus últimos suspiros, era algo que não teria como suportar.

Rubens se soltou das mãos do médico e do policial e correu na direção oposta. Todos que ali estavam, policiais, bombeiros, médicos e outros motoristas, viram aquela cena desoladora: um adolescente de dezesseis anos correndo pela rodovia, de madrugada, em meio a pedaços de carros destruídos, com lágrimas voando dos olhos, enquanto o vento gélido da madrugada fustigava-lhe o rosto.

— Rubens! — Miguel gritou como pôde, preso sob a carroceria, chorando também, enquanto sua consciência se esvaía e sua alma mergulhava no vazio. — Eu te amo, filho! Sempre vou te amar, não se esqueça disso! Não se esqueça de mim!

E, assim, pai e filho nunca mais se viram.

* * *

Durante o funeral, Rubens não conseguiu sequer chegar perto do caixão, que permaneceu fechado o tempo todo. Ele não conversou com ninguém, nem mesmo com Tânia. E, quando sepultaram o corpo de seu pai, o jovem assistiu a tudo de longe, sozinho, isolado dos amigos e familiares. A dor e o ódio queimavam-no por dentro.

Como saldo, a relação de Rubens com a mãe foi completamente destruída.

FRANKENSTEIN

Rubens caminhava apressadamente por uma das muitas ruas degradadas da região central da capital. Ele praticamente corria, não apenas porque estava atrasado para o trabalho, mas também porque aquele era um conhecido reduto de tráfico e consumo de drogas, prostituição e assaltos.

Consumidores de crack haviam improvisado barracas sobre as calçadas. Mendigos disputavam os espaços sob marquises e toldos, cercados por grafites e pichações nos muros. O lixo se acumulava por todos os lados, pois nenhum caminhão de coleta passava por ali havia semanas.

O rapaz se apressou para atravessar aquele trecho, que fedia a urina, até finalmente chegar à pequena empresa de conserto de aparelhos eletrônicos na qual trabalhava. Tratava-se de uma entre os milhares de lojas existentes naquele pedaço deteriorado da cidade.

— Bom dia, Rubens! Já estava pensando que você não fosse chegar hoje — cumprimentou Juliana, a mulher morena de meia-idade que recepcionava os clientes da eletrônica. Ela nem sequer desviou o olhar do telefone celular enquanto falava, ocupada demais conferindo seu feed de notícias no Facebook.

— Bom dia. Ele já chegou? Estou encrencado? — o rapaz perguntou, passando apressadamente para o outro lado do balcão e batendo seu cartão de ponto. Segundo o relógio de parede, ele estava quase uma hora atrasado.

— Garanto que ele não está feliz, já te xingou bastante. Seu Mário acabou de sair para tomar um café, mas já deve estar voltando. Acho melhor você se preparar, porque hoje é dia de levar bronca de novo. Mas você já deve estar acostumado, não é? — Juliana falou em tom maldoso.

Aquela mulher era amarga e parecia gostar quando o dono da empresa, um descendente de italianos de sangue quente e paciência curta, perdia as estribeiras com Rubens, algo que acontecia com uma frequência incrível. No fundo, ela torcia para que o rapaz fosse demitido, pois achava um desaforo todo mundo se esforçar para chegar no horário e ele se atrasar quase todos os dias.

— Eu nunca me acostumo com essa parte, mas agradeço a sua preocupação — Rubens respondeu em voz alta enquanto colocava a marmita dentro da geladeira dos funcionários. Os demais técnicos olharam para ele. Alguns, que tinham idade para ser pais dele, balançaram a cabeça em sinal de desaprovação. Aos dezessete anos, Rubens era o mais jovem funcionário da empresa.

— Menino, você não se emenda mesmo! — uma voz feminina soou logo atrás dele. Ele se virou e deu de cara com a faxineira da empresa, uma mulher negra de cerca de sessenta anos, conhecida por todos como Dona Margarete. Como de costume, ela estava sorrindo para ele. Além de ser, certamente, a pessoa mais bem-humorada daquela empresa, era a única com quem ele se dava realmente bem, apesar de serem muito diferentes.

— Eu sou assim, o que posso fazer? — falou sorrindo e deu um beijo estalado na bochecha da mulher, correndo para sua área de trabalho.

— Não sei por que o patrão tolera isso, eu já teria demitido esse garoto — disse Jair, um dos funcionários mais antigos. E fez questão de falar isso suficientemente alto para que Rubens escutasse.

O rapaz assumiu sua bancada e conferiu suas ordens de serviço. Como sempre, era o profissional com mais tarefas. A área de conserto de celulares, pela qual Rubens era responsável, tinha se tornado o carro-chefe da empresa desde que ele começara a trabalhar lá. Os demais serviços, como conserto de televisores ou aparelhos de som, eram tocados por mais funcionários e tinham muito menos demanda.

— Eu também não sei. Honestamente, nem eu me suporto! — Rubens falou, franzindo a testa e avaliando o que precisava ser feito com o primeiro aparelho do dia. As ordens de serviço eram organizadas por prioridade, e havia três aparelhos classificados como casos urgentes.

— Você se considera o melhor de todos, não é mesmo, Rubens? Até parece que você é o dono de tudo aqui — Jair falou, mal-humorado, olhando para o menino por cima dos óculos.

— Gosto mais de me imaginar como uma arma secreta do patrão, sabe? O cara que sempre aparece na hora certa para salvar o dia, abalar as estruturas, dar o show — Rubens falou sério, sem desviar o olhar do aparelho quebrado. Jair bufou ao ouvir aquilo; o garoto sabia ser irritante quando queria.

Com uma habilidade impressionante, ele abriu o aparelho, identificou o problema, trocou as peças defeituosas e o remontou. Rubens praticamente não parava para pensar, apenas enxergava aquele mundo de microchips com uma clareza sem igual. Em minutos já tinha deixado o aparelho ligado em uma bancada próxima, atualizando o sistema operacional para testar depois, e trabalhava no caso seguinte.

Jair olhava aquela dança de aparelhos inconformado e se perguntava como alguém podia ser tão rápido. Não fazia sentido. Rubens produzia por três pessoas, e seus consertos tinham taxa de sucesso de praticamente cem por cento.

Quando o senhor Mário chegou e viu o rapaz trabalhando de forma frenética, rumou até ele de cara fechada. Sua paciência já era curta, mas Rubens sempre conseguia achar mais formas de irritá-lo.

— E aí, perdeu a hora de novo? Seu celular não está despertando na hora certa? Talvez você devesse levá-lo para um técnico verificar o que está acontecendo — falou o dono, com olhar de pedra.

— Não, senhor, eu saí no horário de sempre, o trânsito estava parado e o ônibus atrasou muito, mil perdões — Rubens justificou-se, enquanto fechava mais um aparelho.

— Você sempre usa a mesma desculpa, nunca vi tanta cara de pau! Quase todo dia seu ônibus atrasa, já considerou a possibilidade de sair mais cedo? — o patrão perguntou irritado. — Não sei por que ainda aguento isso, ninguém merece!

— Também não sei — Jair interveio em voz baixa, fingindo que trabalhava. Ele estava mesmo interessado na bronca que esperava que Rubens tomasse.

— Seu Mário, peço desculpas de verdade, estou me sentindo mal por tantos atrasos, vou melhorar, prometo — ele falou com tanto cinismo que o patrão sorriu de leve enquanto suspirava.

— Ah, se eu ganhasse uma moeda toda vez que ouvisse isso, eu já estaria rico!

— Olha, isso eu não sei, mas o senhor tem que admitir que eu dou lucro — Rubens falou, arrumando em uma caixa plástica alguns aparelhos, cada qual acompanhado da respectiva ordem de serviço. — Ju, todos esses estão prontos, pode avisar aos donos para virem buscar!

Senhor Mário franziu a testa. Havia meia dúzia de aparelhos finalizados ali, além de mais dois em teste. E ele tinha ficado menos de uma hora fora, como era possível?

— Você fez tudo isso agora? Sério?

— Sim, senhor. Mas é como eu disse: me sinto mal pelo atraso, poderia ter feito muito mais, me desculpe — o moço falou, começando a analisar mais um aparelho.

— Tudo bem, só tente chegar no horário, pelo amor de Deus! Todo mundo consegue, você é o único que se atrasa tanto assim! — o homem falou, dando mais uma olhada na fila de aparelhos que Rubens tinha para arrumar. Naquele ritmo, todos estariam consertados até o fim do dia. O garoto era um fenômeno, esse era o motivo pelo qual ele aturava tantos atrasos.

— Sim, senhor, vou fazer isso, sinto muito mais uma vez.

Quando o senhor Mário se dirigiu para a sua sala, no fundo da loja, Rubens decidiu ir ao banheiro. Ao fazer isso, parou ao lado da bancada de Jair, que o encarou, como se perguntasse o que o rapaz queria.

— Olha só, preciso ser sincero; na realidade, eu não me sinto mal. O problema é que não gosto mesmo de acordar cedo, sabe? E nunca pego trânsito. Meu ônibus é pontual igual a um relógio suíço! — Rubens falou baixo, como se estivesse comunicando algo muito importante, que só Jair deveria saber. O homem ficou irritadíssimo.

— Como é que é?! E você fala isso para mim desse jeito?! — o homem vociferou. Os demais funcionários olharam para eles perguntando-se o que Rubens estaria aprontando daquela vez.

— É como eu disse: eu sou a arma secreta! — o rapaz falou, abrindo as mãos como se mostrasse uma explosão. Depois virou as costas para Jair e foi ao banheiro, vitorioso.

— Ei, quer ficar surdo? Abaixa isso, pelo amor de Deus, menino! — Dona Margarete praticamente gritou enquanto ouvia o som atordoante que vinha do celular de Rubens. Ele gostava de ouvir rock pesado no último volume, sentado em um sofá velho no fundo da loja após o almoço. Ao ver a colega, ele sorriu e pausou a música. — Que diabos você estava escutando?

— Slipknot! — ele falou um pouco mais alto que o necessário, talvez por ainda estar sob o efeito do volume elevado da música. — Você conhece?

— Nunca ouvi falar, nem sei escrever isso — ela respondeu sincera. — E aí, quando você vai parar de pisar na bola com o patrão? Ele já está impaciente, você não tem medo de perder o emprego?

— Eu sei, preciso me endireitar; o problema é a faculdade. Eu chego tarde toda noite e tenho que acordar muito cedo no dia seguinte, não estou conseguindo conciliar — Rubens respondeu, um pouco sem graça.

— Que nada, aposto que você fica jogando no computador até de madrugada — Dona Margarete considerou, divertida. — Fala a verdade, até que horas você ficou vadiando ontem?

— Ontem não, hoje. Fui dormir às duas da manhã — Rubens sorriu de forma marota. — Mas eu também sou filho de Deus, preciso relaxar um pouco quando chego em casa, fico o dia inteiro fora!

— Eu sabia! Tenho três netos adolescentes, sei como isso funciona — disse ela, espirituosa.

— Então você me entende! — Rubens retrucou.

— Nem um pouco, para falar a verdade!

Os dois riram do comentário dela e continuaram jogando conversa fora enquanto aproveitavam o horário de almoço. Foi Dona Margarete quem reparou no celular de Rubens tocando próximo dele. O rapaz olhou para o aparelho e viu o nome no visor: Flávia Lima. Ele fez uma careta e soltou um suspiro, enquanto recusava a ligação.

— Não sei por que você cadastrou sua mãe nos seus contatos pelo nome. Não podia ter escrito somente "mãe"?

— Os especialistas dizem que não é seguro cadastrar pessoas da família desse jeito. Se alguém roubasse meu celular, meus parentes ficariam vulneráveis a golpistas, falsos sequestradores — Rubens respondeu evasivo.

— Menino, até quando você vai culpar sua mãe? A gente sempre deve perdoar os pais, sabia? — Ela o encarou com a seriedade e a doçura de quem já tinha vivido o suficiente para saber que aquilo era um erro.

— Eu não a culpo, é só que... sei lá, preciso de mais um tempo, só isso — Rubens respondeu, desviando o olhar. Aquele assunto o incomodava profundamente.

— Menino, já faz mais de um ano, não é? Pensa bem, ela deve estar sentindo muito a sua falta.

— Para mim parece que foi ontem. Eu só preciso de mais um pouco de tempo para entender tudo, ainda é muito recente — ele respondeu, sentindo vontade de encerrar aquela conversa e ir embora. Só não fazia isso porque Dona Margarete era muito querida.

— Não há muito que entender, você só precisa aceitar a vontade de Deus — a senhora falou em um tom paciente e compreensivo. — Seu pai se foi, menino, mas a sua mãe ainda está aqui, viva, precisando de atenção. Ela precisa de você, Rubinho.

— Não... faz isso, por favor — Rubens pediu com a voz meio embargada, quase suplicando. Qualquer menção ao pai falecido lhe provocava um nó na garganta. Ele não estava pronto para falar sobre aquilo. Talvez nunca estivesse.

— Menino, me escuta...

— Dona Margarete, me desculpa, estou superenrolado, preciso trabalhar — disse Rubens apressadamente, porém de forma delicada. A última coisa que ele queria na vida era ofender aquela mulher tão gentil.

— Claro, Rubinho, vai lá, antes que o seu Mário pegue no seu pé de novo. — Ela sorriu e deu uma piscadinha cúmplice para ele, que sorriu de volta.

— Deus me livre! — ele falou, caminhando para sua área de trabalho.

Dona Margarete suspirou, com pena do rapaz, que parecia completamente perdido em seus sentimentos:

— Pobre menino!

Rubens mudara para a cidade no início do ano, como havia sido combinado com o pai, e trabalhava de segunda a sábado para tentar depender menos da mãe. Todos os sábados, às duas horas da tarde, a eletrônica encerrava suas atividades e, naquele, Rubens se dirigiu para casa para o início de um feriado prolongado. A loja só abriria novamente na quarta-feira, portanto, ele teria muito tempo livre — o que, no fundo, era horrível.

Após a morte do pai, o rapaz ficara sem chão, desnorteado por ter perdido sua maior referência. Nos fins de semana e, principalmente, nos feriados, ele passava a maior parte do tempo sozinho, saindo muito raramente para beber com os colegas da faculdade, entediado, sem nada para fazer e sem coragem de retornar para a cidade natal para visitar a mãe.

Depois do acidente, a relação entre ele e Flávia se tornara insuportável. Eles se agrediam o tempo todo. Era como se Miguel fosse a argamassa que mantinha a família unida e, após sua morte, tudo tivesse se despedaçado. Já fazia meses que eles não se viam e mal se falavam.

Rubens fechou os olhos tentando afastar aquelas lembranças horríveis. Ele não queria pensar naquilo e, às vezes, sentia que a única forma de manter a sanidade era deixando seus demônios bem presos, longe da luz.

Depois de mais uma longa jornada para casa — que na verdade era a edícula do imóvel de um casal de amigos da família —, adentrou seu minúsculo reino particular, que mais parecia um depósito de lixo, mas que tinha recebido o carinhoso apelido de Lucy. Alex e Ryan tinham cumprido o compromisso de alugar aquela parte da casa para ele, assim teria um lugar seguro para morar e pessoas de confiança para ficar de olho nele.

Lucy, a edícula, era pequena e antiga, composta apenas de um quarto, banheiro, sala e cozinha, tudo em proporções bem reduzidas.

Na sala, em vez de uma estante com televisão, livros e outras coisas convencionais, Rubens tinha instalado prateleiras de metal nas quais havia várias caixas de plástico lotadas de componentes eletrônicos: aquela era a sua obsessão, adorava montar e desmontar celulares, computadores e outros aparelhos do gênero. Ele não sabia, e não tinha nenhuma vontade de aprender, sobre linguagens de programação; sua verdadeira paixão eram os chips, os processadores e os circuitos. Apesar do salário miserável, trabalhar na oficina eletrônica era como uma grande diversão para ele.

No entanto, com aquele feriado, o rapaz teria que encarar três dias chatíssimos confinado na Lucy.

Repentinamente, alguém bateu à porta. Ele já imaginava que seriam Alex e Ryan querendo ver como ele estava.

— Oi, Rubens, tudo bem por aqui? Está precisando de alguma coisa? — perguntou Alex, o mais velho do casal.

— Tudo bem, sim, obrigado, entrem, por favor — respondeu educamente.

— Ah, não podemos, já estamos com as coisas no carro. Estamos saindo agorinha para aquela viagem que tínhamos comentado — Ryan respondeu, em tom de desculpa. — Tem certeza de que você vai ficar bem esse tempo todo sozinho?

— Vou, sim, fiquem tranquilos, já estou acostumado — Rubens respondeu sorrindo.

Ele gostava muito daqueles dois. Seu pai sempre falava que eram as pessoas mais confiáveis que já tinha conhecido, e que deixaria o filho tranquilamente com eles.

— O.k., qualquer coisa nos ligue, está bem? Estaremos com o celular ligado o tempo todo — Alex falou. — Por que não vai para casa visitar sua mãe? Ela nos telefona sempre perguntando de você, está morrendo de saudade — falou com delicadeza, sabendo que aquele era um assunto complicado.

Rubens suspirou profundamente. Aquela mania que todos tinham de se intrometer em sua vida era muito irritante, embora fosse com as melhores intenções. Ele não precisava ver a mãe, só queria ser deixado em paz.

— Não se preocupem, eu vou ficar bem. Vou aproveitar o fim de semana para estudar. As provas estão chegando e eu preciso me preparar. Podem viajar tranquilos — Rubens falou encerrando o assunto.

Alex e Ryan sorriram e concordaram, mesmo sabendo que o rapaz nunca tinha estudado para uma prova na vida sequer, já que a inteligência acima da média e a memória fotográfica dispensavam esse tipo de coisa.

— Na geladeira tem um monte de coisas e no armário também. Se precisar, pode pegar, tá? — Ryan falou.

— Ah, beleza. Obrigado!

Depois de se despedirem, os dois partiram. O jovem até estava preocupado com a ideia de ficar tanto tempo sozinho, mas no fundo sentiu um alívio quando os vizinhos o deixaram; não precisava ser lembrado dos dramas familiares o tempo todo. Só queria ter uma vida normal e os problemas corriqueiros de um adolescente.

Ele tomou banho, comeu um lanche, viu televisão, conferiu suas redes sociais, voltou a assistir a algum programa na TV, cochilou, acordou, mexeu um pouco no computador. Quando olhou no celular, viu que ainda eram oito horas da noite. Rubens revirou os olhos sentindo que o tempo parecia estar passando em câmera lenta.

Baixou um livro no tablet, mas logo desistiu de ler, não se sentia empolgado para aquilo naquele momento. Já tinha maratonado praticamente todas as séries da Netflix que o interessavam; portanto, essa também não era uma opção.

Olhou para o celular e teve o impulso de mandar uma mensagem para Tânia. Ao menos aquela parte dos seus planos tinha dado certo, e os dois ingressaram na faculdade juntos depois de ela ter se matado de estudar para passar no vestibular. Apesar de ele ter outras colegas na faculdade, Tânia era a única que lhe interessava. Após pensar mais um pouco, Rubens desistiu daquela ideia também. Já estava claro havia algum tempo que a garota só queria amizade, enquanto ele tinha outras intenções.

Talvez ele fosse comum demais para a moça, que era completamente louca — no bom sentido, é claro. Ou talvez Tânia não quisesse nada com ele por serem amigos desde muito tempo e pelo fato de Rubens fazê-la recordar muito os próprios demônios, que eram ainda mais assustadores que os do rapaz: ela também era órfã, porém de pai e mãe.

Rubens suspirou e parou diante das suas prateleiras repletas de componentes, pensando no que poderia fazer para gastar o tempo. Se não arrumasse alguma coisa com que se distrair, iria surtar.

— Muito bem, Lucy, o que um jovem gênio da eletrônica, incrivelmente inteligente e assustadoramente humilde como eu pode fazer durante três dias inteiros? — ele falou em voz alta, olhando para o teto com as duas mãos atrás da cabeça. Aquela era a grande vantagem de morar sozinho: podia travar longas conversas com sua casa sem que ninguém o chamasse de louco.

Olhou para a frente e franziu a testa ao ver uma caixa lotada de velhas carcaças de celular, uma parte das infinitas tranqueiras que ele mantinha ali. Eram modelos antigos, da época em que os aparelhos tinham teclas, e não telas sensíveis ao toque.

Em uma das prateleiras mais altas ele viu um livro: *Frankenstein*, da escritora inglesa Mary Shelley, o seu favorito. O rapaz pegou o volume gasto e folheou algumas páginas, pensativo. Aquela era uma história fascinante sobre como um homem construiu um novo ser usando partes de pessoas mortas. Rubens entendia bem a mensagem do livro, que falava como a criatura às vezes poderia se voltar contra o próprio criador.

O livro lhe deu ideias: e se ele bancasse o doutor Frankenstein?

Rubens pegou a caixa e observou os modelos de carcaça: havia vários tipos à disposição, mas um chamou sua atenção. Aquele era um clássico, suas teclas azuladas tinham causado furor quando o aparelho fora lançado, e era razoavelmente grande, o que lhe permitiria colocar componentes maiores e mais eficientes. Mas daquele modelo ele só tinha a carcaça e o teclado, nada mais.

Qualquer estudante curioso era capaz de trocar alguns componentes de celular, mas ele tinha algo diferente em mente, e decidiu levar aquela brincadeira para um patamar inédito. O jovem pensou logo em criar um aparelho do zero, algo que todo mundo já tinha sentido vontade de fazer, mas sem ter capacidade suficiente para executar o plano.

Pegou uma placa de circuito impresso virgem de ótima qualidade, mediu e cortou no tamanho adequado para caber dentro da carcaça do celular. Então, selecionou um ótimo diodo emissor de luz. Providenciou uma mesa metálica e materiais condutores. Munido do seu ferro de solda e de todas as ferramentas, montou a estrutura que permitiria acender a tela e o teclado.

Para não haver sobrecarga na corrente elétrica, selecionou resistores de grande valor ôhmico. A brincadeira era combinar peças inusitadas de alta performance e de diferentes fabricantes e modelos para criar algo inédito.

Soldou, então, cuidadosamente cada um dos componentes. Para não correr o risco de superaquecimento, o que poderia levar a um incêndio, provocando a destruição da amada Lucy e talvez sua morte, Rubens selecionou alguns termistores potentes. Também separou capacitores eficientes, pois seu projeto merecia o que havia de melhor.

O primeiro problema que encontrou foi no momento de escolher uma bobina. Como a função desse componente é reforçar o sinal de radiofrequência e os modelos de que ele dispunha eram demasiadamente fortes, talvez os circuitos não aguentassem e o aparelho se queimasse no primeiro uso. Mas ele concluiu que não tinha muito a perder e decidiu arriscar: se desse certo, teria um aparelho com sinal absurdamente potente. Também conseguiu transistores à altura.

Depois de horas de trabalho, que fluíram prazerosamente, o jovem se surpreendeu ao notar que já estava amanhecendo. Ele tinha passado a noite toda selecionando e soldando componentes. No primeiro teste, tudo parecia responder corretamente, e a tensão elétrica fluía de forma eficiente por toda a estrutura.

Exausto, Rubens se jogou na cama e dormiu por algumas horas. Sentindo-se empolgado de uma forma impressionante, não conseguiria descansar de verdade enquanto não tivesse terminado seu projeto. E ainda havia muito por fazer!

Pegou sua velha lousa branca e um conjunto de canetas coloridas e desenhou com cuidado todo o esquema do circuito impresso, ligação por ligação. O resultado era simples, elegante e, assim esperava, eficiente ao extremo. O rapaz continuou trabalhando o domingo inteiro.

Já era segunda-feira de manhã quando recebeu uma ligação de Jonas, um dos colegas de faculdade. Ele tinha dezoito anos, era negro, de altura mediana, e pertencia a uma família evangélica de classe média alta. O rapaz era uma das pessoas mais preocupadas com o bem-estar de Rubens, e fazia questão de manter contato durante os fins de semana e feriados.

— Salve, meu velho, o que você está fazendo? Já enlouqueceu sozinho dentro da Lucy? — Jonas perguntou festivo. O bizarro nome da edícula de Rubens era lendário entre os alunos.

— Que nada! Estou há quase quarenta horas trabalhando em um projeto maluco. Estou criando um aparelho celular do zero — Rubens respondeu, falando ao celular com um fone de ouvido, sem desviar o olhar da placa eletrônica que tinha inventado.

— Uau, sério mesmo? Você é doido! — Jonas falou, admirado. — Qual modelo de carcaça você está usando?

— Um LG velho e grandalhão.

— Isso é moleza! Queria ver você montar um *smartphone* — Jonas provocou.

— Quem sabe da próxima vez, depois de formado, eu terei todas as noites livres — Rubens falou, espirituoso.

— Isso vai demorar um bocado, ainda temos três anos e meio pela frente. Bom, eu ia convidar você para almoçar aqui em casa, mas estou vendo que está se divertindo — o rapaz falou de forma solícita.

— Valeu, velho! Estou aqui com o projeto da minha geringonça, que ainda vai longe — devolveu, agradecido, sabendo que o colega ficava genuinamente preocupado. — Fica para a próxima e mande um abraço aos seus pais por mim.

— Pode deixar, mano, fica com Deus.

— Valeu!

Rubens desligou e revisou tudo de novo. Como não vira problemas, começou a selecionar os circuitos integrados de aplicação específica que iria utilizar. Aquela era a melhor parte: havia circuitos de memória, processamento, armazenamento... Ele iria usar modelos modernos que jamais tinham sido utilizados num aparelho antigo como aquele. Seria como montar um Fusca do zero, mas colocando o motor de uma Ferrari dentro dele. O resultado ele descobriria em breve.

Mais um dia inteiro se passou e, na segunda-feira à noite, ele finalmente montou a tela, concluiu as últimas ligações e instalou a bateria. O rapaz sorriu quando o aparelho fechou corretamente. Todos os componentes montados couberam perfeitamente dentro da carcaça velha. Ele admirou o resultado e pensou que com certeza aquele experimento seria o tema do seu TCC.

— Muito bem, garotão, vamos ver do que você é capaz — Rubens comentou sorrindo, e ainda custando a acreditar que tinha conseguido.

Apertou o botão ON/OFF e... nada aconteceu! O aparelho simplesmente não ligou. O jovem olhou para a tela franzindo a testa e pensando no que teria feito de errado: talvez algum fio ou circuito estragado.

Recomeçou o processo: abriu o aparelho e iniciou uma longa e detalhada revisão, checando componente por componente. Revisava um pedaço, testava de novo, partia para o bloco seguinte. Aquilo tudo levou horas, mas ele não teve sucesso.

Rubens ficou irritado, não estava acostumado a ter dificuldade com aquele tipo de aparelho, para o qual normalmente encontrava a solução na primeira tentativa. Ironicamente, o jovem genial estava levando uma surra da própria criação, igualzinho ao doutor Frankenstein.

— Vamos, meu filho, colabora comigo — falou em tom de súplica. — Me ajuda que eu compro uma capinha linda para você.

Entretanto, de nada adiantou o esforço. Já era madrugada de segunda para terça-feira quando o rapaz pegou no sono, enquanto a bateria do celular recarregava.

Rubens acordou com um telefone tocando e, por um segundo, pensou que fosse sua invenção. Correu até a mesa e viu, desapontado, que era seu *smartphone* que estava chamando, o que era óbvio, considerando que estava usando em sua experiência um chip pré-pago cujo número ninguém conhecia. Em virtude do sono e da pressa, atendeu sem olhar quem estava ligando.

— Bom dia, filho, tudo bem? Há quanto tempo a gente não se fala! — A mãe se mostrou feliz por ter sido atendida.

Rubens fechou a cara imediatamente, pois conversar com ela era tudo o que não queria fazer naquele instante.

— Oi, tudo bem? Desculpe, tenho andado muito ocupado. Aliás, estou no meio de um trabalho bastante importante neste momento, não tenho como falar agora — disse, de forma direta. — Posso ligar depois?

— É rápido, filho, só quero saber como você está. Faz tanto tempo que não conversamos — Flávia falou desanimada, tentando estender a conversa ao menos um pouco. — Como está o trabalho? E a faculdade, está animado com o curso?

— Sim, mãe, é lindo, um verdadeiro sonho, obrigado — ele respondeu, sem conseguir esconder a impaciência. — Desculpe, preciso mesmo desligar.

— Filho, só mais um minuto, tem muitas coisas que eu queria conversar com você — ela falou quase suplicando. — Quando você vem me visitar? Nós poderíamos...

— Tchau, mãe, depois falamos, o.k.? — ele cortou a conversa, encerrando a ligação em seguida. Ato contínuo, desligou o aparelho.

O rapaz ficou olhando para a tela apagada do *smartphone*, sabia que estava errado de tratar a mãe daquela maneira, mas não estava pronto para falar com ela, ainda não. Sentiu o coração apertado, pois aquela situação o estava matando, e sabia que a estava ferindo de morte também, mas sua mágoa falava muito mais alto.

Para piorar, viu no relógio sobre a mesa que ainda eram sete horas da manhã. Flávia devia estar muito desesperada para conversar com ele ligando tão cedo em pleno feriado prolongado.

— Ah, Deus, hoje vai ser um dia daqueles! Se ao menos eu conseguisse... — começou a falar sozinho, mas, quando olhou para o aparelho celular que tinha inventado, calou-se de imediato e arregalou os olhos.

O aparelho estava ligado, como que num passe de mágica.

Incapaz de acreditar naquilo, verificou o telefone de novo e finalmente sorriu. Testou todas as teclas, ligou e desligou mais de uma vez, e pensou que algo talvez tivesse passado despercebido, algum problema na bateria, mas não fazia diferença, o importante era que aquela geringonça finalmente tinha ligado.

Animado, religou o *smartphone* e discou o próprio número para testar a invenção. Para sua felicidade, depois de alguns segundos o *smartphone* começou a tocar. Rubens gritou de excitação:

— Aê, caralho!!! Eu consegui, seu filho da puta! — gritou, vibrando. E comemorou ainda mais quando falou em um aparelho e sua voz chegou cristalina no outro. — Quem é que manda aqui, hein? Eu sou foda!

Feliz da vida, encerrou a ligação. Porém, logo percebeu que algo estava errado. Seu *smartphone* indicava que a ligação tinha sido encerrada, mas o aparelho novo ainda continuava contando o tempo. Era como se a conexão tivesse sido cortada apenas do lado do receptor.

— Não se pode elogiar mesmo, tinha que ter um problema, né? — ele comentou sentindo parte da irritação voltar.

De qualquer forma, ele não queria reclamar demais, pois tinha conseguido fazer o aparelho funcionar. Quando levou o dedo ao botão que encerraria a ligação, entretanto, uma coisa chamou sua atenção. Ele ouviu algo, um som incrivelmente sutil e familiar; Rubens escutou alguém cantarolando uma canção, mas o som era muito baixo e distante.

O jovem olhou ao redor tentando identificar a origem da música. Talvez viesse de fora da casa, mas parecia algo próximo, apesar de sutil. Foi quando olhou para o aparelho em suas mãos e percebeu que o som vinha exatamente do celular que ele havia construído.

— Mas que porra é essa...?

Rubens levou o aparelho ao ouvido e escutou a canção claramente. Era uma voz feminina, suave e melancólica, que cantava uma música infantil preguiçosamente. O jovem franziu a testa interessado, porque parecia que o aparelho estava captando algum tipo de sinal inusitado, uma interferência talvez.

— Alô, quem está aí? Quem está cantando? — perguntou, muito cismado. Imediatamente imaginou que tivesse deparado com um estranho caso de linha cruzada em celular.

De repente, curiosamente, a canção cessou.

Rubens ficou ainda mais intrigado e olhou para o aparelho em sua mão, perguntando-se se a ligação tinha caído. Para sua surpresa, o contador de tempo continuava correndo. Levou o aparelho ao ouvido novamente, mas não escutou nada.

— Você está me sacaneando, cara? — Rubens falou olhando para o celular, desconfiado.

Quando se preparava para desligar, escutou uma frase dita sutilmente:

— Que coisa estranha falar com um celular; acho que ficou maluco de vez...

— Alô, quem está falando? Por que você está me chamando de maluco? — o rapaz perguntou, um pouco irritado e ao mesmo tempo ansioso para entender como tinha captado outra ligação. Porém, mais uma vez houve silêncio. — Era você quem estava cantando? — ele perguntou ao celular, sem entender o que estava acontecendo.

— Calma aí, você está me escutando?! — a voz de mulher perguntou com hesitação e com perplexidade.

— Sim, estou escutando bem, você está me ouvindo?

— Meu Deus, não é possível! — a interlocutora gritou no ouvido de Rubens, sobressaltando-o.

— Como assim? Por que você está gritando? O que foi que...

— Rubens, você está me escutando? É isso mesmo?!

— Espera um pouco, como você sabe meu nome? Quem é você?! — ele perguntou, preocupado, agora com os instintos de sobrevivência em alerta. Tinha algo errado ali.

— Rubens, você não entende! Isso é impossível! É um milagre!!! — ela falou aos gritos, histérica, deixando o rapaz assustado.

Quem era aquela maluca?

— Escuta, não sei quem é você, mas eu vou desligar, está bem? — o garoto falou. Sem saber exatamente o porquê, sentiu o suor brotar em sua testa.

— Não desliga, pelo amor de Deus! Rubens, você não entende, fala comigo!

— Estou desligando, adeus...

— Não, você não está entendendo, eu estou aqui, Rubens! Eu estou aqui com você!!!

Rubens, que estava levando o dedo ao botão de desligar, gelou. Ele olhava para o aparelho, perplexo, sentindo o coração acelerar dentro do peito e a garganta ficar seca. Olhou em volta e vasculhou a sala, assustado.

— Como assim "está aqui comigo"? O que você quer dizer com isso? Está de zoação com a minha cara? — ele falou em um tom feroz, como um cão que se sente acuado e parece disposto a lutar até a morte. — Eu vou chamar a polícia, quem é você?

— Eu estou aqui, Rubens. Estou dentro da sua casa. Eu estou na Lucy junto com você — a voz falou num sussurro.

Rubens sentiu como se tivesse sido atingido por uma descarga elétrica. Deu um pulo para trás e teve a sensação de que estava cercado por um inimigo mortal. Ele girava no meio da sala, tentando olhar cada canto do imóvel ao mesmo tempo, como se alguém fosse atacá-lo pelas costas a qualquer momento.

Correu até a janela e olhou para fora, tentando descobrir se tinha como alguém observá-lo dali, mas não viu ninguém. Foi até a cozinha, depois ao banheiro e, por fim, chegou ao quarto. Abriu as portas do guarda-roupa e olhou debaixo da cama, percebendo o suor fazer a camiseta colar ao corpo. Não havia ninguém, ele estava decididamente sozinho. Porém, para aumentar seu nervosismo, enquanto ele corria de um lado para o outro, a interlocutora gritava seu nome pelo fone do celular.

— Quem é você, sua filha da puta? Você está me seguindo?! — Rubens gritou, tenso. — Vai se foder, sua maluca!

— Eu estou aqui, Rubens! Eu estou com você! Acredita em mim! — ela gritou, aparentemente tão desesperada quanto ele mesmo.

— Aqui onde? Onde você... — questionou freneticamente, encostado na parede, ainda olhando em volta e se perguntando se tinha esquecido de checar algum lugar.

— Eu estou aqui — ela sussurrou. — E você vai derrubar esse quadro...

— Como assim? Eu... — Rubens começou a falar, mas, quando se virou, seu ombro deslocou um quadro que estava pendurado na parede, derrubando-o, o que o fez se despedaçar no chão. Ele arregalou os olhos e encarou a peça quebrada, sentindo o pulso disparar e um ímpeto quase incontrolável de sair correndo dali.

Estava tendo um ataque de pânico: notou a falta de ar, a cabeça girar e o estômago revirar.

Olhou para o aparelho na mão direita e não soube o que fazer. Fugir? Desligar? Jogar o celular longe? Chamar a polícia? Sem conseguir se decidir, levou sua criação ao ouvido mais uma vez e ouviu uma única frase aterradora.

— Rubens, preste atenção: meu nome é Teresa, tenho dezoito anos e fui assassinada neste lugar três anos atrás — a voz sussurrou no ouvido dele, fazendo sua pele se arrepiar, enquanto um calafrio corria por sua espinha. — E eu estou parada na sua frente, bem perto de você.

Rubens largou o aparelho no chão, apavorado. Depois, correu até o banheiro, levantou a tampa da privada e vomitou.

OS MORTOS FALAM

Rubens permanecia sentado no sofá da sala em silêncio. Estava apavorado de uma forma que nunca estivera antes; o terror corria por todas as suas veias. Tentava se acalmar de todas as maneiras que conhecia, mas ainda estava paralisado. Já fazia horas que tinha desligado o aparelho, após vomitar descontroladamente em virtude da descarga de adrenalina que tinha experimentado.

    Estava enrolado em um cobertor, porque sua pele permanecia constantemente arrepiada, como se estivesse morrendo de frio, apesar do calor que fazia lá fora.

— Igualzinho ao filme *O Sexto Sentido* — murmurou, tentando brincar com a própria situação. Logo em seguida, ele se arrependeu de ter feito aquele comentário em voz alta, pois imaginou que tudo o que pronunciava estava sendo ouvido pelo "fantasma" que aparentemente habitava sua casa.

    A todo momento, o rapaz se virava em diferentes direções com os olhos esbugalhados e vermelhos. Teria visto uma sombra? Algo se movera atrás dele? Se ficasse bem quieto, será que conseguiria enxergar Teresa? Ele estava ficando louco? Ou tudo aquilo era fruto do cansaço de tantas horas seguidas de trabalho?

Fechou os olhos e engoliu em seco; ao fazer isso, estremeceu mais uma vez. Rapidamente, abriu os olhos de novo, podendo jurar que alguém tinha passado perto dele como uma sombra furtiva.

— Vá embora daqui! Me deixe em paz! — Rubens gritou e se levantou do sofá num pulo, sem saber exatamente com quem estava falando.

Em seguida, correu até o celular que tinha construído. Com um impulso, pegou o aparelho, levou-o até sua bancada de trabalho, colocou-o sobre a mesa e pegou um martelo. Seus olhos estavam vidrados e o suor escorria pelo rosto.

— Desculpe por ter quebrado suas regras, Deus, e mexido com o que eu não conheço! Não vai acontecer de novo! — Rubens gritou, pouco se importando se a vizinhança iria escutar seus berros e tomá-lo por louco. Em seguida, ergueu o martelo com um olhar homicida, decidido a desfazer aquela bruxaria e se converter a alguma religião para pagar por seus pecados. Mas antes precisava matar aquela geringonça.

Naquele derradeiro momento, entretanto, ele vacilou. Por um instante, com o martelo erguido sobre a cabeça, imaginou que, ao desferir o golpe fatal, estaria silenciando Teresa mais uma vez.

Trêmulo, com lágrimas nos olhos e o suor escorrendo pelo rosto, ele podia imaginar a moça gritando, naquele exato momento, implorando para que não fizesse aquilo. Se desse aquela martelada, nunca saberia a verdade. Ela jamais seria ouvida e sua história não seria mais contada; seria como se ela estivesse sendo assassinada de novo e, daquela vez, ele faria o papel de algoz.

Assassinada. Aquela era uma palavra de peso impressionante. A vida daquela moça tinha sido ceifada ali mesmo, onde Rubens morava, com apenas dezoito anos de idade. Alguém mais saberia o que tinha acontecido com ela? Será que o assassino havia sido levado à polícia? Aquele último pensamento o fez hesitar ainda mais.

Ofegante, ele chacoalhou a cabeça e, lentamente, baixou o martelo. Olhou para o aparelho de aspecto antigo tentando decidir o que fazer. Podia guardar aquela coisa, talvez não fosse necessário destruí-la. Afinal de contas, vivia naquele lugar havia meses e nunca tivera problemas. Talvez pudesse se aconselhar com algum dos seus amigos, como Tânia, que era inteligente e saberia o que fazer. Ou ele podia simplesmente ligar o aparelho de novo e descobrir o que viria depois...

Aquela última ideia soava a mais absurda e estúpida de todas e, ao mesmo tempo, por algum motivo misterioso, parecia ser a única que fazia algum sentido.

— Meu pai... Isso significa que meu pai está vivo em algum lugar? Será? — Rubens murmurou. A força daquela constatação destruiu as dúvidas que ainda lhe restavam.

Rubens encarou o celular, respirou fundo e o ligou mais uma vez.

Da mesma maneira que havia feito antes, ligou para seu celular e, ao desligá-lo, a comunicação se manteve. Porém, quando levou o aparelho ao ouvido, aterrorizado, o que ele escutou foi muito pior do que jamais poderia ter imaginado.

Ouviu uma gritaria enlouquecedora, absolutamente insana. Várias vozes falavam ao mesmo tempo, clamando por algo que ele não conseguia entender direito. Era como se quisessem lhe pedir algo. Franziu a testa sem poder acreditar no que estava acontecendo. Era simplesmente perturbador.

— Rubens, você precisa me escutar, por favor! Preciso que você leve uma mensagem para a minha mãe! — um homem suplicou.

— Não, meu caso é mais urgente! Leva uma mensagem para a minha noiva, pelo amor de Deus! — um rapaz implorou.

— Meu filho voltou a usar drogas! Avisa àquele moleque filho de uma puta que eu vou esfolá-lo quando eu o pegar! — um homem de voz grossa gritou, fazendo com que o jovem se encolhesse e se sentisse culpado pelos problemas do infeliz.

— Rubens, você precisa procurar a polícia; você é minha única esperança! — uma voz familiar falou. Era Teresa, sua primeira interlocutora do além. Ou o que quer que fosse aquilo.

Ele se espantou ao escutar pelo menos meia dúzia de vozes, todas falando ao mesmo tempo. Em comum, aquelas "pessoas" tinham o mesmo desespero e a mesma ansiedade alucinada.

Por um instante, ele se acovardou mais uma vez; largou o aparelho sobre a mesa e se afastou, com as duas mãos na cabeça. A todo momento, aquela loucura só parecia aumentar, e ele sentia que não poderia lidar com ela. Mas, se não tentasse enfrentar a situação, sabia que nunca iria se perdoar.

Olhou então para o aparelho, inspirou profundamente, trincou os dentes e o segurou de novo. Notou que a algazarra prosseguia.

— Calem a boca, porra! Todo mundo, cale a boca agora! — Rubens berrou no aparelho. — Senão eu desligo e destruo esta merda já!

As vozes pararam instantaneamente. Não havia mais caos, gritaria ou confusão, apenas um silêncio tenso, como se todos tivessem congelado diante da ideia de aquele meio de comunicação deixar de existir para sempre. Rubens sentia que estava, de alguma maneira, no controle da situação.

Mas o que estava acontecendo era uma loucura, e ele não se via pronto para desempenhar aquele papel. O rapaz queria poder voltar no tempo e nunca ter montado aquela coisa, que parecia amaldiçoada. Rubens experimentava um impasse: destruir aquele aparelho que captava vozes de pessoas aparentemente mortas (e ele nem entendia por quê) para se ver livre daquela situação absurda, pagando para sempre o preço do arrependimento, ou continuar com aquela história e lidar com tamanha bizarrice. Sua vida parecia estar sendo virada de ponta-cabeça, e agora ele só conseguia enxergar um borrão negro pela frente. Sentia que estava diante de algo gigantesco, mas incontrolável. Acima de tudo, tinha convicção de que não teria mais como colocar o gênio de volta na garrafa.

— Pronto, o que vocês querem?

— Rubens, você pode me ajudar? — um rapaz sussurrou, humilde, em tom suplicante. — Minha mãe precisa saber que eu não sofri quando morri, e estou bem. Pode mandar uma mensagem para ela, por favor?

Ao longo das horas seguintes, Rubens desempenhou o papel mais grotesco de todos os tempos: virou garoto de recados dos mortos. Ele só torcia para ninguém descobrir o que estava fazendo, senão acabaria no hospício. Ele mesmo se perguntava se não tinha de fato enlouquecido.

Havia até ligado o aparelho em uma caixa acústica para o som sair alto e claro, e, em uma procissão bizarra, cada uma daquelas vozes falava através do celular, deixando sua mensagem para seus entes queridos. O rapaz pacientemente gravou cada mensagem em seu *smartphone* e depois enviou por e-mail para os destinatários. E fez questão de criar várias contas falsas, usando técnicas que disfarçavam a origem das mensagens, pois não queria ter que lidar com familiares alucinados cobrando explicações.

Foi taxativo com aquelas pessoas, dizendo que não repetiria aquilo, tampouco partiria em busca das respostas dos seus parentes.

— Olha, eu vou gravar as mensagens em áudio, para que os destinatários tenham a oportunidade de reconhecer a voz de vocês, mas essa loucura vai parar nesse ponto, porque eu não sou Allan Kardec. E vocês devem decidir se querem fazer isso mesmo, porque eu não me responsabilizo se alguém infartar, fui claro?

Repetiu aquilo várias vezes e se viu desempenhando até mesmo o absurdo papel de dar sugestões sobre o conteúdo das mensagens para não chocar muito os destinatários, como se isso fosse possível.

A cada áudio enviado, ouvia frases de agradecimento e, em seguida, a voz desaparecia apressadamente. Alguns partiam sem sequer falar um mísero "obrigado". Para todos, Rubens fez o mesmo pedido: que mantivessem segredo sobre aquilo. Se aquela situação se repetisse, provavelmente perderia a sanidade e acabaria ele mesmo se matando.

Depois de muito tempo, só restou uma voz ao telefone, uma única pessoa, que aguardou pacientemente todos os outros enviarem seus recados.

— Muito bem, Teresa, me conta tudo. O que foi que aconteceu com você? — Rubens perguntou, esfregando as têmporas com os dedos. Sua cabeça doía insistentemente. Ele precisava muito de um analgésico bem potente ou de uma cerveja bem gelada.

— Você está bem, Rubens? Sua aparência não está muito boa — a moça disse, preocupada.

— Não muito, minha cabeça dói — Rubens respondeu com sinceridade.

— Podemos fazer uma pausa, se você quiser.

— Não é necessário, isso realmente não importa, eu quero encerrar esse assunto — disse Rubens com firmeza, apesar de estar se sentindo exausto. — Só queria fazer algumas perguntas, Teresa. Posso?

— Claro, se eu puder responder — Teresa falou, um pouco relutante.

— Então, existe vida após a morte? Como é possível?

Rubens nunca fora religioso, apesar de também não se considerar ateu. Porém, após a morte de Miguel, ele se flagrara muitas vezes pensando no que viria depois, se é que haveria um depois. E falar com Teresa começava a ser uma resposta a essa pergunta.

— Existe, sim, Rubens. Não entendo como, pois, sendo católica, minha crença sempre foi diferente. Mas a verdade é que eu, após a minha morte, continuei nesta casa. Quero ir embora, porém não consigo, por isso não tenho um único dia de paz. Como você, tenho inúmeras perguntas não respondidas.

— Não consegue? Você é uma prisioneira aqui?

— Na verdade, não. Ninguém me prende, mas me sinto prisioneira das minhas lembranças e da minha dor. Eu quero deixar tudo para trás, mas um impulso incontrolável me puxa de volta. O que houve aqui parece uma âncora, que me mantém sempre perto deste lugar.

Rubens não compreendia o que Teresa queria dizer com aquilo e sentia que ela não tinha condições de lhe dar as respostas que ele tanto queria.

— Eu tenho observado você, Rubens; sei o que houve com seu pai, e sinto muito. Você deve estar desesperado por mais informações; o simples fato de estarmos conversando pode estar enchendo sua cabeça de perguntas. Infelizmente, acho que não consigo ajudá-lo, desculpe.

Rubens suspirou e meneou a cabeça negativamente de forma sutil. Aquela resposta era decepcionante, mas ele não desistiria tão facilmente. Naquele momento, entretanto, era necessário lidar com a questão mais urgente: ajudar Teresa.

— O que houve aqui, Teresa? O que fizeram com você? — ele perguntou num sussurro.

Ele ouviu a moça respirando fundo do outro lado da linha. Ela parecia ansiosa por finalmente conseguir fazer aquele relato.

— Eu tinha dezoito anos e era aspirante a freira quando aconteceu. Ele era uma pessoa tão confiável, atenciosa e gentil... Eu não sabia que estava lidando com um monstro, nunca passou pela minha cabeça — falou Teresa.

— Então você o conhecia? Ele atraiu você até aqui?

A cabeça de Rubens não apenas doía, latejava. Uma parte dele, mais consciente e honesta, queria mergulhar fundo naquela tragédia, por mais horrível que fosse. Entretanto, uma outra parte, pequena e raivosa, gritava para que toda aquela história absurda fosse esquecida, antes que fosse tarde demais. Mas ele já não podia mais recuar.

— Sim, ele me convenceu de que precisava de ajuda; disse que tinha algumas coisas que precisavam ser organizadas para depois ser doadas. Como eu poderia dizer não? Era para aquilo que eu estava estudando, sabe? Eu queria ser freira para exercer a fé e a caridade — Teresa explicou.

A tristeza em sua voz era tão profunda que Rubens engoliu em seco.

— E o que aconteceu quando vocês chegaram aqui?

— Ele me machucou. Muito — sussurrou Teresa, e Rubens notou que ela estava chorando. — Doía tanto que me queimava por dentro. O peso do corpo dele, o cheiro de suor, tudo era tão... nojento, tão... pegajoso — ela falou de forma dolorosa. — Eu nunca tinha feito aquilo antes; o tempo todo eu rezava, me perguntando se Deus estava testando a minha fé. Quer dizer, se fosse um teste, e eu passasse, talvez significasse que Ele tinha algum grande plano para mim, entende?

E continuou:

— Porém, quando ele acabou e se jogou ao meu lado, como um porco suado e ofegante, eu não entendi a vontade de Deus. Só conseguia sentir nojo de mim mesma, como se meu corpo fosse um pedaço de carne cujo único propósito era dar prazer para aquele ser humano perverso. Mas, ainda assim, queria acreditar que, um dia, eu entenderia a razão de tudo aquilo. Em algum momento, Deus me mandaria um sinal. Para minha surpresa, entretanto, não havia um propósito, algo que viesse depois e que desse sentido ao que tinha acontecido. Eu me sentei, soluçando, tentando cobrir meu corpo com as mãos, pois minhas roupas tinham sido destruídas por aquele monstro. Foi quando ele me atacou por trás. Quando eu menos esperava, um saco plástico foi enfiado na minha cabeça.

Rubens se remexeu na cadeira, desconfortável, enquanto escutava aquele relato aterrador. Ao mesmo tempo, um sentimento de ódio e revolta começou a crescer em seu peito.

— Eu me perguntei, enquanto minha vida se esvaía, o que eu tinha feito de errado, por qual razão Deus estava me castigando. Até o último segundo eu rezei, implorando perdão e proteção divina. Mas Ele não me respondeu. Deus me ignorou enquanto tudo ficava escuro ao meu redor — Tereza falou soluçando. — Você acha que era isso que Deus queria, Rubens? Será que eu cometi algum pecado e esse foi o meu castigo?

— Eu não sei, Teresa, sinto muito. Não faço ideia de qual seja a vontade de Deus — respondeu, sem saber o que falar. — E você simplesmente ficou aqui?

— Eu senti como se algo estivesse me puxando, tentando me tirar daqui; era como uma força estranha e invisível. Mas eu resisti, não podia permitir que aquilo me levasse, eu precisava ficar; era como se fosse errado deixar que me levassem embora. Entende?

— Mais ou menos... De qualquer forma, imagino que deve ter sido uma sensação assustadora — comentou Rubens, esfregando as têmporas novamente.

— Ainda é. Essa sensação de arrasto volta de tempos em tempos, porém com menor intensidade. E eu resisto sempre, não quero ir. Tenho medo de nunca mais conseguir voltar e jamais saber o que aconteceu com o homem que me feriu.

— Quer dizer que a mesma sensação de força tentando levar você, como a que sentiu ao morrer, continua acontecendo constantemente? Faz alguma ideia do porquê? — ele perguntou perplexo.

— Eu não sei. Depois que consegui resistir a essa primeira sensação, acordei e vi meu próprio corpo nu, no chão. Meus olhos estavam vidrados, como os de uma boneca, enquanto meu algoz retirava do meu pescoço um colar com o formato do Sagrado Coração de Jesus. Havia dentro dele a foto dos meus pais, um presente que eles me deram no dia em que eu entrei para a Ordem. Não sei dizer se eu sofri ao morrer, mas não teve um único dia, ao longo destes três anos, em que eu não pensasse no que houve. E desde então eu fico aqui, neste lugar, sem saber o que fazer.

— Você nunca mais saiu daqui? Por três anos? — ele perguntou, franzindo a testa.

— Eu já saí inúmeras vezes, mas acabo sempre voltando. É como eu disse: não sei por que eu sempre me sinto obrigada a retornar. Fui para a casa dos meus pais num primeiro momento, mas ver o sofrimento deles era tão terrível que acabei partindo. E, claro, fui ver meu assassino várias vezes — Teresa falou um pouco mais calma.

— Você o viu? Acho que eu não teria essa coragem — disse Rubens, sincero.

— Eu tinha que fazer isso! Primeiramente porque queria entender o que havia acontecido comigo, e para isso precisava saber o que se passava na cabeça daquele homem — ela explicou. — Em segundo lugar, e creio que você vai achar esta a maior loucura de todas, eu queria ver onde ele ia jogar o meu corpo.

Rubens ficou atônito diante daquela revelação, mas fez questão de perguntar para ter certeza de que tinha entendido corretamente.

— Calma aí, seu corpo nunca foi recuperado? Ele se livrou do cadáver e você sabe onde está?

— Exatamente. A polícia desconfia de que eu tenha morrido aqui. Lembro quando os investigadores vieram até este lugar seguindo as pistas do meu desaparecimento. Fiquei tão feliz, achando que finalmente alguém ia botar as mãos naquele canalha. Eu me recordo dos peritos explicando para os detetives que não restavam dúvidas de que eu tinha estado aqui, e que havia sinais de violência por toda parte. Portanto, era muito provável que eu tivesse sido assassinada neste local. Mas sei também que o caso foi arquivado por falta de provas — Teresa falou com pesar.

Rubens ponderou sobre aquilo. Então as histórias eram reais, Alex e Ryan de fato tinham conseguido comprar a casa por um valor mais baixo devido às suspeitas de que ela fora cenário de um crime hediondo.

— Então você também seguiu os passos dos investigadores por algum tempo.

— Sim, segui. Às vezes vou até a delegacia, mas não adianta, nunca mais ouvi meu nome ser mencionado; eu entrei para a lista de casos sem solução desta cidade gigantesca — explicou Teresa, soltando, a seguir, uma bomba no colo dele. — Rubens, tem mais uma coisa: acho que ele vai matar de novo.

Por um instante, o rapaz ficou mudo. Ele olhou para o aparelho como se estivesse encarando a própria Teresa, tentando descobrir se tinha escutado corretamente. Piscou e voltou a falar com a moça, em tom baixo:

— Você tem certeza? Por que acha isso?

— Eu o estive observando e percebi que aquele homem tem se mostrado muito interessado em outra noviça, igual a mim. Eu notei o mesmo jeito educado, o olhar atencioso e gentil que parece dizer que a última coisa do mundo que poderia acontecer seria ele fazer algo ruim. Acredite em mim, foi como assistir à reprise de um filme, porém com uma atriz diferente. Ele olha para ela da mesma forma que olhava para mim — Teresa falou num sussurro.

— Por isso você está tão desesperada! Você tem medo de que mais uma moça sofra o que você sofreu — Rubens falou, engolindo em seco.

— Sim, exato. E você é a minha única esperança, Rubens. Não sei como, mas eu preciso deter aquele monstro antes que mais alguém se machuque. Não sei mais o que fazer.

Rubens respirou fundo e fechou os olhos. Ele sabia que tinha chegado a hora de tomar uma decisão: ou ele se jogava naquela loucura ou virava as costas para Teresa e para toda aquela história de fantasma. Não se surpreendeu ao perceber que já sabia o que iria fazer.

— Eu sei exatamente como proceder, não se preocupe — Rubens falou, por fim, enquanto pegava o notebook para fazer algumas anotações. — E concordo com você: ele vai matar de novo.

— Como você tem tanta certeza? — perguntou ela, perplexa.

— Eu já li mais de dois mil livros e tenho memória fotográfica; sou capaz de armazenar informações as mais diversas, e me recordo de ter lido que psicopatas amam guardar lembranças de suas vítimas. Seu assassino fez questão de roubar uma coisa sua, isso não é coisa de um mero pervertido ou de alguém tentando simular um assalto, é a assinatura de um *serial killer* — Rubens afirmou com convicção. — Essa outra moça que você mencionou tem uma aparência similar à sua?

— Não, ela é bem diferente, na realidade. Mas, como eu disse, também é uma noviça.

— E aposto que ela tem um colar parecido com o que você tinha, certo?

— Sim, bem parecido. Como você sabe? — Teresa perguntou, incrédula.

— Ele deve ser obcecado pela temática religiosa, provavelmente se trata de um fanático — Rubens contemporizou, sentindo sua dor de cabeça aumentar drasticamente. — Eu preciso que você me conte todos os detalhes dos quais consiga se lembrar, começando pela identidade do seu assassino.

— Prepare-se, você vai ficar estarrecido quando eu contar — tornou a voz, sentindo um imenso alívio no peito ao perceber que Rubens a ajudaria.

— Eu tenho certeza disso, mas preciso saber assim mesmo — ele falou.

A revelação de Teresa foi tão chocante que Rubens quase precisou ir até o banheiro para vomitar de novo.

— Vamos, Rubens, você consegue — o jovem falou para si mesmo, diante de uma igreja antiga que ficava na periferia da cidade.

Usando casaco escuro e boné, já estava observando o lugar havia quase uma hora, sem coragem para seguir em frente. Já tinha calculado todos os riscos, o plano parecia realmente muito bom. Porém, estava na hora da parte mais difícil: sair da teoria e executar o que tinha planejado.

— Você está comigo? — Rubens sussurrou ao celular, sentindo o pulso acelerar.

— Sim, estou aqui — Teresa murmurou. — Confie em mim, ele não está lá.

— Então os filmes estão mesmo certos? Fantasmas conseguem atravessar paredes?

— Tínhamos que ter ao menos alguma vantagem, não é mesmo? — Teresa respondeu de forma espirituosa, tentando aliviar a tensão.

— Faz sentido. O.k., lembre-se do que combinamos, eu dependo de você.

— Sim, vou vigiar enquanto você vasculha o lugar. Acha mesmo que, se meu colar estiver aqui, conseguiremos colocá-lo na cadeia?

— Sim, indicando para a polícia onde está o corpo e o colar, tenho quase certeza de que as pistas vão levar diretamente ao seu assassino. Seus pais vão reconhecer o colar, o exame de DNA vai comprovar sua identidade, e teremos uma evidência irrefutável de que ele esteve com você pouco antes da sua morte. O resto virá com as investigações. Esse filho de uma puta está fodido — Rubens falou, inspirando pelo nariz e soltando o ar pela boca, tentando reunir coragem.

— Você está nervoso. Pelo visto é a primeira vez que faz isso.

— Invadir o covil de um provável *serial killer* para tentar encontrar provas que o levem para a cadeia pelas próximas três décadas? Definitivamente, esta é a primeira e a última vez que faço isso, posso garantir — ele falou, sorrindo de forma pálida, querendo demonstrar bom humor, mas se sentindo apavorado. — Muito bem, lá vou eu, fique por perto.

— Pode deixar — ela assentiu com firmeza.

O rapaz atravessou a rua olhando para todos os lados e tentando enxergar o assassino. Ele tinha localizado o perfil do homem nas redes sociais e chegou até mesmo a criar uma conta falsa para poder enviar uma solicitação de amizade. Depois de ter sido aceito, revirou as fotos do pervertido, querendo memorizar bem o rosto dele.

Rubens andou e chegou até uma janela da igreja. Usava luvas porque, apesar das boas intenções, sabia que se fosse pego aquilo lhe custaria caro, e o plano fracassaria. O jovem deu uma última olhada em volta para se certificar de que não havia ninguém por perto; então quebrou o vidro com uma pedra.

O barulho foi muito mais alto do que ele imaginava, o que quase fez com que desistisse. Seu primeiro impulso foi abandonar aquela ideia maluca e sair correndo dali. Teresa, que pareceu ter adivinhado seus pensamentos, falou com ele pelo fone de ouvido ligado ao celular.

— Acho que não tem ninguém vindo, é melhor você entrar logo.

Rubens respirou fundo, abriu o trinco da janela e pulou para dentro, ainda se perguntando se aquela realmente tinha sido uma boa ideia. Olhou ao redor: já era de manhã e o local estava claro. Ele tinha imaginado que seria mais seguro fazer aquela operação à luz do dia, antes de a igreja abrir, do que acender uma lanterna em plena madrugada, o que chamaria muito mais a atenção dos vizinhos e atrairia a polícia em questão de minutos.

A igreja era pequena e simples, com um altar baixo, uma grande imagem do Cristo crucificado ao fundo e algumas dezenas de bancos de madeira para acomodar os fiéis.

— Quanto tempo temos? — Teresa perguntou ansiosa.

— A igreja abre em duas horas. Pudemos observar nos últimos três dias que ele chega cerca de trinta minutos antes da abertura. Teoricamente, temos tempo — o jovem respondeu em voz baixa.

— Vamos seguir o plano; vigie a entrada e venha correndo me avisar se ele aparecer.

Ela concordou e Rubens se dirigiu à sacristia. Ali havia diversos objetos e móveis: um armário grande, uma escrivaninha antiga, um arquivo com papéis acumulados por anos e algumas prateleiras com caixas. Ele se preocupou um pouco, imaginando que aquilo poderia demorar bem mais do que havia imaginado. Começou a olhar tudo, pois em algum lugar teria que encontrar o que buscava. Ao abrir o armário, deparou com várias roupas sacerdotais.

— Que ironia... — murmurou, fazendo uma careta. Depois, apalpou cada uma das roupas, procurando por bolsos que poderiam servir de esconderijo.

Abriu cada uma das caixas, revirando o conteúdo, e viu que ali tinha de tudo, de roupas velhas a livros. Também abriu o armário dos arquivos e checou as pastas suspensas cheias de papéis. Da mesma forma, não achou nada.

Consultou o relógio e viu que gastara quase quarenta minutos naquela busca; seu tempo estava se esgotando. Foi quando voltou sua atenção para a escrivaninha. Nela havia algumas gavetas; seriam um bom esconderijo. Ao tentar abri-las, entretanto, Rubens notou que estavam trancadas.

Já contava com aquela possibilidade, por isso levara um kit de chaves de fenda no bolso do casaco. Estava na hora de somar mais um delito à sua recém-inaugurada ficha criminal.

— Arrombamento. Artigo 298 do Código Penal. Pena: de dois a seis anos de prisão — ele murmurou, enquanto desmontava a tranca das gavetas com uma das chaves. Precisava ser cuidadoso, pois o assassino não poderia desconfiar de que alguém houvesse estado ali, mexendo nas suas coisas, senão poderia se apavorar e talvez destruir as evidências.

As mãos do invasor tremiam, e ele sentia os dedos se encharcando de suor sob as luvas. O coração estava acelerado, marretando seu tórax de forma descontrolada. Tudo o que ele queria fazer era sair dali o mais rápido possível e se trancar em sua casa. Depois de alguns minutos, que mais se assemelharam a horas, finalmente conseguiu arrancar o miolo da tranca e abrir a gaveta. Quando viu o que havia lá dentro, ficou sem reação:

— Meu Deus do céu... O que esse maluco fez? — sussurrou.

— Rubens, como está evoluindo? Até agora não vi ninguém, acho que... — disse ela no ouvido dele através do aparelho celular milagroso.

— Não, Teresa, saia daqui!

— O QUE É ISSO?! — a moça morta gritou no ouvido de Rubens, horrorizada.

Dentro da gaveta havia cerca de cinquenta colares, todos muito parecidos. Entre eles certamente estava o de Teresa.

— Meus Deus, isso significa... — ela murmurou.

— Sim, ele matou muito mais do que poderíamos imaginar — o jovem falou num sussurro, sem conseguir disfarçar a raiva que estava sentindo. — Esse cuzão vai pagar muito caro, eu prometo!

Três dias depois, Rubens não tinha voltado ao trabalho nem à faculdade. Para ambos os compromissos, usou a desculpa de estar muito doente e precisar de repouso absoluto. A verdade, no entanto, era outra. Ele estivera muito ocupado reunindo todas as informações possíveis para a polícia. Tinha filmado os colares e a igreja, para que não houvesse dúvidas de onde eles estavam.

Foi até o local onde Teresa afirmou que seu corpo se encontrava e fotografou tudo. Era um terreno baldio cheio de mato e entulho. A distância, fotografou também o assassino pervertido e até mesmo a moça pela qual ele parecia estar obcecado. Documentou a história o máximo que pôde e mandou tudo por e-mail para a polícia, usando para isso uma das contas anônimas criadas para mandar as mensagens dos mortos.

Naquela noite, estava sentado no sofá com um sorriso no rosto, assistindo com interesse ao noticiário nacional pela televisão. Na tela, viu o padre saindo algemado de dentro da igreja e a chamada na parte inferior do vídeo: Serial killer *é preso após denúncia anônima*.

A matéria mostrava peritos cavando o terreno baldio indicado por Teresa e retirando diversos corpos envolvidos em sacos plásticos do Instituto Médico-Legal. O repórter explicava que o religioso já tinha confessado oito crimes, mas que a polícia achava que o número de vítimas poderia ser muito maior.

Ao longo da reportagem chocante finalmente mostraram a foto de Teresa. Foi dito que a denúncia anônima tinha informado, com detalhes, como a moça havia sido assassinada, onde seu corpo estava sepultado e, sobretudo, a identidade do maníaco.

Rubens engoliu em seco ao ver o rosto da jovem noviça. Era fascinante e triste ao mesmo tempo conhecer a aparência dela após dias ouvindo apenas sua voz pelo aparelho que ele tinha construído.

Na foto tirada pelos pais, ela parecia feliz, vestida como noviça, enquanto sorria para a câmera. Aquele era o olhar de uma moça inocente cuja vocação para o bem fora a chave de toda a sua ruína. O rapaz suspirou e sorriu, pois toda aquela loucura tinha, de alguma forma, valido a pena.

Pegou o telefone e fez a ligação, pois precisava muito conversar com Teresa. Ele queria saber se ela estava assistindo àquilo e como se sentia.

Rubens não se surpreendeu, porém, quando não captou nada, nenhum som sequer. De alguma forma misteriosa, ele já esperava por aquilo. Teresa tinha ido embora. Ao que tudo indicava, a jovem noviça finalmente havia conseguido encontrar a paz que tanto procurava e pôde seguir em frente.

Para Rubens, porém, uma questão ficava: o que fazer dali em diante com aquele aparelho e com aquela descoberta?

OS PORTÕES DO CEMITÉRIO

Tânia caminhava apressadamente pelo campus da faculdade; dispunha de tempo até o início da primeira aula e iria se encontrar com os amigos, atendendo a uma convocação urgente de Rubens. A garota estava curiosa acerca da grande novidade que ele queria revelar. Estivera preocupada com o amigo, que não havia aparecido na faculdade nem um dia sequer na semana anterior. Todos conheciam o jeito irresponsável dele e, para alguns, sua ausência não chegou a ser um espanto. Comentaram que provavelmente ele estivera enchendo a cara em sua cidade natal e decidira estender sua folga por alguns dias. Mas Tânia sabia que a explicação devia ser outra.

Ela era uma boa ouvinte e vinha acompanhando, com interesse legítimo, os acontecimentos que envolviam a vida de Rubens. Sabia como ele vinha sofrendo com a morte trágica do pai e como isso tinha destruído seu relacionamento com a mãe. Tânia tinha experiência de sobra naquele assunto: ficou órfã aos onze anos de idade após perder os pais em um assalto que deu brutalmente errado. Felizmente — ou infelizmente —, seus tios assumiram a responsabilidade por ela. Eles passaram a controlar a casa, o carro, o dinheiro e todos os bens deixados pelos pais dela. A garota não via a hora de arrumar um jeito de se livrar daquela dupla de sanguessugas que a criticava constantemente, algo que causava ainda mais conflitos entre eles.

Ela chegou ao ponto de encontro da turma — um conjunto de bancos de madeira próximo da imensa biblioteca da faculdade —, depositou suas coisas ali e esperou, consciente dos olhares curiosos, que a analisavam por causa de seu visual gótico, suas incontáveis tatuagens e seus *piercings*. Às vezes se sentia um bicho no zoológico em exibição para o público, mas sabia que não tinha o direito de reclamar, pois sua aparência realmente chocava a maioria das pessoas. Rubens, entretanto, era uma exceção, e ela sabia disso.

A garota sabia dos sentimentos dele por ela desde muito antes de o rapaz beijá-la em um barzinho próximo da faculdade, durante uma noite regada a doses cavalares de cerveja. Ele tinha aproveitado a quantidade extra de coragem proporcionada pela bebida para enfiar a língua em sua boca sem aviso prévio. Para sua surpresa, ela acabara gostando, e muito. Por alguns instantes, tinha cogitado seriamente deixar aquele beijo evoluir para algo bem mais fisicamente íntimo, mas seu autocontrole falara mais alto, então Tânia resolvera parar por ali mesmo. Imaginara que talvez ele só estivesse em uma fase muito vulnerável, então o beijo fora apenas um erro do qual se arrependeriam, mais cedo ou mais tarde. Assim, passadas a bebedeira e a ressaca, ela conversara com Rubens sobre permanecerem no *status* original de apenas bons amigos, algo com que ele concordara imediata e taxativamente; porém, a aceitação fora tão rápida que ela teve certeza de que, no fundo, ele tinha se frustrado, o que a machucava muito.

Em momentos como aquele, ela sentia muito a falta da mãe. Apesar de não a ter por perto havia muitos anos, a moça ainda se lembrava de como era bom conversar com ela. Sua mãe parecia ter respostas para tudo e soluções para todos os problemas. Se estivesse viva, certamente já lhe teria dito o que devia fazer, e seus argumentos seriam tão sólidos que Tânia teria seguido seus conselhos sem pestanejar.

— Eu me sinto tão sozinha sem você, mãe. Ainda sinto saudade. Queria que você estivesse aqui comigo de novo — Tânia murmurou, olhando para os próprios pés.

Ela estava perdida naqueles pensamentos quando os amigos começaram a chegar. O primeiro foi Paulo, filho de imigrantes chineses, que formava uma espécie de trio inseparável com Tânia e Rubens. Em comum com os outros dois, havia o fato de Paulo ser órfão: sua mãe tinha morrido em virtude de complicações do parto e o pai falecera quatro anos depois. Sem parentes diretos no país, o garoto foi adotado por um casal, que o criou como se ele fosse seu filho natural, com muito amor e carinho. Ele amava os pais adotivos, apesar de terem opiniões bastante radicais que muitas vezes o incomodavam.

Em seguida chegou Jonas, que havia tranquilizado os amigos durante o sumiço de Rubens, dizendo que ligara para ele enquanto este trabalhava em seu aparelho celular misterioso. Certamente, o inventor ainda estaria envolvido com a geringonça que estava construindo.

— Aposto que é isso que aquele maluco tanto quer nos mostrar, porque ele estava empolgado ao telefone — Jonas explicou mais uma vez, dando um beijo no rosto de Tânia.

— Se for isso, está ótimo. Eu fico preocupada com ele.

— Confie em mim, o Rubão vai ficar bem. Ele só precisa de um tempo — ponderou Jonas.

— E aí, já começou a reunião misteriosa? — perguntou um jovem moreno claro chamado André, que se juntava aos três. Era um rapaz abastado, filho de um empresário bem-sucedido da área de transportes, e vivia num casarão em um dos bairros mais ricos da cidade.

— Ainda não; estamos esperando — Paulo respondeu.

Os quatro continuaram conversando, contando piadas e fazendo provocações, enquanto esperavam. Passados cerca de dez minutos, Rubens apareceu.

— Finalmente você chegou! Não sei como seu chefe não te demitiu ainda. Você nunca chega na hora combinada! — brincou Tânia. Rubens lançou-lhe um sorriso e então cumprimentou os amigos, sem conseguir esconder a excitação. Ele mal podia esperar para lhes contar a novidade.

— Muito bem, qual é a notícia misteriosa? Você conseguiu a nossa atenção — André falou. — O nome do grupo do WhatsApp que você criou, "Revolução Tecnológica Mundial", é bem sugestivo.

— É bom que seja algo simplesmente de outro planeta, senão você vai deixar a gente decepcionado — provocou Paulo.

— Digamos que é, sim, algo de outro mundo, por assim dizer — sinalizou Rubens. — Preparados?

Todos concordaram. Alguns franziam a testa, outros riam em meio a cochichos, certamente tirando sarro do colega. Aquela era uma característica fundamental daquele grupo de amigos: eles quase sempre faziam troça uns com os outros. No entanto, Rubens não deu bola, pois sabia que, quando mostrasse sua descoberta, todos parariam de rir imediatamente.

— Muito bem, eu lhes apresento o Transcomunicador Instrumental Digital de Curto Alcance. Ou, como eu prefiro chamá-lo, TIDCA — pronunciou Rubens, tirando do bolso o celular. Os amigos olharam, incrédulos, para o aparelho antigo na mão dele.

— O.k. Antes de mais nada, não tinha um nome menos horroroso e complicado para isso aí, não? — Tânia perguntou, olhando para o aparelho.

— Maravilha! Que coisa moderna e original, Rubens! Como eu conecto isso aí com o *Wi-Fi*? — brincou Jonas.

— Boa pergunta! Dá para conectá-lo com a AppleStore? Podemos baixar alguns aplicativos revolucionários como Facebook, calculadora, lanterna... — disse Paulo, rindo.

— Não, vamos baixar o Pac-Man! Ele era recém-lançado quando esse modelo chegou ao mercado! — Tânia continuou, divertindo-se com a cara de Rubens.

O rapaz se permitiu um sorriso e deixou os colegas sacanearem à vontade. Ele não estava preocupado, pois sabia que, quando revelasse a verdade, todos se calariam.

— Muito engraçado. Alguém mais tem alguma piada para contar? — Rubens interrompeu.

Os quatro amigos levantaram a mão, rindo muito, parecendo mais que dispostos a dar outra alfinetada nele.

— Sério mesmo? Posso ao menos explicar o que eu fiz? — ele pediu, já um pouco impaciente.

— Desculpa, cara. Foi mal — Paulo respondeu enquanto acabava de rir. — Como o Jonas tinha falado, você construiu esse aparelho com as próprias mãos, do zero?

— Exatamente — disse Rubens, entregando-o ao amigo. — Tome cuidado, esse é um protótipo. Não deixe cair.

— Bom, não há como negar, você fez um milagre aqui. Construir toda a placa de comando do zero não é brincadeira, não. Parabéns. Eu estou impressionado — Paulo falou.

Você não faz ideia de quanto vai ficar impressionando, meu amigo, pensou Rubens com um sorriso ainda maior. Mal podia esperar para ver a cara deles quando mostrasse o que aquela coisa era capaz de fazer.

Tânia pegou o celular e o analisou em detalhes, com vontade de abri-lo e olhá-lo por dentro, mas sentiu-se compelida a dizer o que todos estavam pensando.

— Rubinho, realmente é fantástico que você tenha construído isso sozinho. Você é o cara mais *nerd* que eu já conheci na vida — ela arriscou, à guisa de delicadeza —, mas isso não chega a ser uma "revolução tecnológica". Sem dúvida, é uma façanha para um estudante que trabalha sozinho em uma edícula, mas acho que o mundo já viu coisas bem mais impressionantes.

— Você tem certeza disso? — retorquiu Rubens em tom enigmático.

— Meu Deus, será que isso é um Transformer?! Essa coisa vira um robô?! — perguntou Tânia, fingindo espanto.

— Não! Caramba, vocês estão afiados hoje, hein? — ele respondeu, pegando o celular de volta das mãos de Tânia, que soltava uma gargalhada tão espontânea que o fez rir também. — Muito bem, estão prontos para ser surpreendidos?

Eles se entreolharam, curiosos, e concordaram mais uma vez, pois queriam saber o que aquela coisa fazia de tão especial assim.

— Ótimo. Saibam que vai ficar tudo bem. Isto aqui é incrível, mas inofensivo, o.k.? — disse Rubens.

Ele aproveitou para olhar em volta, para se certificar de que não havia ninguém bisbilhotando enquanto eles conversavam. Então, repetiu a operação de ligar para o próprio celular, atender e cortar a ligação no *smartphone*. Ao ver que a ligação se manteve aberta, conforme o esperado, ele levou o telefone ao ouvido. Os amigos observavam o procedimento com curiosidade, imaginando o que aconteceria em seguida.

— Alô, tem alguém aqui conosco? Pode falar, estamos ouvindo — disse Rubens, estranhando o silêncio total na linha.

— Hã? Cara, você ligou para você mesmo, lembra? Ninguém vai responder — falou Paulo, confuso.

— Eu sei. Você não entende. Vai acontecer outra coisa, confie em mim — Rubens titubeou. — Vou tentar de novo, calma aí.

O rapaz desligou e refez a operação do começo, mas nada mudou. Nenhuma resposta. Todos aguardavam, entreolhando-se sem entender nada. Tânia, contudo, estava mais preocupada com a perplexidade do amigo do que com a demonstração fracassada.

— Use o meu celular. De repente funciona — ela sugeriu, emprestando seu *smartphone*, sem fazer ideia do que exatamente deveria acontecer.

— Pode ser, vamos tentar — concordou Rubens, atordoado. — Vamos, funciona, caralho! Filho da puta!

Tânia ergueu as sobrancelhas ao ver o amigo tão irritado, algo que era bastante incomum. Os demais pareciam igualmente desconcertados.

Ele ligou para o celular da amiga, depois fez a ligação a partir do aparelho dela. Nada. Apenas um silêncio irritante. Ver os colegas observando-o como se ele estivesse louco o deixava ainda mais furioso. Sentiu vontade de jogar aquela porcaria no chão e pisoteá-la.

— Rubinho, o que deveria acontecer? Talvez nós possamos ajudar — tentou Tânia em tom cúmplice. Ela mesma já começava a se irritar com os cochichos dos colegas, que não levavam a experiência do amigo a sério.

— Ninguém pode me ajudar. Nem eu sei como isso funciona direito! Não faz sentido. Por que não estou captando nada nesta merda?!

— Conta para mim, o que deveria acontecer? — ela insistiu. — O telefone capta algum tipo de sinal especial?

— Você não entende! Merda, funciona, porra! — rosnou Rubens, batendo no aparelho. Ele imaginara uma apresentação tão chocante que deixaria todos estarrecidos, mas agora sentia que estava bancando o imbecil. — Anda, seu...

— Rubinho, fala, o que está...

— ELE SE COMUNICA COM OS MORTOS, PORRA! É ISSO QUE ESSA MERDA FAZ!!! — gritou, em meio à frustração.

Fazer papel de idiota ali, depois de ter feito o que bem poderia ser a maior descoberta da história da humanidade, tinha acabado com seu autocontrole. Os amigos ficaram em silêncio imediatamente. Tânia estava boquiaberta, olhando para ele como quem se pergunta se havia escutado direito. Aquele silêncio desconfortável durou quase um minuto, mas pareceu uma eternidade.

— Como é que é? Esse celular na sua mão se comunica...

— ... com os mortos, Tânia. Esse simples celular, de aparência velha, mas que, por dentro, está novinho em folha, permite que pessoas comuns, como eu e vocês, consigam falar com os mortos. Eu construí uma coisa fantástica, que desafia todos os conceitos da humanidade e que pode mudar o rumo da história. E agora essa droga se recusa a funcionar!

Tânia cogitou dizer algo, mas se deteve. Talvez porque não houvesse nada para ser dito. Ela fitou Rubens com uma expressão indecifrável, que ele imaginou estar entre a confusão e a piedade — e ele odiava aquilo. O que ele não sabia era que, na realidade, os pensamentos de Tânia eram os de poucos minutos antes de seus amigos chegarem. Não tinha como não pensar no que poderia acontecer se aquela descoberta fosse real.

— Cara, fica tranquilo. Deve haver alguma explicação — Paulo falou, sem jeito.

— Explicação para o quê, Paulo? Para o fato de o transcomunicador não estar funcionando ou para a minha maluquice? Porque está estampado na sua cara que você não acredita em mim! — disparou Rubens grosseiramente.

Ele não tinha coragem de falar daquele jeito com Tânia, mas não via por que ser muito delicado com o amigo.

— Para as duas coisas, eu acho... — disse Paulo, sem graça. — Cara, você deve ter pego uma interferência de rádio ou televisão, sei lá. Essas coisas não existem.

— Velho, eu sei o que eu ouvi, está bem? Eu sei que você é ateu, que não acredita em porra nenhuma, mas... — começou Rubens, arrependendo-se imediatamente. Sabia que tinha acabado de cruzar uma linha perigosa.

— Calma aí, o que foi que você falou?! — interpelou Paulo, irritado. — Desculpe se eu não gosto de ir à igreja todo domingo para falar "amém" para o padre, Rubens! Pelo menos eu não me iludo com essa baboseira religiosa nem dou meu dinheiro a nenhum pastor evangélico ladrão!

— Ei, pode parar! Deixe a minha religião fora dessa baixaria! — cortou Jonas, ofendido. — Eu não fico criticando você, mas também não vou aceitar isso!

— Ah, para com isso, Jonas! Você me entendeu! — devolveu Paulo, impaciente.

Logo todos estavam batendo boca, enquanto Rubens admirava a algazarra, estupefato. Ele planejara aquele como o momento em que surpreenderia o pessoal, impressionaria a garota e mudaria o mundo, mas tudo o que conseguira havia sido irritar a todos e virar uns contra os outros, além de ser visto como bobo ou mesmo mentiroso.

— O.k., a conversa está realmente ótima, mas eu preciso ir embora. Até mais, Rubão. Parabéns por... isso aí que você fez — disse Paulo, virando as costas. André também se despediu rapidamente e o seguiu.

— Bom, deixe-me ir embora rezar um pouco. Afinal de contas, é só para isso que eu sirvo, não é mesmo? Falou, galera. Muito bom ver vocês. Vamos marcar mais vezes! — disse Jonas com sarcasmo, indo embora em seguida.

Apenas Rubens e Tânia ficaram para trás. Sem saber o que dizer, o rapaz olhou para a amiga, que, por sua vez, também estava sem reação. Permaneceram assim enquanto um silêncio incômodo crescia entre eles. Aquilo era a morte para Rubens.

— Não era para nada disso ter acontecido — disse ele, por fim, num esforço para quebrar o silêncio. — Juro que não estou mentindo.

— Eu sei que não está. Talvez seja apenas um mal-entendido — tentou Tânia, ciente de que aquilo poderia deixar o amigo ainda mais frustrado.

— Você não acredita em mim, não é?

— Eu adoraria acreditar. Meu Deus do céu, como eu queria acreditar, você não faz ideia! Se isso fosse verdade, Jesus Cristo, eu seria a garota mais feliz de todos os tempos! — ela rogou, a dor audível em sua voz. Rubens gelou. Se havia alguém no mundo que adoraria ver aquele aparelho funcionar, esse alguém era Tânia, e o garoto sabia disso.

Ele se arrepiou ao perceber a amiga se aproximar dele. Ela suspirou, deu-lhe um beijo no rosto e um sorriso triste.

— Vou embora, Rubinho. Se precisar de mim, é só chamar, o.k.? — disse a moça e, em seguida, se foi.

Ele ficou ali olhando para o Transcomunicador Instrumental Digital de Curto Alcance em suas mãos, buscando o que pensar.

Rubens chegou em casa naquela noite completamente zonzo. Após o fiasco de sua demonstração, ele só queria encher a cara. E foi exatamente o que fez: sentou-se sozinho em um boteco barato, do tipo que costuma receber estudantes sem lhes pedir comprovação de idade, e tomou uma cerveja atrás da outra, não se importando com quão deprimente parecia.

Mais tarde, jogou-se no sofá da sala de Lucy, sentindo tudo girar. Em sua cabeça entorpecida, as imagens dos amigos se alternavam: os cochichos, os olhares aturdidos e a briga, repetindo-se sem parar. Mas a lembrança mais dolorosa era a de Tânia encarando-o com tristeza no olhar. Aquela visão por si só seria capaz de assombrá-lo durante anos.

Rubens correu para o banheiro e tentou vomitar, sem sucesso. Fazia tempo que não se sentia tão mal. Passou vários minutos sentado no chão debaixo da água do chuveiro, meneando a cabeça e repassando mentalmente cada momento daquela noite ridícula. Sentiu-se tentado a voltar a beber apenas para não ter que encarar as lembranças do encontro com os colegas.

Cerca de quarenta minutos depois, já de madrugada, ele retornou à sala. Finalmente sentia-se melhor; sabia que o dia seguinte lhe prometia uma ressaca inesquecível, mas, naquele instante, sua tontura havia diminuído e seus pensamentos estavam mais claros: o rapaz simplesmente não poderia aceitar que aquela situação o fizesse desistir. Ele encontraria uma explicação para o que tinha acontecido com o aparelho ou morreria tentando. Dessa forma, pegou mais uma vez seu TIDCA, acionou-o da mesma forma que antes e perguntou se havia alguém ali.

Num primeiro momento, nada aconteceu. Em seguida, emergiu do silêncio a voz de uma mulher, que logo disparou a passar mensagens para que Rubens as transmitisse aos entes queridos dela. Então surgiu outra voz, depois outra e outra e mais outra.

Em poucos minutos, ele já se sentia uma celebridade em uma entrevista coletiva com jornalistas falando ao mesmo tempo, todos querendo um momento de sua atenção.

— Desculpe, pessoal, mas hoje não estou com cabeça para bancar o garoto de recados. Talvez amanhã, está bem?

Por um lado, sentia-se aliviado pelo fato de o TIDCA ainda funcionar; por outro, ele não conseguia parar de se perguntar por que raios aquela coisa não tinha desempenhado suas funções quando ele mais precisara.

— É, vai ver eu estou mesmo ficando louco — comentou em voz alta, soltando um suspiro pesado. — Bom, acho que está na hora de eu dormir. Boa noite a todos.

Ao falar aquilo, mais vozes espocaram, protestando ao mesmo tempo. Era como se aqueles fantasmas tivessem estado ansiosos para que ele fizesse contato e agora estavam frustrados por ele não querer saber de conversa. O garoto já começava a se acostumar com toda aquela lamentação, diferentemente do que acontecera nas primeiras vezes.

— Que cara imbecil! Esse moleque não entende que tem gente aqui que veio de longe só para poder conversar com ele?! Ele está pensando o quê? Que nós somos capazes de voar? — criticou a voz distante de um homem claramente irritado.

Aquela frase fez Rubens parar imediatamente:

— Calma. Alguém aí pode me explicar uma coisa? Onde, afinal de contas, vocês ficam? — indagou Rubens, enrugando a testa. Ao ouvir um monte de vozes tornando a falar ao mesmo tempo, ele imediatamente as interrompeu. — Espera, um de cada vez! Senão eu vou desligar!

— Não precisa se irritar, garoto — chiou a voz incorpórea de outro homem. — É uma realidade quase igual à que tínhamos antes de morrer, porém invisível. Em geral, ficamos em lugares que, de alguma forma, foram importantes em nossa vida. Isso vale especialmente para aqueles de nós que tiveram mortes traumáticas ou repentinas, como foi o caso da sua amiga Teresa — a voz pausou por um instante e então concluiu. — Tem, inclusive, um monte de nós, principalmente os recém-falecidos, que sequer consegue aceitar a ideia de que morreu ou com dificuldade de se despedir até mesmo do próprio cadáver. Cambada de doentes!

— Vocês não vão para o céu? — Rubens perguntou, curioso.

— Nenhum de nós conseguiu ir embora. É muito difícil deixar sua família e sua vida para trás — falou o fantasma, levemente entediado, como se estivesse explicando algo muito óbvio para uma criança curiosa. — Não faço ideia se o céu existe. Mas todos nós já ouvimos histórias.

— Que tipo de histórias? — quis saber o garoto.

— Histórias de que existe, sim, outro lugar para o qual o arrastão tenta nos levar, onde há um tipo de existência bem diferente.

— Melhor?

— Às vezes sim, muitas vezes não. Depende dos erros que você cometeu em vida. Só temos certeza de uma coisa: quem vai para lá nunca mais volta. Por isso muitos de nós temos medo de partir e ficamos resistindo ao arrastão.

— Não é cansativo? Vocês não cansam de lutar com esse arrastar? A Teresa tinha me falado a respeito disso. Deve ser meio assustador.

— No começo sim; depois você se acostuma. No meu caso, que já morri há vários anos, quase não acontece mais — o homem respondeu simplesmente. — Era isso que você queria saber?

— Na realidade, tenho mais uma dúvida: isso significa, então, que existem lugares aqui no mundo dos vivos nos quais não há fantasmas? — perguntou Rubens, ansioso.

— Com certeza. Quem opta por ficar entre os vivos não tem nada para fazer, por isso se desloca relativamente pouco. Não somos como vocês, que têm trabalho, frequentam a escola, a academia, essas coisas. Se você quer mesmo saber, ficar neste lugar, invisível e incapaz de se comunicar, é terrível! — declarou o homem, ao que várias vozes mais ao longe murmuraram em aprovação.

— E somos maioria. Tem muito mais fantasmas neste mundo do que pessoas vivas.

— Vão embora, então! Deixem o tal arrastão levá-los daqui! Por que vocês não arriscam? — rebateu Rubens.

— Você acha que é fácil? Ir embora e deixar os filhos e a esposa para trás, quando se pode simplesmente ficar? É uma merda, mas não estou pronto para partir ainda — queixou-se o fantasma. — Meu filho tem andado com uns imbecis da escola dele, que estão fumando e vendendo maconha. Como você espera que eu vá embora? Entende por que nós precisamos da sua ajuda? Não poder falar com os vivos é um pesadelo. Se eu pudesse, ao menos uma última vez, dar um conselho para o meu garoto, tenho certeza de que conseguiria partir em paz.

— O.k., eu ajudo vocês. Mas quero uma informação, pode ser? — Rubens perguntou, sério.

— Se você for nos ajudar, pode perguntar o que quiser.

— Seria fácil encontrar outros fantasmas num local público, como uma faculdade, por exemplo? — sondou Rubens, ansioso.

— Claro que não! A não ser, é claro, que alguém tenha morrido dentro da faculdade — respondeu o homem num tom ríspido. — É como eu disse antes: quando um fantasma fica por aqui, isso quase sempre significa que algo muito crucial em sua vida não foi resolvido ou que sua morte foi muito traumática. E, nesse caso, o local no qual cada fantasma escolhe ficar inevitavelmente está relacionado com sua vida, seus traumas ou sua morte.

— Igual a Teresa, presa a esta casa por três anos por ter morrido aqui.

— Exatamente! — exclamou o homem. — Você vai me ajudar com a minha mensagem ou não? Meu filho precisa de mim.

— Só mais uma pergunta! — teimou Rubens, finalmente entendendo o que tinha dado errado em sua demonstração. — Qual o melhor lugar para eu conseguir falar com um monte de fantasmas?

— Não é óbvio? — perguntou o homem em tom de ironia.

Ao ouvir a resposta que se seguiu, Rubens sorriu, triunfante, uma vez que havia descoberto o que fazer para convencer os amigos.

Tânia, Paulo, Jonas e André estavam parados na calçada, indecisos. Nenhum deles parecia confortável com aquela situação.

— E aí, vamos entrar? — perguntou Rubens em tom de desafio.

— Cara, pelo amor de Deus, diz que isso é brincadeira — suplicou Jonas. — Eu não quero entrar aí.

— Nem eu. Essa história já foi longe demais — disse Paulo, dirigindo-se a Rubens, sem sequer olhar para Jonas, com quem ainda estava visivelmente irritado por causa da discussão do dia anterior.

— Ora, foi você quem falou que essas coisas não passam de lenda. Por que está preocupado agora? — perguntou Rubens, bem-humorado. — Se fantasmas não existem, então não há motivo para não entrar.

— Eu sei disso. Apenas... não me sinto confortável, droga! Eu já assisti a um monte de filmes de terror. Tenha paciência!

— Rubinho, não podemos fazer isso na sua casa? Entrar aqui parece meio errado — argumentou Tânia.

— Lá em casa o impacto é bem menor, acredite em mim. Eu fiz o teste ontem.

— E quem sugeriu que você fizesse essa sua... apresentação, por assim dizer, neste lugar?

— Um fantasma. Ele é um cara legal, que só está preocupado que o filho esteja usando drogas. Mas nós mandamos uma mensagem bem educativa para o garoto e acho que ele nunca mais vai andar com más companhias — respondeu Rubens com um sorriso, enquanto se lembrava da mensagem que o homem gravara para o filho. Adoraria ter visto a cara do rapaz quando ele recebeu o recado.

— Um fantasma. É claro! Eu deveria ter imaginado — suspirou Tânia, já começando a achar difícil manter a paciência com o amigo. — Eu esqueço que você agora fala com os espíritos.

— E então, vamos lá? — Rubens perguntou novamente, convidando todos a segui-lo.

Os colegas se entreolharam, apreensivos. Vendo que não haveria jeito senão seguir o amigo insistente, todos adentraram o cemitério.

Os portões gigantescos tinham um grande adorno em forma de anjo em cada lado e grades que acabavam em imensas lanças pontiagudas. Aquele era um dos maiores cemitérios da cidade — a morada final de milhares de pessoas cujos corpos ali jaziam.

Os amigos caminharam por uma alameda arborizada muito agradável e bucólica. O dia estava ensolarado e os galhos das árvores farfalhavam levemente com a brisa. Nas vielas perpendiculares, encontravam-se túmulos de todos os tamanhos e modelos: alguns ornados por grandes esculturas; outros, mais sóbrios, com imensas tampas de pedra, nas quais se podia ler o nome de quem fora sepultado.

Havia poucas pessoas ali naquele sábado de manhã, o que deixava o local ainda mais tranquilo.

— Aqui não é tão ruim. Dá vontade de sentar em algum lugar e ler um livro — comentou Tânia, aspirando o cheiro das flores.

— Verdade, é como estar em um parque — disse André, admirando a estátua de um santo ricamente esculpida sobre um mausoléu.

— Eu nunca estive em um cemitério antes, vocês acreditam? — confessou Jonas, causando surpresa nos demais. — Sinceramente, estou gostando!

— Vou lhe falar que ir a um lugar como este para participar de um enterro não é fácil, não — comentou Paulo, franzindo o cenho enquanto os outros três acenavam com a cabeça, de acordo. — Mas, de fato, vir aqui desse jeito, sem o peso de assistir a um sepultamento com várias pessoas chorando, não é de todo ruim.

O grupo seguiu lentamente pelo caminho, admirando em silêncio os diferentes túmulos, esculturas, cruzes e lápides. Era quase como estar em um museu de arte sacra a céu aberto.

— Tanto silêncio e calma são adoráveis, não é mesmo? Que tal escutarmos com um pouco mais de atenção? — disse Rubens, freando o passo e acionando o TIDCA.

Os outros pararam, contrariados pelo fato de o colega estar prestes a estragar aquela caminhada tranquila com suas histórias de fantasmas. Jonas fez menção de continuar andando.

— Pessoal, depois vemos isso, por favor. Vamos seguir em frente — ele pediu, desanimado. Ainda não estava com disposição para mais um embate, depois da discussão do dia anterior.

— Fica sossegado. Vamos fazer o seguinte: se eu não conseguir convencer você desta vez, nós vamos embora agora mesmo e eu lhe pago uma cerveja, que tal? — disse Rubens, estendendo ao amigo o celular, que já mostrava o contador de tempo da ligação em andamento.

— Rubão, por favor! Chega dessa brincadeira de ficar ligando para você mesmo! — reclamou Jonas enquanto levava o telefone ao ouvido. — Eu já falei que... Mas que porra é essa?!

O rapaz enrugou a testa. Ele ouvia tanta gente falando ao mesmo tempo que parecia estar numa chamada feita por alguém do meio de uma passeata. Porém, aquilo era impossível, já que Rubens havia ligado para o próprio *smartphone*, que estava na mão dele, e não havia mais ninguém ao redor.

— O que esses moleques estão fazendo aqui?

— Esses imbecis pensam que isso aqui é um parque? Que falta de respeito!

— E essa moça toda tatuada junto com esse bando de *playboys*? Que mau gosto!

— Espera, quem está falando? Como vocês sabem que temos uma moça toda tatuada conosco? — questionou Jonas, voltando-se, em seguida, para Rubens. — Que brincadeira é essa, Rubão? Quem são essas pessoas?

— Ei, ele pode nos escutar?! Isso é sério?!

— Não é possível! Só pode ser bruxaria!

— É aquele telefone na mão dele! O rapaz negro tem um telefone mágico!

Jonas congelou quando ouviu mencionarem a cor de sua pele. Ele voltou seu olhar aterrorizado para os colegas, que o encaravam de volta se perguntando o que estava acontecendo. Se não fosse absurdo, eles poderiam imaginar que o colega estava mesmo vendo ou falando com algum fantasma.

— Jonas, você está bem? Com quem você está falando? — perguntou Tânia com a expressão consternada. — Calma aí, você está chorando?

— Rubão, que merda é essa?! Isso não tem graça! Quem são essas pessoas?! — implorou Jonas com lágrimas nos olhos, apavorado diante daquela verdade inconcebível.

— Nós estamos mortos, mas merecemos respeito!

— Eu estou aqui esperando a minha mãe me buscar já faz uns dez anos!

— E eu estou aqui faz mais de vinte! Minha esposa me esqueceu, mas sei que um dia ela vai aparecer.

— Moço, você pode me ajudar? Estou desesperada para falar com a minha filha! Por favor!

Primeiro dezenas, depois centenas de vozes soaram cada vez mais alto, deixando Jonas sem fôlego. Ele girou para olhar em todas as direções, tentando entender aquele truque. Para cada lado que se virava, uma nova voz gritava com ele. O garoto arrancou o *smartphone* das mãos de Rubens e o examinou minuciosamente. A ligação nem sequer estava ativa. Ele não via uma explicação para aquilo — pelo menos, nenhuma que fosse daquele mundo.

— Olha para mim, eu estou aqui!

— Não dê as costas para mim, moleque desgraçado!

Os amigos, que observavam, assustados, o olhar louco do colega, também tentaram chamá-lo, o que o irritou ainda mais.

— Calem a boca! — gritou Jonas, afastando o telefone do ouvido. — Deixem-me pensar, eu...

— Chega! O que está havendo? Passe isso para cá — ordenou Tânia, tomando o celular da mão de Jonas e olhando feio para Rubens, como se o tivesse pego em flagrante aprontando algo grave. Rubens permaneceu sério, mas havia em seu rosto o ar de satisfação de quem sabia que finalmente tinha conseguido provar que estava falando a verdade.

— Olha aí a maluca das tatuagens agora. Sai fora, sua aberração! Passa para o outro cara.

— Não, ela parece ser mais esperta. Moça, você precisa me ajudar. Traga o meu marido aqui e fale que estou com saudade. Ele nunca mais veio visitar meu túmulo!

Tânia sempre fora uma pessoa com grande sensibilidade. Era o tipo de garota que pressentia quando algo de ruim estava prestes a acontecer. Ao longo da vida, já havia visto sombras, ouvido vozes e tido experiências desse tipo. Ela soube, no momento em que ouviu a primeira daquelas vozes, que o que havia ali não era uma brincadeira.

— Quem são vocês e o que querem? — perguntou, tentando parecer firme, mas sentindo as pernas tremer.

— Nós estamos mortos, bruxa maldita! Coloca-te para fora de minha propriedade, senão mando um de meus lacaios açoitar-te no tronco, depois queimar-te-ei na fogueira!

Tânia ficou sem fôlego, pois aquela maneira de falar definitivamente não pertencia àquele tempo.

— Vivos não são bem-vindos aqui! Vão embora, desgraçados!

Tânia olhou para Rubens, em choque, entregou-lhe o TIDCA e saiu correndo, seguida de perto por Jonas. Nenhum dos dois seria capaz de aguentar nem mais um minuto naquele lugar. Rubens engoliu em seco e a observou com pena. Queria ir atrás dela, mas precisava terminar o que começara. Ainda tinha duas pessoas ali que não sabiam exatamente o que estava acontecendo.

— Muito bem, quem será o próximo? — perguntou Rubens, oferecendo o TIDCA para os demais colegas, que se entreolharam nervosos.

André segurava a xícara de café com força e olhava para o líquido negro e fumegante enquanto tentava se controlar. Porém, a xícara em suas mãos sacolejava como se tivesse vida própria, e a maldita colher, que batia contra a louça e produzia um som agudo e irritante, entregava quanto o jovem tremia.

Os cinco jovens permaneciam em silêncio ao redor da mesa da padaria. Alguns bebiam, outros comiam alguma coisa, mas todos estavam com os olhos baixos e o semblante pesado. O clima era tenso, como se alguém houvesse morrido e ninguém tivesse coragem de abordar o assunto.

— Ninguém vai falar nada? — questionou Rubens.

Permaneceram quietos.

Por detrás da xícara, que segurava com as duas mãos, Tânia arriscou um olhar na direção de Rubens, mas rapidamente fechou os olhos, respirou fundo e bebericou seu chá, mantendo o silêncio.

Rubens suspirou e deu mais um gole na garrafa de refrigerante que comprara. Sabia que precisava ter paciência com os amigos — ele mesmo chegara a vomitar ao descobrir a verdade. Eles precisavam de tempo para digerir aquilo tudo.

Mais alguns longos minutos de silêncio total transcorreram. Vendo que a situação não mudava, Rubens fez sinal para o atendente lhe trazer a conta. Era melhor irem todos para casa.

— Desculpe por trazê-los aqui, pessoal. Podem deixar que hoje eu...

— Como é possível, Rubens? — Paulo fechou os olhos, respirou fundo e finalmente se atreveu a perguntar. Ele cerrou os punhos com força, tentando parar de tremer.

— Faz diferença? — perguntou Rubens. — Honestamente, eu ainda não sei como é possível.

— Tem que haver uma explicação lógica, porque não faz sentido — murmurou Paulo.

— Claro que tem uma explicação lógica. O aparelho passou a operar numa frequência desconhecida e a captar sons que antes não podiam ser alcançados. O único porém é que capta vozes do além. É isso — Rubens respondeu com simplicidade.

— Não existem vozes do além. Nem fantasmas, espíritos, santos, duendes, unicórnios ou Deus. Tudo isso não passa de mera fantasia — disse Paulo, tentando manter a calma enquanto sua paciência estava por um fio.

— Eu não sei se a maior parte do que você falou existe. Talvez a resposta seja "não". Mas, quanto aos espíritos, meu amigo, nem você pode negar agora — falou Rubens, encarando o colega com serenidade.

— Rubens, eu sou ateu e cético. Não acredito em vida após a morte. Ou não acreditava... Essa era a única certeza que eu tinha na vida, então me dá um tempo! — sibilou Paulo, irritado, como se temesse que alguém mais pudesse escutar aquela conversa bizarra.

— Ateus não acreditam em Deus. A existência de espíritos não prova nada quanto à existência de um poder maior. Talvez sua crença não esteja errada — argumentou André, quebrando seu silêncio para tentar amenizar a situação.

— É um argumento válido — concordou Rubens.

— Claro, isso faz com que eu me sinta muito melhor, obrigado — respondeu Paulo com ironia, balançando a cabeça numa tentativa de afugentar a lembrança do que tinha escutado minutos antes.

Mais um intervalo em silêncio se seguiu, durante o qual os colegas se remexeram, desconfortáveis em suas cadeiras.

— Desculpe ter duvidado de você, Rubens — disse André. — Qual foi sua reação quando descobriu?

— Eu quase borrei as calças, depois vomitei — respondeu Rubens, fazendo os amigos rirem. Um riso nervoso, levemente forçado, mas já era alguma coisa.

— É, faz sentido. Eu teria feito a mesma coisa — disse Tânia, esfregando os olhos com uma mão e colocando a outra no braço de Rubens. Ele se surpreendeu ao notar como a palma da mão dela era quente e macia.

— Duvido! Hoje você reagiu muito melhor do que eu na minha primeira vez — Rubens retrucou, sentindo-se corar. Achou impressionante como Tânia conseguia mexer com ele.

— Eu não estava sozinha. Com vocês por perto foi mais fácil — ela argumentou. — Com quem você falou primeiro?

Rubens meneou a cabeça enquanto abria a mochila para pegar uma pasta plástica. De dentro dela, ele tirou tudo que dizia respeito à morte de Teresa: as fotos do padre, notícias de jornal que falavam sobre o desaparecimento da moça, fotos dela e, por último, a capa de um periódico na qual fora noticiada a prisão do assassino.

Os colegas viram aquilo, surpresos, e começaram a passar o material de mão em mão.

— Eu vi essa notícia dias atrás. O repórter falou que era muito estranho surgir uma denúncia anônima depois de tanto tempo, ainda mais uma com tantos detalhes — disse Paulo, semicerrando os olhos. — Então foi você quem mandou o padre psicopata para a cadeia?

— Sim, eu não podia deixar um cretino como aquele livre. Ele estava prestes a matar de novo! — respondeu Rubens com sinceridade.

— Eu não esperaria nada diferente de você. Ironicamente, quando vi essa notícia, pensei logo que era mais uma prova de que essa conversa de religião era bobagem. Afinal de contas, tratava-se de um padre estuprando e matando mulheres. Mal podia imaginar que era uma prova exatamente do oposto — disse Paulo, desanimado.

— Parabéns, Rubão. Mandou bem — elogiou-o André. — Eu não teria essa coragem.

— Não fiz nada de mais — disse Rubens com humildade.

Rubens descreveu em detalhes os outros contatos que tivera com o além, enquanto os amigos ouviam sem conseguir esconder o assombro.

— Vocês percebem as possibilidades aqui, certo? Nós estamos diante de uma das maiores descobertas da história da humanidade!

Todos se viram forçados a concordar que aquele aparelhinho modesto poderia ser a resposta para alguns dos questionamentos mais antigos de todos os tempos. E não haveria mais margem para dúvidas de quem quer que fosse; as pessoas poderiam buscar respostas com seus parentes e amigos falecidos em vez de precisar confiar na palavra de um médium ou de algum religioso.

— E como isso funciona, afinal de contas? O aparelho nos permite escutar apenas os mortos que estão por perto, é isso? — perguntou Jonas. Era a primeira vez que ele falava algo desde que os cinco deixaram o cemitério.

— Sim, exato. Aparentemente, dá para ouvir qualquer um que esteja no alcance de alguns metros. De acordo com um dos fantasmas, eles às vezes ficam em antigos lugares de convívio e muitos permanecem onde morreram. Por isso consegui falar com a Teresa.

— E a sua casa estava cheia dessas... Sei lá qual termo eu devo usar... "Entidades"?

— Exatamente, Lucy é mal-assombrada e eu não sabia! Quem poderia imaginar?

— Mas que merda. Eu dormi naquele lugar... — gemeu André.

Os amigos deram risada. Apesar de ainda pairar um certo desconforto no ar, eles estavam conversando, o que era bom. A única exceção era Tânia, que parecia distante, como se estivesse pensando em algo muito importante.

— Nunca mais volto lá, Rubão! Prefiro ficar na rua — complementou André, bebendo nervosamente seu refrigerante e imaginando o que o pai diria ao saber o que tinha acontecido. Como se tivesse lido os pensamentos dele, Rubens abordou o assunto seguinte:

— Amigos, precisamos combinar uma coisa. Ninguém pode ficar sabendo desse protótipo. Ainda não sabemos com o que estamos lidando, nem como as pessoas reagirão a isso! Precisamos ter cautela — advertiu Rubens. — Prometam que não contarão para ninguém, ao menos por enquanto.

Todos se entreolharam. O que Rubens pedia era razoável, porém muito difícil de atender.

— Já pensou no que vai fazer com ele? — perguntou Paulo. — Você sabe que dá para ficar milionário com essa gracinha, certo?

— Bilionário — corrigiu André. — Bill Gates vai parecer um mendigo perto de você.

— Rubens, por favor, você me empresta esse aparelho? — pediu Tânia, cortando o assunto abruptamente. — Só por esta noite. Juro que o devolvo amanhã, sem falta.

Os outros se calaram, boquiabertos diante do pedido injusto que a amiga fazia. Rubens havia feito uma descoberta revolucionária, que poderia transformar a vida de todas as pessoas do mundo e, ainda por cima, deixá-lo podre de rico. Era óbvio que ele não poderia concordar com o que a amiga lhe pedia. Era uma completa loucura.

— Pode levar. Só tome cuidado, está bem? — disse Rubens, entregando o TIDCA e o carregador nas mãos da moça. Tânia parecia não conseguir desviar o olhar da invenção miraculosa, como se estivesse enfeitiçada. Os demais protestaram quase simultaneamente.

— Rubens, isso é loucura! Você não tem uma cópia, um projeto, nada! Se algo acontecer com esse aparelho, acabou! Esse celular precisa ficar num cofre de banco, isso sim! — indignou-se Paulo, começando a questionar a sanidade mental do amigo.

— Velho, ele tem razão! — disse André, voltando-se para a garota em seguida. — Desculpe, Tânia. Sei que você está curiosa, todos nós estamos, mas isso não é um brinquedo. É um milagre da ciência! A oitava maravilha do mundo! E precisa ficar protegido a sete chaves!

— Traga-o amanhã cedo, o.k.? — disse Rubens à amiga, ignorando os colegas.

— Sete horas da manhã na Lucy. Vou protegê-lo com a minha vida, eu prometo — Tânia falou, séria, tremendo de excitação enquanto guardava o aparelho na bolsa e já se levantava, fazendo menção de ir embora.

— Eu também estarei lá. Quero muito estudar essa belezinha! — exclamou Paulo, ainda inconformado com aquela ideia. Se Tânia fosse assaltada e perdesse o celular, ele a mataria com as próprias mãos.

— Eu também! Às seis e meia estarei na porta — afirmou André.

— Contem comigo! — Jonas, que estivera mais quieto até o momento, declarou com determinação.

Tânia contornou a mesa e plantou um beijo no rosto de Rubens, abraçando-o com força.

— Muito obrigada. Você não faz ideia do que isso significa para mim — sussurrou junto ao ouvido dele. Rubens sentiu os pelos dos braços se ouriçarem.

— Faço, sim. Pode apostar — ele disse, soltando a amiga com relutância.

Ela sorriu e partiu apressadamente, sob os olhares críticos do restante do grupo. Pouco depois, todos começaram a se despedir e a tomar o rumo de casa. O dia seguinte prometia ser cheio.

BODAS DE TURQUESA

— Mãe, a que horas vocês vão chegar? — Tânia perguntou, enquanto observava a mãe passar batom e dar os últimos retoques na aparência antes de sair.

— Umas onze horas, no máximo, filha, tudo bem para você? — Márcia perguntou, conferindo sua imagem no espelho. A maquiagem parecia correta, mas ela queria ter certeza de que tinha ficado perfeita. Também examinou o vestido que tinha escolhido, um modelo preto e curto, perfeito para ocasiões especiais como aquela.

— Mãe, por que você gosta de usar maquiagem? Não incomoda?

— Não incomoda, não, a maquiagem deixa a gente mais bonita e confiante. Quando você crescer e começar a usar, vai poder ver: sua pele vai ficar linda — falou sorrindo para a filha.

— Sai fora, eu nunca vou usar isso! — Tânia respondeu com convicção. — Deve ter gosto e cheiro horríveis!

— Que nada! Aposto que você vai adorar! Quer experimentar? — perguntou a mãe num tom divertido oferecendo o batom à filha. Ela fez cara de nojo e recusou.

— Você está pronta? Nós temos que ir. O restaurante não vai segurar a reserva até muito tarde — disse Elias, o pai de Tânia, apressando a esposa.

Igual à companheira, ele também tinha caprichado no visual: estava de camisa, calça social e paletó. Márcia respondeu que estaria pronta em apenas um minuto.

— Pai, quantos anos de casados vocês estão completando hoje? — Tânia quis saber, enquanto consultava algo no celular.

— Dezoito anos, filha.

— Vocês estão fazendo bodas de turquesa, então! — falou, apontando para a tela do aparelho.

— Sim, eu sei. E, por falar nisso... — Elias se abaixou e abriu a gaveta da cômoda. Ele retirou um pequeno embrulho vermelho com uma fita branca e o entregou a Márcia. — Feliz aniversário de casamento, amor!

Márcia sorriu, espantada.

— Nós tínhamos prometido não dar presentes, lembra? Estamos economizando para a viagem de férias — ela falou, sem conseguir disfarçar a alegria. Aquela era uma deliciosa quebra de promessa. Apesar do acordo, Márcia sentia lá no fundo que uma comemoração assim pedia troca de presentes.

— Fique tranquila, não foi muito caro. Espero que você goste.

Márcia abriu a caixa e sorriu. Era um lindo colar de ouro com pingente de pedra azul brilhante. Ela o colocou no pescoço e admirou a combinação perfeita que ele fazia com seu vestido.

— Turquesa! Você leu meus pensamentos. Obrigada — disse, dando um beijo no marido.

Tânia novamente fez cara de nojo; não entendia aquela coisa dos adultos de trocar saliva.

— Tire uma foto nossa, filha!

Primeiro ela tirou uma foto da mãe e do pai, depois fez uma *selfie* com os três juntos. Estavam sorridentes e formavam uma família linda, unida e feliz.

— Mãe, quando você chegar, vamos acabar a nossa partida de xadrez? — perguntou Tânia, apontando para o tabuleiro.

Márcia era campeã naquele jogo e o tinha ensinado à filha com imenso cuidado, tanto que a menina estava se tornando fera no assunto. Suas partidas se estendiam cada vez mais, e era comum interromperem o jogo para que cuidassem de outros afazeres e o retomassem horas depois. Naquele dia não tinha sido diferente. Após vários minutos jogando, elas decidiram parar para que Márcia pudesse se arrumar.

— Podemos tentar, filha, vamos ver. Amanhã preciso trabalhar, não posso dormir muito tarde.

— Você prometeu! Eu estou quase ganhando! — Tânia falou, indignada. Márcia riu da reação da menina.

— Tudo bem, tudo bem, promessa é dívida! Mais tarde a gente termina! — ela falou sorrindo. Tânia comemorou como se já tivesse vencido a partida.

Em seguida, Márcia e Elias se despediram da filha e saíram. Eles tinham insistido para que a menina os acompanhasse, mas foi em vão. Ela preferia ficar em casa comendo salgadinho enquanto jogava no computador.

A família morava numa casa grande e confortável localizada em uma rua particular, na qual só era possível entrar passando por uma guarita, monitorada por um vigia. Por essa razão, os moradores não se preocupavam demasiadamente com a segurança, o que provaria ser um erro fatal.

Tânia brincava em seu computador, exatamente como fazia todas as noites, e escutou o momento em que a garagem começou a ser aberta. Ela nem sequer tirou os fones do ouvido, sabia que em poucos minutos os pais estariam dentro de casa.

Passados alguns instantes, entretanto, ela escutou um grito carregado de impaciência e ódio.

Tânia se assustou e tirou os fones.

Ela ainda procurou apurar a audição, tentando entender o que estava acontecendo, quando o estampido de um tiro ecoou na noite fazendo-a se sobressaltar. A menina arregalou os olhos e correu até a janela do seu quarto, que dava para a garagem. Puxou a cortina, mas teve o cuidado de olhar pelas frestas, sem abrir. Assustada, viu o carro parado diante da garagem, bem em frente ao portão escancarado. Provavelmente os pais aguardavam a abertura completa quando foram abordados pelo assaltante.

Ela viu o momento exato em que um homem de boné e jaqueta preta apontou a arma na direção do banco do passageiro e puxou o gatilho três vezes. O clarão dos disparos criou um efeito estranho, como se uma lanterna tivesse piscado rapidamente no interior do veículo. O som era alto e intimidador.

Tânia gritou de desespero e correu escada abaixo. Ela não pensou no perigo, no assaltante, em nada. Escancarou a porta da sala e viu uma figura correndo no meio da noite. O carro da família ainda estava parado, com os faróis acesos, o motor ligado e a porta do motorista aberta.

Com o coração disparado dentro do peito, Tânia aguardou, sob a soleira da porta, que alguém se movesse dentro do carro. Ela tremia, apavorada, torcendo para que a qualquer instante o pai saísse do veículo, perguntasse se ela estava bem e dissesse que um assaltante tinha disparado a arma apenas para assustá-los, abraçando-a em seguida, juntamente com a mãe. Certamente os dois dariam uma bronca nela ou a colocariam de castigo por ter sido tão imprudente ao abrir a porta durante um assalto, em vez de chamar a polícia e permanecer dentro de casa.

Infelizmente, nada disso aconteceu. Ninguém saiu do carro, nenhum dos dois apareceu. O veículo permaneceu ali, parado, encarando-a e esperando que ela se aproximasse para olhar o que acontecera.

A menina, descalça e vestindo um pijama, avançou lentamente pela garagem, apesar do medo. A cada passo que dava, mais luzes se acendiam nas outras casas da rua. Vizinhos abriam as cortinas e arriscavam olhar pelas janelas, assustados com o som dos tiros.

Uma garoa fina começou a cair. As minúsculas gotas de chuva cruzavam à frente dos faróis do carro, como pequeninos riscos prateados. Tânia fechou os braços, respirou fundo e finalmente olhou para dentro do veículo.

Gritou apavorada ao ver o painel e os bancos do carro sujos de sangue e o pai caído de lado, com a cabeça no colo da esposa e um buraco de bala na têmpora esquerda. A mãe também estava morta, encostada na porta do passageiro, com dois tiros no peito e um no rosto. O colar com o pingente de turquesa havia sumido.

Sete anos depois do fatídico acontecimento, Tânia abriu o mesmo portão, atravessou a mesma garagem e abriu a mesma porta, cerca de trinta minutos após ter deixado os colegas. Parou por um instante e olhou para aquela parte da casa. Somente o carro estacionado na garagem era diferente, o resto estava quase igual. Com aspecto mais velho e não tão bem cuidado, porém igual.

A moça respirou fundo e engoliu em seco. Lembrava perfeitamente das luzes das viaturas, das ambulâncias, dos diversos policiais que vasculharam o bairro e documentaram a cena do crime, dos vizinhos curiosos parados na calçada do outro lado da rua, olhando-a com piedade.

Lembrava que os tios haviam chegado quase duas horas depois. Eles a abraçaram e prestaram os esclarecimentos para a polícia; a irmã do pai dela chorou pela tragédia. Ela e o marido nunca mais foram embora. Na condição de responsáveis legais da menina, mudaram-se para aquela casa confortável, deixando para trás os anos em que pagaram aluguel, e passaram a usufruir o patrimônio construído pelos pais dela.

A moça guardava na memória cada uma das palavras do padre durante a missa de sétimo dia, mas nenhuma delas trouxe alívio para o seu coração. Aquela tragédia era inexplicável e irreparável, nem mesmo a eventual condenação do assassino dos pais e sua prisão mudariam alguma coisa, até porque a polícia jamais conseguira descobrir sua identidade.

Após a missa, um casal se aproximou dela. Soube que eram velhos amigos dos seus pais e que não a viam fazia alguns anos. Rubens, o filho deles, com apenas dez anos na época, aproximou-se e abraçou Tânia apertado. Ela se lembrou de ele ter falado no ouvido dela que sentia muito. Aquele tinha sido o primeiro gesto legítimo de conforto e carinho que alguém dirigia a ela desde o crime. Era por isso que, depois daquele episódio, os dois tinham se tornado tão amigos.

— Rubens, será que você descobriu a chave para tudo? Tenho até medo de ter esperanças — sussurrou.

Ela abriu a porta e, como sempre, encontrou seus tios sentados no sofá vendo televisão. Era sempre igual. Como ambos estavam aposentados e nunca tiveram filhos, a vida deles era um amontoado de dias inúteis, os quais procuravam preencher com atividades banais, conversas enfadonhas, longas horas em frente à televisão e infinitas idas à igreja. Isso os tinha tornado pessoas ainda mais insuportáveis.

— Que milagre! Em pleno sábado, você já chegou em casa? Pensei que fosse passar a noite na farra de novo — comentou seu tio Ricardo. O tom dele era sempre crítico; mesmo nos comentários mais banais ele parecia estar emitindo algum tipo de julgamento.

— Verdade, você andou se metendo em confusão de novo? Sua cara está horrível — tia Helena falou com o mesmo ar julgador do marido. Ela não demonstrava preocupação legítima, apenas um profundo desgosto pelo jeito de ser da sobrinha.

— A farra acabou mais cedo hoje, não tínhamos mais drogas, por isso decidimos vir embora. Mas amanhã de manhã vai chegar mais, não pretendo nem dormir até segunda-feira — Tânia comentou com tamanha ironia que os tios se enfureceram.

— Mais respeito, Tânia, isso é coisa que se fale? — Ricardo questionou irritado. — Se os seus pais estivessem aqui iriam morrer de desgosto!

— Pois é, infelizmente não tem como isso acontecer, né? Alguém os matou antes de mim — retrucou, ferina.

— Que horror! Que falta de respeito! Não sei quem educou você assim. Garanto que não fui eu! — Helena falou com amargura, olhando Tânia por cima dos óculos antigos.

— Não, ninguém me educou. Depois que meus pais morreram, ninguém mesmo — Tânia respondeu secamente. Os tios a encararam com raiva. Em outros tempos, eles a poriam de castigo ou até mesmo lhe dariam uma surra, coisa que tinham feito várias vezes depois de assumir a responsabilidade por ela. Uma vez que se tornara mais moça, só restava a eles discutir.

— Menina ingrata, Deus tenha misericórdia! Sua mãe deve se revirar no túmulo vendo você assim, com essa maquiagem horrorosa, parecendo uma... sei lá o quê — Helena grunhiu.

— Pode falar, parecendo uma puta, certo? Fique tranquila, eu não abro as pernas por dinheiro. Só trepo por drogas e diversão mesmo — Tânia falou, deixando-os horrorizados. — Vou para o meu quarto.

A moça os deixou para trás com o olhar de espanto e subiu as escadas. Como sempre, aquela conversa não estava levando a lugar algum, e ela tinha coisas mais importantes para fazer.

Tânia entrou em seu quarto, que era uma verdadeira bagunça: tinha roupas espalhadas, várias coisas fora do lugar, muito pó acumulado e pôsteres do Within Temptation, Evanescence e The Cure pendurados nas paredes.

Ela jogou a bolsa num canto, sentou-se na cadeira da escrivaninha e respirou fundo, olhando para o aparelho construído por Rubens. Perguntou-se o que estaria por vir. Só havia uma forma de descobrir.

Rubens falara que, de acordo com a explicação de um dos fantasmas, muitos espíritos permaneciam no lugar em que tinham morrido de forma traumática. Se isso fosse verdade, talvez ela tivesse a chance de conseguir o que pretendia.

Ela se levantou e foi até uma prateleira, na qual estava um tabuleiro de xadrez empoeirado. As peças ainda estavam dispostas da mesma forma que tinham sido deixadas na noite fatídica. Ela chegou a brigar diversas vezes com a tia quando esta insistia que era loucura manter aquele jogo daquela forma. Helena chegou a guardar as peças, mas Tânia tinha anotado cada uma das posições, e colocou tudo de volta nos lugares. Olhara para aquele tabuleiro tantas vezes, e tantas outras chorara diante dele, que seria capaz de arrumá-lo de novo de olhos fechados.

Tânia se sentou na cama e pôs o jogo diante de si. Ela fechou os olhos e rezou, pedindo a Deus que, ao menos daquela vez, a escutasse. Em seguida, acionou o aparelho da mesma forma que Rubens tinha feito. Quando viu o marcador do tempo correndo após encerrar a ligação, falou apenas uma frase, enquanto movia uma das peças:

— Bispo come a rainha, xeque.

E, para seu espanto, uma voz feminina, suave e familiar falou em seu ouvido através do aparelho.

— Rei para a casa A6.

— Mamãe? É você? — Tânia sussurrou, levando a mão à boca como se tentasse conter um grito, enquanto os olhos ficavam rasos d'água.

— Sou eu, minha criança, senti tanta saudade... — Márcia respondeu com a voz embargada. — Eu não sei como isso é possível, mas agradeço a Deus por você estar me ouvindo.

— Eu também não sei, mãezinha, mas também agradeço a Ele por isso — Tânia falou com as lágrimas escorrendo pelo rosto.

— Filhinha, por que você nunca mais jogou xadrez?

— Eu estava esperando minha parceira voltar para que pudéssemos acabar a nossa partida — Tânia respondeu, enquanto um soluço doloroso nascia em seu peito.

E, assim, mãe e filha puderam finalizar sua derradeira partida de xadrez, sete anos depois de terem sido tragicamente separadas pelo destino.

MEDIA ONE

Eram sete horas da manhã quando a campainha da casa de Rubens tocou pela quarta vez. Ele deixou os colegas na sala minúscula e se levantou para atender. Nunca tinha visto tamanha pontualidade em toda a sua vida, em pleno domingo de manhã. Todos já tinham chegado, só faltava a Tânia. E, quando ele abriu a porta, tomou um baita susto.

Era Tânia, mas ela estava irreconhecível! Tinha tirado os *piercings*, não usava aquela maquiagem pesada de sempre nem estava de preto. A garota vestia calça jeans e camiseta branca, parecia ter rejuvenescido uns dois anos.

— Bom dia, amigos! Tudo bem? — ela falou, festiva. Rubens franziu o cenho enquanto a colega dava um beijo estalado em seu rosto, como se aquele fosse o dia mais feliz de sua vida.

— Muito bem, quem é você e o que fez com a nossa amiga? — Rubens perguntou.

Os demais também se aproximaram, curiosos. Não havia nem sinal da moça gótica, de olhar triste e semblante pesado de antes. Todos começaram a se perguntar o que teria acontecido e se aquela mudança súbita se devia ao aparelho inventado por Rubens.

— Pode-se dizer que sou mesmo outra pessoa, uma nova pessoa! Afinal de contas, não é sempre que uma garota consegue conversar a noite toda com a mãe falecida há sete anos, não é mesmo? — comentou, espirituosa.

Eles se entreolharam estupefatos. Rubens era o mais surpreso, pois também cogitava falar com o pai, só não fazia ideia de como conseguir isso. Tânia tinha tido sucesso em apenas uma noite.

— Você está brincando? Conta tudo! — Rubens pediu. Os demais fizeram coro, pois aquela era uma revelação inacreditável, que tornava todo o experimento ainda mais impressionante.

Tânia narrou todos os eventos com riqueza de detalhes diante dos olhares maravilhados dos amigos. Se já no dia anterior todos tinham ficado convencidos de que estavam diante de uma grande criação, depois disso tiveram certeza de que se tratava de um verdadeiro milagre.

— Minha amiga, estou tão feliz por você! — André comentou. — Dá para ver que foi uma experiência transformadora.

— Foi mesmo! Eu até arrumei o meu quarto e me desculpei com a minha tia! — Tânia comentou, bem-humorada. — Eu conversei com a minha mãe, mas foi a minha tia que parecia ter visto um fantasma quando entrou no meu quarto e viu tudo arrumado! Rubens, meus parabéns, isso aqui é maravilhoso! — ela falou, com o celular na mão.

A moça entregou em seguida o aparelho ao amigo, que agradeceu, feliz por tê-la ajudado a se sentir melhor.

— Muito bem, amigos, acho que já deu para perceber o que nós temos aqui, certo? Essa minha geringonça vale ouro e é capaz de transformar vidas; só temos que decidir o que fazer com ela.

— Eu voto por vender às pessoas. Acho que todo mundo deveria ter o direito de comprar um aparelho desses. Para muita gente será libertador — Tânia se apressou em responder. Ela ainda estava em êxtase após a experiência da noite anterior e pretendia pedir o celular emprestado de novo.

Paulo, André e Jonas pareciam pensativos. Ao contrário de Tânia e Rubens, os três não estavam tão confortáveis assim com a ideia de conversar com os mortos. Eles ainda lembravam, com muito nervosismo, os acontecimentos do dia anterior.

— Pessoal, é provável que vocês tenham razão, muita gente sonha em ter uma chance de falar com os entes queridos novamente. A dúvida é se vai dar certo. Ontem, no cemitério, a experiência não foi exatamente redentora, como no caso da Tânia, concordam? — disse Paulo por fim. — Não temos como garantir que as pessoas vão conseguir falar com quem elas desejam, já pensaram nisso?

— Acho que os próprios fantasmas vão procurar seus entes queridos, e experiências como a de Tânia vão se repetir. Este lugar aqui está bem movimentado desde que falei com Teresa. Parece que a notícia se espalhou "do lado de lá". Não sei como eles se comunicam, mas toda vez que eu ligo o telefone tem um monte de gente querendo falar comigo. Não sei, mas acho que estou enfrentando um problema de superlotação — Rubens comentou.

— Isso é doentio. Você está falando que aqui, agora, tem um monte de fantasmas nos observando? Esperando para que a gente ligue essa coisa e fale com eles? — perguntou Jonas, atordoado.

— Sim, é exatamente isso! Quer fazer um teste? — Rubens perguntou, oferecendo o aparelho ao rapaz. Jonas o recusou de imediato, não estava pronto para repetir aquela experiência.

— Rubens, o que leva você a pensar que os fantasmas vão procurar seus entes queridos? De onde saiu essa teoria? — indagou André.

Rubens repetiu a explicação de que muitos fantasmas acabavam ficando no lugar em que haviam morrido ou que costumavam frequentar, próximo dos familiares.

— A minha mãe falou que ela e meu pai se revezam e vêm me visitar com frequência por estarem sempre preocupados comigo. Foi por isso que ontem eu consegui falar com ela tão rapidamente. E já combinamos que em dois dias os dois voltarão juntos. Não é o máximo? Vou poder falar com meu pai de novo! — disse Tânia, e estava tão feliz que sentiu os olhos molhados pelas lágrimas. Rubens teve uma ponta de inveja da amiga. Mais do que nunca, queria poder falar com o pai, e estava torcendo para que pudesse contatá-lo um dia.

— Pessoal, acho que só tem um jeito: todos vão precisar testar o aparelho, mas dessa vez na própria casa — Rubens comentou. — A experiência do cemitério pode não ter sido a forma ideal de abordar o assunto; talvez em ambiente mais familiar a coisa toda funcione de modo melhor.

Depois prosseguiu com sua linha de raciocínio:

— Este lugar aqui é muito antigo; várias pessoas, em momentos distintos, moraram nesta casa. E muitas delas continuaram por perto, por isso estou falando com tanta gente. Precisamos de mais testes. Que tal você, Jonas?

— Eu não fico muito confortável com essa ideia, sou covarde — respondeu. — Mas saibam que eu já concordei, vou participar desse projeto junto com vocês, contem comigo.

— Ótimo, já somos três — sentenciou Rubens.

— Outra coisa muito importante, pessoal — interveio Tânia —, foi que minha mãe falou que, entre os mortos, corriam boatos de que um grupo de jovens vinha conseguindo se comunicar com espíritos; por isso existem muitos fantasmas loucos para conversar conosco! Conseguem imaginar uma coisa dessas?

— Os mortos estão nos procurando para conversar? Há uma multidão de fantasmas vindo para cá, é isso? — Rubens perguntou, meio desconcertado.

— Pelo visto sim. Se eu fosse você, evitaria ligar essa coisa aqui na sua casa, senão vai passar o resto da vida enviando recados para parentes de gente morta — Tânia falou, bem-humorada. — Mas não se preocupe, minha mãe disse que nós estamos seguros, não é como nos filmes; os fantasmas não podem nem querem nos fazer mal.

Rubens assentiu e voltou à carga:

— E vocês dois, vão experimentar? Quem é o próximo?

Paulo e André examinaram um ao outro. Nenhum dos dois parecia muito confortável com a velocidade das coisas. Paulo, porém, reuniu coragem.

— O.k., eu testo esta noite, pode ser? De qualquer forma, podem contar comigo; eu nunca deixaria de participar de uma coisa dessas.

— Para você imagino que deve ser muito difícil, afinal de contas, sempre se declarou ateu — falou Rubens, demonstrando apoio ao amigo.

— Vocês sabiam que os chineses de Hong Kong formam o povo menos ateu do mundo? Meus pais vieram de lá e acho difícil acreditar que eles não tivessem uma religião. Mas, enfim, meus pais adotivos são assim, e eu fui influenciado por eles — comentou Paulo, meio sem graça. Havia algo levemente decepcionante naquela descoberta.

Percebendo que o clima tinha ficado um pouco estranho após aquele comentário, Tânia decidiu mudar o rumo da conversa. Tinha algo que a estava incomodando.

— Rubinho, qual era mesmo o nome que você tinha escolhido para o aparelho?

— Transcomunicador Instrumental Digital de Curto Alcance. Mas também podemos chamá-lo de TIDCA, o que acham? — perguntou ele, orgulhoso de si mesmo.

— É um nome... bastante autoexplicativo — André falou.

— É bom, eu acho. Quero dizer, é um pouquinho longo, mas me parece... bom. Eu acho — titubeou Jonas.

— Sim, é quase um slogan, assim a gente nem precisa de uma agência de publicidade — pontuou Paulo. Imediatamente ele se sentiu mal por ter feito um comentário tão idiota.

— Pois é, foi isso que eu pensei! Acho que esse nome vai arrebentar! — Rubens falou, empolgado.

— Rubinho, meu querido, ouça com muita atenção: você é um fofo, um gênio, e eu te amo. Mas esse nome é a coisa mais ridícula que eu já ouvi — disse Tânia sorrindo e fazendo uma expressão tão engraçada que arrancou risos dos colegas. Só Rubens não riu, mas não porque estivesse ofendido; ele ficara preso na primeira frase da moça. Levou alguns instantes para voltar à realidade.

— Sério mesmo? É tão ruim assim?

— É horrível, demasiadamente longo e confuso. Parece o nome de um aparelho usado para fazer exame no ginecologista — falou com sinceridade, provocando mais risadas.

— Caramba, não precisa se preocupar com os meus sentimentos! — soltou Rubens, franzindo a testa e rindo.

— Ah, desculpe, Rubinho! Mas é um nome horroroso, confie em mim. Um dia você vai me agradecer.

Os outros concordaram e ficaram aliviados por alguém finalmente ter reunido coragem para falar o óbvio.

— Muito bem, sabichona, e como você sugere que nós chamemos o aparelho? — ele perguntou cruzando os braços em tom de desafio. Os outros colegas se viraram ao mesmo tempo na direção de Tânia, curiosos.

— Não sei. Que tal Media One?

— Media One? Em inglês? — André perguntou, mostrando um sorriso que dava a entender que ele já tinha sido convencido.

— Exato! "Mídia" é a definição genérica de um veículo de comunicação; e esse vai ser, acredito eu, o meio de comunicação número 1 do mundo muito em breve. Portanto, Media One — explicou Tânia.

— Gostei! É bastante sonoro, moderno e simples. Para mim é perfeito! — falou André.

Em pouco tempo, todos estavam de acordo, inclusive Rubens.

— Que seja Media One então — Rubens decretou por fim. — Posso contar com a ajuda de vocês? Preciso de gente de minha confiança para executar esse projeto, não sei se consigo sozinho.

Os amigos reiteraram o que tinham dito antes: não mediriam esforços para, junto com Rubens, levar o Media One até os quatro cantos do mundo.

RENAN

Ficaram mais algumas horas discutindo o projeto e começaram a definir os próximos passos — um deles parecia ser o mais óbvio de todos.

— Nós temos que replicar esse aparelho, tentar entender o que ele tem de tão especial. Se não formos capazes de fazer uma cópia, todos os nossos sonhos vão virar fumaça — disse Rubens.

— Com certeza. Sem dominar essa tecnologia, o Media One será apenas uma curiosidade que vai atrair gente de todos os tipos até sua porta: de viúvos desesperados até políticos gananciosos. Nós temos que ter muito cuidado — Jonas argumentou.

Rubens concordou. Apesar de não saber o que tinha feito de tão diferente para obter aquele resultado, esperava conseguir uma resposta em breve, mesmo considerando o enorme risco envolvido.

— Para duplicar o aparelho, será necessário desmontá-lo e analisar cuidadosamente todos os componentes; com isso, corremos o risco de o Media One simplesmente parar de funcionar — ponderou Rubens.

— Isso seria muito ruim — falou Paulo.

— Péssimo — Tânia complementou, sentindo um arrepio só de imaginar uma coisa dessa acontecendo.

— Muito bem! Então eu vou fazer meu teste esta noite. Detestaria não usar essa coisa e ela parar de funcionar. Prefiro não correr o risco — Paulo falou, sério. — A não ser que você queira ter a sua chance hoje, André.

— Fica tranquilo, pode usar! Amanhã eu testo, ainda estou me acostumando com a ideia.

— Muito bem, estou indo. Desejem-me sorte — disse Paulo, pegando o aparelho e sentindo uma forte ansiedade.

Paulo chegou em casa algum tempo depois. No trajeto, teve oportunidade de refletir e ponderar sobre as implicações que aquele aparelho traria. Era assustador, pois uma de suas convicções mais profundas estava baseada no fato de que a morte era o término de tudo, o encerramento, o *grand finale* da existência, e agora tudo indicava que esse entendimento estava errado.

Paulo sentiu uma onda de raiva dos pais adotivos. Ele se lembrava de que, quando criança, tinha uma crença muito grande em um poder maior, em algo além da vida como todos a conhecem. Seus pais, entretanto, tiraram isso dele. Eles foram duas pessoas amorosas, mas também foram intransigentes em relação a suas crenças. Ou à ausência delas.

— A morte é o fim de tudo. O corpo humano é uma máquina inteligentemente criada pela evolução e a morte é apenas o desligamento definitivo de todo o sistema — repetia o pai dele sem parar.

Paulo acreditou. E isso aconteceu de uma forma tão profunda que o jovem se transformou num defensor ferrenho do ateísmo, algo que lhe custou muitos arrependimentos, a perda de algumas amizades e a fama de pessoa extremamente irritante quando o assunto era religião. Carregar aquele aparelho no bolso, então, fazia com que ele se sentisse muito estranho.

Será que conseguiria falar com alguém ou só haveria silêncio? Talvez os pais dele se comunicassem! Que droga, ele nem sequer sabia falar mandarim! Pensamentos assim lhe rondavam a cabeça.

Ansioso com todas aquelas possibilidades, Paulo se apressou. Ele precisava chegar logo e descobrir o que o outro lado lhe reservava.

O rapaz entrou em casa e deu de cara com a mãe, Jussara. Eles formavam uma família bastante heterogênea: ela tinha ascendência negra, o pai, João Pedro, era branco e Paulo era descendente de chineses. Não tinha como negar a adoção.

— Boa noite, filho, como foi o seu dia? Mal te vi hoje! — ela disse, dando um beijo em sua testa. O rapaz a cumprimentou com carinho, fazendo comentários vagos sobre ter ficado com os colegas e omitindo o assunto do encontro.

— Seu pai está tomando banho; você quer jantar?

— Depois, mãe, vou tomar banho e trocar de roupa primeiro — Paulo falou, despistando a mãe e se dirigindo para o seu quarto. Ele estava ansioso para começar o teste.

Quem estaria ali? Seriam seus pais? Algum dos seus avós adotivos? Era excitante — e um pouco assustador também — imaginar as possibilidades. Para um ateu, ele estava abraçando muito rapidamente a ideia da vida após a morte, mas isso não o incomodava, pois as experiências dos amigos tinham deixado claro que desbravar aquele mundo invisível e desconhecido era uma oportunidade rara.

Paulo não podia estar mais enganado.

— Você está me escutando?! — uma voz perguntou, fazendo com que Paulo se arrepiasse. O rapaz não gostou nada do tom do seu interlocutor.

— Sim, estou. Quem está falando?

— Eu não acredito nisso! Você está mesmo me ouvindo, seu filho da puta?!

Paulo fechou a expressão. A voz era estranhamente familiar, e o que mais chamava atenção era que se tratava de um adolescente. Ele parecia muito irritado, seu tom era agressivo, feroz e cheio de ressentimento.

— Quem está falando? Quem é você? — Paulo quis saber, preocupado com o que iria escutar.

— Aqui é o seu pior pesadelo, desgraçado! Eu estou esperando para acertar as contas com você faz anos, sempre pensei que teria que esperar você morrer para poder me vingar! E agora eu descubro que você consegue me escutar?! Sério mesmo? — o garoto perguntou, com a voz vibrando de satisfação e sarcasmo. — Eu vou te foder, Paulo, vou ferrar com a sua cabeça, seu japa de merda! Você está lascado, velho, quando eu te pegar, vou acabar com a porra da sua raça!

— Calma aí, eu estou reconhecendo a sua voz. Você é...

— Eu mesmo, maldito. Sou eu, o Renan. — O menino cuspiu as palavras no ouvido de Paulo. O ódio dele era tão grande que o jovem pôde sentir sua presença maligna ali mesmo, em seu quarto. — E eu vou destruir a sua vida, igualzinho você fez com a minha!

Paulo congelou ao ouvir aquelas palavras. Seu coração disparou, sua boca ficou seca e ele se viu transportado no tempo, mais precisamente para três anos antes, quando tinha apenas quinze anos de idade.

Era o momento em que ele levara um jovem de dezesseis anos a tirar a própria vida.

— Olha para mim, moleque! Você está rezando, mano, sério mesmo?! — Paulo gritou agarrando Renan pelo colarinho e desferindo mais um murro no rosto dele.

O sangue espirrou do nariz fraturado do garoto e seus olhos se encheram de lágrimas, pela dor e pela humilhação. Vários jovens ao redor gritaram e aplaudiram, incentivando a selvageria.

— Isso aí, arrebenta o aspirante a coroinha!

— Mete porrada, Paulo, arregaça!

Diversos alunos da escola onde Renan e Paulo estudavam assistiam à cena inconformados. Renan era mais velho e maior do que Paulo, mas não tinha a mesma malícia; tampouco nutria a disposição para a violência, que chegava a ser um traço do jovem oriental — ele era praticante de artes marciais e andava cercado de colegas tão violentos quanto ele, ou mais.

Renan estava exausto e apavorado. E, por ser muito religioso, naquele momento murmurava uma prece pedindo a proteção divina. Isso enlouqueceu Paulo de vez.

— Caralho, esse puto está rezando mesmo! Vai se foder, sua bicha! Essa conversa fiada de Deus é besteira! — Paulo gritou, soltando mais um murro no rosto de Renan, que viu diversos pontos brilhantes dançando diante dos olhos.

Repentinamente Paulo largou Renan no chão e se virou para o lado em que a mochila do garoto caíra, próximo deles. Rapidamente começou a revirar a bolsa até encontrar o que estava procurando. Como se fosse um troféu, Paulo mostrou sua descoberta para os vários colegas que assistiam àquele espetáculo degradante.

— Uma Bíblia! Dá para acreditar que o coroinha carrega uma Bíblia na mochila?! — E exibiu o livro de bolso com sarcasmo na voz.

Alguns dos amigos de Paulo riram, outros se entreolharam de forma desconfortável. Eles podiam segui-lo naquelas demonstrações de truculência, mas não se sentiam muito à vontade para vilipendiar um objeto sagrado.

— Cara, já chega, deixe esse viado para lá... — um deles falou, preocupado, com medo de que algum adulto aparecesse.

— Claro que não. Esse puto deve estar querendo virar padre ou algo assim! No mínimo vai virar um estuprador de criancinhas, conheço esse tipo. Tem que meter o murro mesmo! — rosnou Paulo, chutando Renan no chão.

— Solte o Renan! Você enlouqueceu?! — uma menina se aproximou aos gritos, desesperada com a situação do amigo. Renan sentiu o coração sangrar de agonia. Aquela moça era Daniela, sua melhor amiga e uma antiga paixão do rapaz. Ver a moça diante dele com tanta piedade no olhar era mais humilhante do que a surra gratuita que Paulo estava aplicando nele.

— Ah, não, só faltava essa! Agora chegou a amiga metida a freira, puta que me pariu! — Paulo falou grosso, furioso. — Sai fora daqui! — ordenou à Daniela.

A menina congelou diante daquele olhar raivoso. Era incompreensível como alguém tão jovem podia ser tão detestável.

— Deixe a garota em paz! — gritou Renan, tentando se colocar em pé, reunindo toda a sua coragem e o que havia sobrado de energia.

— Cale a boca!

Paulo deu um passo à frente e desferiu um chute com violência na cara do colega, que caiu desmaiado instantaneamente. Várias pessoas se apavoraram com a cena.

— Puta merda, ele morreu?!

— Cara, isso foi longe demais; agora fodeu!

Paulo gelou ao ver o rapaz desacordado. Sua coragem se evaporou como num passe de mágica, e ele percebeu que tinha ultrapassado o limite.

— Renan! Meu Deus, alguém chama uma ambulância! — Daniela gritou desesperada diante do amigo caído. Grossas lágrimas caíam dos seus olhos, e ela se ajoelhou ao lado do colega todo machucado sem saber o que fazer.

— Paulo, vamos embora, velho, vamos sair fora! — gritou um dos rapazes que tinham apoiado a surra, puxando o agressor pelo braço. Paulo só conseguia olhar para o rapaz desmaiado, torcendo para que ele abrisse os olhos. Depois de alguns instantes, ele saiu correndo junto com os colegas, deixando Renan, Daniela e meia dúzia de testemunhas para trás.

Devido à violência cometida contra Renan, Paulo ficou um ano detido numa instituição destinada a menores infratores. Seu crime foi classificado como de baixa gravidade, pois o jovem teve ferimentos considerados leves, apesar de ter ficado inconsciente por quase dez minutos.

O resultado, entretanto, foi desastroso: os colegas de briga de Paulo puseram em Renan toda a culpa pela punição aplicada ao agressor e passaram a perseguir a vítima ainda mais. Todos os dias, em todos os momentos possíveis, grupos de quatro, cinco e até seis rapazes se reuniam para apavorar e, não raro, surrar o jovem, que ganhou fama de traidor.

Todos os amigos de Renan se afastaram, e ele sofria calado com as repetidas perseguições. Mantinha isso em segredo para não preocupar os pais, tentando aguentar sozinho as humilhações e provocações. Um dia, porém, Renan acabou se entregando. Depois de meses de sofrimento, atingiu seu limite.

Depois de muitas lágrimas derramadas e de infinitas preces sem resposta, Renan chegou em casa numa tarde quente, conferiu mais um hematoma no rosto e tentou ligar para Daniela, inutilmente. Se a amiga o tivesse atendido, se ele tivesse ouvido sua voz mais uma vez, talvez conseguisse forças para enfrentar aquele suplício mais um pouco. Infelizmente ela não atendeu ao telefone.

Renan estava sozinho; seus pais se ocupavam do trabalho àquela hora; ninguém estava por perto para lhe dirigir uma palavra de carinho. Uma única demonstração de afeto naquele momento crítico teria mudado o rumo das coisas. Infelizmente, não havia quem pudesse enxugar suas lágrimas e lhe dar um abraço.

Aniquilado e exausto, subiu no parapeito da sacada do apartamento, no 18º andar, e saltou direto para a morte.

— Renan, eu não sei o que dizer... — Paulo murmurou ao telefone. — Eu não queria que nada disso tivesse acontecido.

— Ah, é claro que você queria! Aconteceu exatamente o que você desejava, desgraçado! Eu morri e minha mãe faleceu um ano depois; ela ficou tão arrasada que o câncer a devorou até os ossos! Parabéns, Paulo, você conseguiu! — E o ódio de Renan fez Paulo se encolher.

— Eu fiquei detido e nem sequer voltei mais para a nossa escola; meus pais me transferiram depois do meu período de confinamento. Fiquei sabendo que meus antigos colegas aumentaram as perseguições tempos depois. Meus pais só contaram do seu... suicídio um mês depois — Paulo falou, sentindo a boca secar, o ar faltar e as palavras para remediar aquela tragédia sumirem.

— Guarde suas explicações para o demônio, japa! Eu juro por Deus que é para o inferno que você vai! — Renan gritou. — Eu vou me vingar! Nem que para isso eu precise esperar mil anos! Ao longo de todo esse tempo, eu tenho esperado por você, quero estar lá no dia em que você fechar os olhos e sua vida miserável acabar! Nesse dia, a primeira pessoa que você vai ver serei eu!

— Renan, eu...

— Lembre-se disso, cara: eu estou sempre por perto. O tempo todo eu estou aqui. Quando você dorme, acorda, vai ao banheiro, até mesmo quando você trepa, eu estou observando e esperando a minha vez. O meu dia vai chegar e, quando isso acontecer, vai ser a sua vez de implorar. Vá se preparando: você está fodido na minha mão! — gritou Renan mais uma vez, fazendo o ouvido de Paulo doer. Ele até precisou afastar o aparelho.

— Renan? Renan?! — Paulo chamou em vão. O jovem tinha ido embora.

Depois de chamar várias vezes, Paulo encerrou a ligação. Ficou parado, petrificado, olhando para o celular. Até mesmo o aparelho parecia encará-lo, acusando-o de ser um monstro. Passados alguns instantes, ele finalmente começou a chorar.

Paulo demorou quase uma hora para sair do quarto. Tomou um longo banho, deixando-se sentar no chão sob o chuveiro, abraçado aos próprios joelhos. A cada som diferente, o jovem se sobressaltava, lembrando-se das palavras de Renan. Talvez seu espectro estivesse ali, observando-o, à espreita. Vencido pela fome, Paulo colocou uma roupa e saiu; pretendia comer algo e voltar para a segurança do seu quarto o mais rápido possível.

Ao chegar à sala, viu a mãe sentada numa poltrona lendo um livro; o pai olhava para a televisão. Notou algo particularmente irritante: estava passando na TV um programa religioso. João Pedro levava o ateísmo tão a sério que se divertia vendo a pregação de pastores evangélicos, como se aquilo fosse a coisa mais descabida do mundo. Não raro, ele falava sozinho e tecia comentários do tipo "Deus não existe, imbecil!" ou "A ciência já provou que isso é mentira!".

— Boa noite, filho, tudo bem? Você acredita nesse cara? É muita estupidez para alguém tão novo! — ele falou apontando para a televisão, na qual um jovem pastor, usando terno e gravata, fazia sua pregação com a Bíblia na mão. Paulo, entretanto, em vez de concordar e até rir junto com ele, irritou-se. O rapaz começava a ver as coisas de forma diferente, e estava com os nervos à flor da pele.

— Para alguém tão inteligente, você tem a mente muito fechada, não acha, não? E se você estiver errado, já pensou nisso? — perguntou Paulo em tom agressivo.

— Do que você está falando? — interrogou João Pedro, surpreso pela aspereza do filho, enquanto desligava o áudio da televisão, visivelmente contrariado. — Vai me dizer que agora você acredita que a mulher foi fabricada usando uma costela do Adão e que Moisés abriu o Mar Vermelho usando um pedaço de madeira?

— Eu não falei isso, mas você não acha que é muito arrogante alguém assumir essa postura de dono da verdade, quando acredita que tudo o que existe após a morte é o nada, o vazio total? Você tem uma crença toda baseada na certeza da ausência de qualquer coisa. É estúpido! As pessoas acreditam no que veem ou sentem, mas a sua cabeça funciona ao contrário, você apoia sua opinião no fato de nunca ter visto ou sentido nada!

— Que bicho mordeu você? Isso é jeito de falar comigo? Respeite as minhas crenças! — João Pedro falou, irritado.

— Que crenças? Você não acredita em porra nenhuma, pai! E o pior é que eu e a mamãe embarcamos nessa junto com você! — desabafou Paulo, furioso, dando vazão a pelo menos uma parte dos sentimentos acumulados após a conversa com seu inimigo morto.

— Ei, o que está acontecendo? Por que vocês estão brigando? — Jussara perguntou, estranhando aquela atitude do filho, que em geral era sempre muito calmo e cordial.

— Esse moleque chegou me agredindo, dá para acreditar nesse absurdo? E está falando que as coisas ridículas nas quais nós não acreditamos é que estão corretas!

— As coisas em que você não acredita, pai! Eu e a mamãe fomos arrastados por você para essa certeza cretina de que seis bilhões de pessoas no mundo inteiro, que declaram seguir algum tipo de religião, estão completamente loucas. Enquanto um punhado de gente tem razão! Quem está falando absurdos agora?! — Paulo subiu ainda mais o tom de voz.

— Calma, filho, não fale assim com seu pai! — Jussara tentou tranquilizá-lo. Depois ela se voltou para o marido. — Querido, cuidado com o coração, você não pode ficar irritado, lembra?

— Tudo bem, amor, nosso filho chegou hoje querendo me afrontar. Eu posso ter minhas convicções, posso até mesmo ficar ridicularizando esses pastores da televisão, mas nunca, jamais, desrespeitei alguém por causa de religião, mesmo discordando. Isso que você está fazendo não veio de mim, pode ter certeza — João Pedro falou com seriedade, respirando fundo enquanto media o filho dos pés à cabeça. Paulo percebeu de imediato que tinha extrapolado. — Ou você vai dizer que fui eu quem te ensinou a maltratar os outros só porque têm uma opinião diferente da sua?

— Não, não foi isso que eu falei, mas...

— Nada de "mas", filho, eu sempre falei que nós temos que guardar nossas opiniões para nós mesmos ou para os que pensam como nós. Nunca o obriguei a ser ateu, tampouco dei autorização para ser grosseiro, muito menos comigo. E eu jamais incentivei você a surrar um pobre rapaz na frente dos amigos só porque ele carregava uma Bíblia na bolsa. — E João Pedro lançou um olhar cheio de significado para o filho. Paulo se encolheu de imediato; a simples menção ao ocorrido com Renan o fez lembrar de toda a conversa funesta de uma hora antes.

— Pai, eu...

— Esta conversa acabou, estou indo para o meu quarto — disse ele já se levantando. — Boa noite, filho.

Paulo ficou parado e com o olhar perdido em lugar nenhum.

— O que foi isso, filho? Por que toda essa confusão? — Jussara perguntou, preocupada.

— Mãe, eu norteei toda a minha vida baseado nessa opinião do papai. Eu defendi essa história de que não havia nada depois da morte com unhas e dentes. Perdi amigos, briguei com colegas, quase destruí minha vida. E agora estou pensando se não fiz tudo errado por culpa dele — descarregou Paulo, visivelmente abalado e tentando não deixar transparecer toda a verdade.

— Filho, você está querendo entrar para uma religião, é isso? Você agora acredita em Deus? — Jussara questionou com suavidade. — Se for isso e você estiver preocupado com a nossa opinião, pode ficar tranquilo. Nós nunca vamos tentar impedi-lo. Sempre falamos que você tinha liberdade para decidir se queria ou não acreditar em algo.

— Eu sei, é que eu... machuquei pessoas por causa disso — Paulo falou, esforçando-se para manter o controle. Mesmo assim, seus olhos ficaram rasos d'água.

— Filho, se você está falando do Renan, nós já conversamos sobre isso várias vezes. Você pagou pelos seus erros e mudou muito depois daquela tragédia. Tornou-se um rapaz calmo, estudioso e ponderado. Você precisa esquecer isso, o que passou, passou. Não adianta ficar pensando nesse assunto, o passado está morto e enterrado.

Paulo olhou para a mãe e a abraçou. Ela retribuiu o abraço, compadecendo-se do sofrimento do filho.

Isso é o que você pensa, mãe. O passado pode estar morto e enterrado, mas ele está mais vivo do que nunca — pensou, fechando os olhos e abraçando Jussara ainda mais apertado.

SEGREDOS DE FAMÍLIA

— Tem certeza de que você está bem? — perguntou Rubens, franzindo a testa quando viu o estado de Paulo. O amigo estava abatido, com profundas olheiras e visivelmente exausto. Eles tinham se encontrado na faculdade para a aula.

— Eu estou, sim, fica tranquilo — Paulo respondeu, entregando-lhe o aparelho. Os demais membros do grupo acompanhavam a conversa, porém não estavam muito convencidos daquelas palavras.

— Realmente essa coisa funciona, parabéns!

— E como foi o seu teste? — Tânia perguntou, preocupada.

— Digamos que eu não seria um potencial comprador. Não por causa do aparelho, mas pelos meus "amiguinhos invisíveis", por assim dizer. — Paulo fez um gesto com as duas mãos, dando a entender que a expressão estava entre aspas.

— Foi tão ruim assim? Com quem você falou? — quis saber Jonas.

— Não importa, coisas do passado — Paulo desconversou. — Mas, entendam, acho que isso não quer dizer nada, o aparelho tem potencial. É como o Facebook: eu não posso falar que o site é uma droga, quando na realidade o problema se resume à minha rede de amigos, não é mesmo?

— Esse é um ponto de vista interessante, mas o problema é que, com esse aparelho, a gente não escolhe com quem quer falar — Rubens comentou. — E isso complica tudo; eu também tive uma experiência perturbadora. No final das contas, correu tudo bem, mas...

— Não se preocupem, vamos trabalhar? Nós temos pouco tempo e teremos que conciliar trabalho, faculdade e projeto. Vai ser porrada — disse Paulo, tentando encerrar o assunto.

Todos eles assentiram, alguns ainda preocupados com o estado do amigo.

Após o término da última aula, seguiram para Lucy, por volta das 23 horas.

— Isso vai dar certo? Teremos que parar de dormir para esse projeto sair do papel — Jonas comentou, colocando a mochila no sofá. Ele mal tinha chegado e já estava com sono.

— Não temos escolha: ou fazemos isso ou só teremos os finais de semana para trabalhar, o que será pouco pelo tamanho do trabalho — Rubens falou, enquanto ligava a cafeteira. — Quem precisa de um café para se manter acordado?

Ele sorriu quando todos ergueram as mãos. Tânia levantou dois dedos, indicando que precisava de dose dupla.

Dessa forma, começaram a trabalhar: a primeira missão era conseguir duplicar o aparelho e, sobretudo, arrumar uma explicação para o seu funcionamento. Assim eles teriam chance de conseguir reproduzir o Media One em larga escala.

Eles iniciaram documentando toda a estrutura do celular. Cada segmento da placa, cada componente, tudo. Assim, todos saberiam exatamente o que usar na montagem.

Procurariam empregar modelos similares ao escolhido por Rubens, mas não tinham nada completamente igual. E isso, na opinião dele, poderia ser um problema.

— A distância entre os pontos de solda, entre os componentes, tudo isso influencia no resultado. Dependendo do modelo do aparelho, nem tem como usar as mesmas marcas de transistores e bobinas, o que vai afetar tudo. Lembrem-se: se fosse simples construir algo desse tipo, outras pessoas já teriam feito isso — concluiu Rubens.

Eram quase duas horas da manhã quando eles decidiram encerrar aquele primeiro dia de trabalho. Não tinham conseguido evoluir muito e estava claro que o projeto consumiria muito mais tempo do que eles estavam imaginando.

— Pessoal, posso levar o aparelho? Amanhã cedo eu quero fazer o teste, ainda não tive a minha vez — André falou. — Além do mais, posso adiantar parte do nosso projeto, afinal, eu sou um dos poucos que não trabalham.

— Nada mau ter um pai que banca as contas, não é mesmo? — brincou Paulo, mostrando algum senso de humor pela primeira vez na noite; ele estivera bem mais calado que o normal.

— Facilita muito, mas a verdade é que eu já me ofereci várias vezes para trabalhar na empresa da família e ele não deixa. Meu pai é muito preocupado comigo; sempre fala que não quer que eu me acostume a trabalhar em uma simples transportadora. Ele insiste que eu continue me preparando para ocupar uma posição de destaque em alguma multinacional — explicou.

— A empresa do seu pai transporta o quê? — Tânia perguntou, curiosa.

— Boa pergunta! É como eu disse: ele não gosta que eu vá até lá. Quando vou, não deixa que eu acompanhe o vai e vem dos caminhões e vans, sempre diz que aquilo é trabalho de peão. Vai entender... Acho que, como teve uma origem muito humilde e precisou trabalhar duro, carregando peso e tendo que dirigir caminhão país afora, ele tem medo que eu invente de seguir os seus passos.

— Ele se preocupa com você, só isso. Quem me dera ter tido isso na minha vida — suavizou Tânia.

— Você tem razão. Eu tenho sorte de ter um cara bacana e honesto como pai.

Os amigos se despediram e partiram.

André acordou cedo no dia seguinte; estava ansioso para ligar o aparelho e fazer seu teste. Não tinha ideia de quais surpresas o aguardavam, e isso tornava tudo ainda mais excitante. Na noite anterior, chegara cansado demais para fazer qualquer coisa, mas agora pretendia descobrir os segredos da sua casa.

Antes de começar, entretanto, ele desceu a escadaria que dava na sala de jantar com o intuito de comer algo. Lá chegando, encontrou a mesa já fartamente posta: pães, frios, geleias, diferentes tipos de fruta e várias outras coisas compunham um café da manhã que não deixava nada a desejar ao de um hotel de luxo. Seu pai, Cristiano, já estava à mesa, lendo as notícias do dia em seu tablet enquanto comia. Ao ver o filho, o homem sorriu:

— Bom dia, filho, tudo bem? Chegou tarde ontem, né? Nem vi a que horas você voltou — disse Cristiano, um homem alto, magro, moreno claro e com barba grisalha, que aparentava uns cinquenta e cinco anos.

— Bom dia, tudo bem? — André cumprimentou o pai dando-lhe um beijo na testa. Cristiano sorriu para o filho. Ele sempre ficava muito feliz com aquelas demonstrações de carinho. — Tem razão, eu cheguei de madrugada. Estou trabalhando com o pessoal num projeto interessante.

— Legal, do que se trata, trabalho da faculdade?

— Não tem nada a ver com a faculdade. Estamos trabalhando numa coisa nossa — respondeu André de forma evasiva.

— Uau, estão virando empreendedores? Gostei! — Cristiano comentou, empolgado. — Do que se trata, algum tipo de aplicativo ou site?

— Não, é um projeto de telefonia celular. Mas nós ainda estamos no começo, temos muito que fazer — André tentou não levantar suspeitas. Ele conversava sobre tudo com o pai, que era, na sua opinião, um dos homens mais inteligentes que ele já conhecera, e se sentia mal em mentir. Por isso, quanto menos falasse, melhor seria.

— Então é coisa séria! Pela sua cara, eu já vi que é segredo, mas não tem jeito de liberar alguns detalhes?

— Não posso dar mais detalhes, mas é algo revolucionário, que tem potencial para mudar a vida de muita gente — respondeu, sem graça. Ele nunca tinha escondido nada do pai, e a relação entre os dois era baseada nessa transparência, ou pelo menos assim ele imaginava. Por essa relação bacana que haviam construído, e por vários outros motivos, André não entendia por que os pais tinham se divorciado e quase não se falavam. Cristiano sempre lhe pareceu uma pessoa muito fácil de lidar.

— "Algo revolucionário" é bem forte, agora estou ainda mais curioso — falou o pai, empolgado; ele tinha um interesse genuíno por tudo o que o filho fazia. — Me dê alguma dica, conheço pessoas no setor de tecnologia, talvez alguém se interesse em patrocinar o projeto, ou até mesmo em comprar parte da ideia de vocês.

— Pai, eu prometi guardar segredo... — André falou, ainda sem graça. Por outro lado, ele estava gostando da empolgação de Cristiano e achou interessante poder acessar os contatos do pai. Essa era uma parte com a qual mais cedo ou mais tarde eles precisariam se preocupar.

— Eu entendo e respeito isso, mas não terei como ajudar se não souber do que se trata — Cristiano respondeu com sinceridade. — Eu posso ajudar com o dinheiro, mas seria mais produtivo se vocês conseguissem apoio de um grande especialista no assunto. Para essas questões, sou um verdadeiro analfabeto.

André refletiu sobre aquilo. Eles tinham se comprometido em guardar segredo, mas seu pai tinha razão num ponto: ele era o único que possuía os contatos e até mesmo uma parte do dinheiro que seria necessária para executar o projeto. Além do mais, se não pudesse confiar no próprio pai, em quem mais ele confiaria?

E, assim, ele contou, resumidamente, o que andava fazendo com os amigos. E Cristiano não gostou nada do que ouviu.

— Filho, isso é ridículo, uma coisa dessas não existe. Você vai me desculpar, mas seus amigos estão enganando você — Cristiano falou sem rodeios, impaciente. — Está na cara que eles sabem que você é uma pessoa privilegiada e estão tentando enrolá-lo; mais cedo ou mais tarde eles vão querer arrancar dinheiro de você.

— Não, pai, o pessoal é honesto; eles nunca fariam isso comigo! — disse André, também irritado. — Eu não sou uma criança, pode ficar tranquilo. Ninguém vai me enrolar tão facilmente assim. Além do mais, confio nos meus amigos.

— Talvez não devesse, filho. Eu não estou acreditando que você realmente ache que uma coisa dessas seja possível! — E Cristiano agora estava mal-humorado. — Que diabos estão ensinando para você na faculdade?

— Ah, pai, pelo amor de Deus! Me dê um pouco mais de crédito. Você acha mesmo que eu seria tão idiota assim?! — André mostrava-se então puto da vida.

— Está parecendo, filho, saia fora dessa bobagem logo! — Cristiano respondeu, incisivo. — Eu não quero você andando por aí com essas pessoas, está na cara que são uns trapaceiros! Eu quero o nome e os dados de todos eles, vou mandar descobrir o que eles estão aprontando!

— De jeito nenhum, não quero saber de você mandando seus advogados atrás dos meus amigos! Só passando por cima do meu cadáver! — André engrossou, agradecendo a Deus por não ter citado nomes. Ele nunca poderia imaginar uma reação como aquela do pai.

— Esta conversa acabou, caia fora dessa merda agora! Isso é uma ordem! — falou Cristiano, furioso, jogando o guardanapo na mesa e levando o tablet consigo; ele tinha perdido completamente a fome. — Eu estou indo trabalhar! — ele praticamente gritou da porta, sem se virar.

André soltou um suspiro pesado.

— Que merda, eu devia ter ficado quieto; a galera vai me matar — murmurou para si mesmo.

Cristiano chegou à empresa que comandava cerca de uma hora depois. O grande conjunto de galpões no qual funcionava sua imensa operação ficava do outro lado da cidade, e o trânsito estava particularmente ruim, por isso demorara tanto. Estava irritadíssimo com a história que o filho lhe contara. Custava a ele acreditar que André pudesse ser tão alienado para se deixar enganar daquela forma.

Seu motorista particular estacionou dentro do prédio principal, sendo imitado por uma moto, na qual estava um segurança armado, e por outro carro, do qual desceram três homens. Todos portavam armas automáticas e tinham cara de poucos amigos.

Os quatro homens acompanharam Cristiano, que passava pelos funcionários distribuindo cumprimentos pontuais. Aquele seria um dia importante de trabalho. Havia uma tarefa a cumprir e ela precisava ser feita para que a organização continuasse prosperando.

Ele distribuiu algumas ordens, conferiu a agenda de entregas do dia e depois mandou chamar aquele que considerava ser seu braço direito; precisava saber se o seu compromisso mais sério tinha sido planejado de forma adequada.

— Está tudo pronto conforme eu mandei? — Cristiano perguntou a Tenório, um dos seus funcionários mais antigos e confiáveis.

— Sim, senhor, ele está esperando — respondeu Tenório de forma eficiente.

— Perfeito, estou mesmo precisando aliviar o estresse — Cristiano falou, pegando uma bolsa azul de dentro de um armário que ficava na sua imensa sala de trabalho, no mezanino do galpão principal. — Vamos lá resolver isso logo.

Cristiano entrou, cercado de seguranças e acompanhado por Tenório, numa sala situada no fundo do galpão. Era um cômodo fechado, sem janelas nem adornos; tinha apenas uma mesa e uma cadeira de metal parafusadas ao piso. As paredes eram revestidas com um isolante acústico e, no centro do piso da sala, havia um ralo que permitia escoar qualquer sujeira do chão com a lavagem. Somente ele e poucas pessoas de sua confiança tinham a chave, apesar de todos os funcionários saberem o que era feito ali.

Sentado na cadeira havia um homem cujos braços estavam algemados para trás. Ele também estava amordaçado, e seus olhos pareciam injetados de terror. O infeliz suava em bicas, e a expressão que fez ao ver Cristiano entrar na sala mais pareceu a que alguém faria se tivesse visto o próprio Diabo. E ele não estava completamente errado ao pensar assim.

— Ora, ora, ora, vejam só quem está aqui! Bom dia, Horácio, há quanto tempo eu não o vejo! Que bom que você veio se encontrar comigo! — Cristiano falou, genuinamente alegre.

O homem tentou resmungar algo, mas não conseguiu. E Cristiano sorriu diante daquela cena.

— Desculpe pela mordaça, eu até pensei em mandar tirá-la, mas não estou com disposição para ficar escutando explicações, sabe? Você ficaria chorando, gritando, implorando por misericórdia, e isso é muito cansativo e estressante. Eu não estou com paciência para esse tipo de bobagem! Tenho certeza de que você me entende — discursou Cristiano com as duas mãos na cintura. Em seguida, ele colocou a bolsa sobre a mesa, diante de Horácio.

Cristiano abriu a bolsa e retirou de dentro dela um avental verde, feito com um tecido bem grosso. Horácio arregalou os olhos ao notar que aquela vestimenta, similar à que é usada por açougueiros, estava toda manchada de sangue seco. Os dentes do homem só não estavam batendo de medo por causa da mordaça.

— Horácio, pedi para trazerem você até aqui porque queria lhe fazer uma pergunta: na sua opinião, qual é o meu bem mais valioso? — Cristiano perguntou, enquanto colocava luvas descartáveis. Depois ele botou uma touca na cabeça e uma máscara, que ele deixou apenas sobre o queixo para poder continuar falando sem incômodo.

— Você deve estar imaginando que seja este complexo de galpões ou talvez meus caminhões, certo? Mas não é nada disso! Tampouco é a minha mansão, onde eu moro com meu filho querido — prosseguiu no monólogo ao mesmo tempo em que tirava diversos objetos de dentro da bolsa: um martelo, uma tesoura grande, própria para desossar aves, um soco-inglês e vários outros itens comuns que, naquele contexto, eram aterrorizantes.

Horácio começou a hiperventilar, respirando de forma rápida e descontrolada em razão do ataque de pânico que estava sofrendo. Até mesmo um porrete envolto em arame farpado e um alicate odontológico ele viu sair dali.

— A verdade, Horácio, é que, no nosso ramo de atuação, a confiança é o maior patrimônio. Esqueça os caminhões, as armas ou o dinheiro, tudo isso pode ser comprado ou roubado. Mas conseguir confiar em alguém é algo muito difícil — disse Cristiano, parado diante de sua presa, após ter espalhado as ferramentas de trabalho sobre a mesa.

— Da mesma forma, conquistar a confiança de um homem influente como eu é algo valioso também. Eu não me deixo seduzir facilmente, demoro muito para confiar nos outros. Mas, quando deposito minha fé em alguém, essa pessoa não se arrepende. Você, melhor do que ninguém, sabe que eu sei demonstrar gratidão e generosidade. — E Cristiano olhou para o relógio de pulso do homem aterrorizado. — Este relógio, por exemplo. Fui eu que lhe dei quando completamos dez anos de parceria, lembra? Trata-se de um Ralph Lauren, uma das marcas mais elegantes que existem. Paguei quase dez mil reais por ele.

"E, quando a confiança se quebra, não há forma de recuperá-la. Um homem até pode perdoar uma ofensa, porém ele nunca mais volta a confiar como antes, sabe?" — continuou falando, voltando sua atenção para a mesa repleta de objetos, ou brinquedos, como ele costumava se referir àquelas coisas. Por alguns instantes, aparentava estar na dúvida sobre qual utilizar, mas acabou optando pela tesoura.

Horácio, cujo rosto estava banhado de suor, sentiu as lágrimas queimarem seus olhos também. Ele começou a gemer ainda mais alto, como se tentasse gritar através da mordaça, apesar de saber que seria inútil: aquela sala era completamente à prova de som. As algemas machucavam cada vez mais seus pulsos devido ao esforço que fazia para tentar se soltar.

— Me diga uma coisa: você achou mesmo que eu não fosse perceber que você estava desviando mercadorias dos meus clientes? Cara, estamos no trabalho de transportes há tantos anos por causa da nossa credibilidade, da confiança que nossos contratantes têm em nós! "Confiança", vê como essa palavra é importante? — perguntou.

— Tudo aquilo que precisa passar pela fronteira, seja pelas estradas, por rios ou pelo mar, nós levamos! Drogas, joias, armas, tudo o que precisa entrar ou sair do país sem chamar a atenção das autoridades. Somos considerados os melhores no que fazemos por causa disso, nossos contratantes acreditam em nossa honestidade. E você traiu essa confiança. Você ME traiu.

"Eu gosto de você! Pelo amor de Deus, Horácio, uma vez você pegou o André no colo, quando ele era apenas uma criança! Já ouviu este ditado: "Quem meu filho beija minha boca adoça"? Pois é, naquele dia eu pensei: "Gostei desse cara, ele tem um senso de família igual ao meu". Por isso — e por causa da sua competência, quero deixar bem claro —, procurei dar a você mais responsabilidades. E por muito tempo você correspondeu às minhas expectativas; por isso sua traição me doeu tanto. Eu estou magoado, Horácio, estou muito triste. E a culpa é sua."

Cristiano se ajoelhou na frente de Horácio com a tesoura na mão. Ele apontou a peça para o rosto do homem, que sentia tanto medo que já tinha urinado nas calças.

— Sua traição me causou muita dor e, por isso, é justo que você sofra também. Não se trata de vingança, mas de justiça. Eu preciso que você e os outros entendam meu ponto de vista. Eu não estou sendo passional, rancoroso ou vingativo. Meus atos são guiados por um profundo senso de justiça e profissionalismo — arbitrou Cristiano. Em seguida, ele deu uma volta ao redor de Horácio, posicionando-se às costas dele.

O homem arregalou os olhos, enquanto o suor colava seus cabelos ao couro cabeludo.

— Desculpe, Horácio, não é nada pessoal; negócios são negócios e não podemos misturar as coisas — Cristiano falou. Em seguida, ele agarrou a mão de Horácio e, com um movimento rápido, decepou o indicador direito dele com a tesoura.

O infeliz gritou, fechando os olhos com força. Uma expressão de dor tomou conta de seu rosto. Horácio fez um esforço tão grande para tentar se livrar das algemas que acabou ferindo os próprios pulsos.

— Eu sei que dói! Mas sua traição doeu em mim também, espero que você consiga entender isso, senão minha decepção será maior ainda! — disse, colocando-se na frente do funcionário com uma fisionomia assustadora. Seus olhos estavam arregalados, enlouquecidos, e deixavam claro que se tratava de um homem perturbado. Cristiano era um predador, o cheiro de sangue e de medo deixavam-no alucinado. — Em nome da nossa amizade e de todos esses anos de parceria, eu prometo que tentarei ser rápido!

Em seguida, continuou seu trabalho cortando, um por um, todos os outros dedos das mãos de Horácio, enquanto o pobre coitado gritava com toda a força dos seus pulmões.

André ainda estava irritado com o pai quando decidiu realizar sua própria experiência com o aparelho. Ele era o integrante mais parecido com Rubens daquele grupo: tinha a mente analítica e verificava todos os dados e probabilidades. Portanto, ele pretendia anotar e coletar o maior número de informações possível. Seus planos, entretanto, naufragaram no momento exato em que estabeleceu contato.

O jovem escutou uma perturbadora sinfonia de gritos e lamentos. Ele ouviu dezenas, talvez centenas, de pessoas gemendo e gritando ao mesmo tempo. Alguns choravam, outros imploravam por sua vida. Era muito mais angustiante que o cemitério; mais parecia que ele tinha estabelecido uma linha direta com o purgatório.

— Mas que merda é essa? — André murmurou. — Quem está falando? Quem são vocês e por que estão na minha casa?

— O filho do assassino está falando conosco! Maldito!

— Você e seu pai vão queimar no inferno, desgraçado!

— Eu estou esperando vocês dois; seu pai psicopata vai pagar caro pelo que fez comigo e com a minha família! Eu odeio vocês! Odeio!

André arregalou os olhos ao ouvir aquilo. Eram tantas pessoas gritando ao mesmo tempo que a maior parte do que estava sendo falado se tornava incompreensível. O mais perturbador, entretanto, era o teor das frases. Só podia ser um engano, talvez o aparelho estivesse apresentando algum tipo de defeito.

— Quem são vocês? Do que estão falando? — questionou André. Os gritos vinham tão altos e agressivos que ele praticamente sentia aquelas pessoas ali, dentro do quarto, berrando com ele cara a cara.

— Meu nome é Evandro, seu pai atirou em mim na frente da minha esposa! Então o que estão comentando por aí é verdade: você e seus amigos conseguem falar conosco!

— Espera, como assim? Quem falou que nós... — André começou a frase mas foi interrompido por mais gritos.

— Eu sou a Sandra, prestava serviço para o seu pai. Ele me torturou por dias por causa de um pacote de cocaína desaparecido! E eu não tinha feito nada! — uma mulher gritou, histérica, chorando de forma convulsiva.

— Calma, deve ter algum engano, eu...

— André, sou eu, o Rodrigo, lembra de mim? Eu dirigia um dos caminhões do seu pai. Você gostava de conversar comigo quando ia até a empresa.

O rapaz gelou ao ouvir aquilo; apertava tanto o celular na mão que quase o estava quebrando. Ele reconhecia a voz e também a situação. Lembrava-se claramente do senhor Rodrigo, um homem humilde que trabalhava como motorista. Ele sempre vinha conversar com André, que naquela época tinha apenas sete anos. Contava "causos" divertidos. O menino ria muito e insistia em procurar o motorista, apesar das proibições do pai, que falava que não queria o garoto interagindo com os funcionários.

— Senhor... Rodrigo? O senhor está... morto?! — André perguntou, sentindo um aperto no coração, que prenunciava que algo grande estava a caminho.

— Sim, menino André, estou. Faz dez anos que eu parti do mundo dos vivos.

— Meu pai falou que o senhor tinha voltado para a Bahia. Fiquei muito triste na época, tínhamos conversado no dia anterior e o senhor prometeu que ia me dar uma aula de como rodar um pião na palma da mão. No dia seguinte, eu levei meu brinquedo, mas meu pai explicou que o senhor tinha ido embora para sua terra natal com a família — disse André, trêmulo, sentindo falta de ar. — O senhor sempre me contava histórias da sua esposa e de seus quatro filhos.

— Seu pai mentiu, menino. Ele já tinha me dado diversos avisos para que eu ficasse longe de você, porque tinha medo de que o menino descobrisse o que ele realmente faz para ganhar a vida. Mas eu cometi o erro de ignorar, afinal de contas, achei que ele iria perceber que não havia mal algum em uma conversa entre um homem e uma criança. E eu paguei caro por isso, seu pai não teve piedade.

André sentiu uma vertigem, ele estava sofrendo um ataque de pânico. Sua boca ficou amarga e a visão turvou. Percebeu que ia desmaiar a qualquer momento.

— Meu Deus! Sua esposa... viúva! Seus filhos... órfãos! Jesus Cristo!

— Errado, André, quem me dera que isso tivesse acontecido! Eles estão aqui comigo, quer falar com eles? — Rodrigo falou de forma sinistra. — Seu pai pelo menos foi mais rápido com a minha família do que foi comigo. No meu caso, ele não teve pressa alguma.

André soltou um grito de desespero, desligou o aparelho e o arremessou longe, quase destruindo o protótipo.

Cristiano já estava cansado de tanto bater em Horácio. Com mais de cinquenta anos, ele não tinha mais o mesmo vigor de outrora. Por isso estava prestes a transferir para Tenório a tarefa de continuar espancando o pobre infeliz, que, além dos dedos, já tinha perdido também os dentes. Naquele momento, seu celular vibrou, e ele viu que se tratava de André.

— Pausa para um café! Mantenham esse puto acordado, quero que esteja bem desperto quando eu voltar! — gritou Cristiano, saindo da sala especial de tortura para poder conversar com o filho sem interrupções.

— Oi, filhão, tudo bom? — Cristiano falou de forma leve. — Fico feliz que você tenha ligado, já sei do que se trata, você quer falar sobre a nossa discussão de hoje cedo, certo? Eu estava de mau humor, desculpe se eu fui um pouco...

— Pai, você é um assassino? Você matou mais de sessenta pessoas, entre elas o senhor Rodrigo e toda a família dele, apenas porque ele conversava comigo dentro da empresa?! — lançou André à queima-roupa, tão furioso que não estava conseguindo raciocinar; ele nem fazia ideia das consequências que viriam a partir daquela atitude precipitada.

— Filho, do que é que você está falando? Quem foi que lhe contou essas mentiras? — Cristiano gritou ao telefone, sem saber como reagir a uma acusação tão direta e repentina como aquela. Ao longo dos anos de barbárie, ele jamais imaginou que seus crimes seriam jogados na sua cara daquela forma, e pelo próprio filho.

— Eles me falaram, pai! Os seus mortos! As suas vítimas! O próprio senhor Rodrigo me deu detalhes do que você fez, quer que eu repita? Está tudo anotado aqui!

— Rodrigo? Não, filho, você está confundindo tudo. Ele foi para a Bahia com a família! De onde você tirou essa ideia absurda? — Cristiano tentou fingir alguma descontração, mas o fato era que estava ficando assustado. Como seria possível o filho saber aquilo? Quase ninguém do seu grupo tivera conhecimento; aquela chacina era algo que Cristiano mantivera em segredo, não por ter sido exageradamente violento, mas pelo caráter completamente passional e antiprofissional. Ele matara uma família inteira por puro capricho e, se aquilo se espalhasse, seria ruim para os negócios.

— Fale alguma coisa, pai, eu quero respostas! Se você não me contar a verdade, eu juro por Deus que procuro a polícia — disse André, ríspido. Aquela última palavra arrancou Cristiano de seu torpor. Ele podia não saber como lidar com o filho e suas descobertas, mas sabia exatamente como resolver as ameaças que sofria quase que diariamente. Para aquele tipo de assunto, ele era alguém preparado por natureza.

— Você está me ameaçando, André? Acha mesmo que está em condições de me pressionar?! — Cristiano falou num tom tão sinistro que o jovem se arrepiou inteiro. — Nenhum filho da puta me ameaça, nem mesmo você!

— Pai, fica calmo, eu só...

— Você está achando que isso é uma piada? Pois eu garanto que não tem nada de engraçado nessa história toda, André. — E a voz foi cortante. — É o tal do aparelho que aqueles seus amigos inventaram, né? É com isso que eles o estão enrolando?!

André percebeu que tinha extrapolado, e agora as coisas estavam tomando um rumo muito mais sombrio do que o esperado. Tardiamente uma ideia passou pela sua cabeça, algo que, no fundo, ele não tinha considerado: e se fosse verdade? E se o seu pai fosse um monstro cruel e impiedoso? Teria ele, André, acabado de enfurecer o rei do crime? Se tinha por padrão não poupar ninguém, tampouco pouparia o próprio filho.

— Foi o aparelho, sim, pai. Não tem mais como manter suas sujeiras em segredo — André reuniu toda a coragem que lhe restara.

— É isso que nós vamos ver, eu estou indo para casa. Não saia daí até eu chegar, fui claro? Você vai ter que se explicar comigo, entendeu? — E cortou a ligação na cara do filho. André ficou olhando para o Media One em sua mão, perplexo. Assim que a ligação encerrou, voltou a ouvir as vozes dos mortos.

— Melhor correr, garoto; o diabo está vindo atrás de você, já consigo até sentir o cheiro de enxofre — alguém falou com sarcasmo.

— Fuja, André, fuja! Você não sabe do que ele é capaz! — suplicou Rodrigo, tremendamente preocupado.

— Puta merda, agora fodeu — André murmurou.

Cristiano voltou para a sala dos horrores com ódio no olhar. Ele estava tão descontrolado que não conseguia raciocinar direito, tamanha era a sua fúria. Ao ver o patrão transtornado daquela forma, Tenório até parou de esmurrar Horácio, que tinha desmaiado pela quarta vez.

— Chefe, está tudo bem? Parece que o senhor viu um fantasma!

— Quase isso, cara, quase isso — Cristiano resmungou. Em seguida, ele abriu sua bolsa e retirou uma arma automática de dentro. Apontou a pistola para a cabeça de Horácio, que parecia completamente desacordado após mais de uma hora de suplício.

— Tenório, você acredita que seja possível conversar com os mortos? — perguntou Cristiano repentinamente, com a arma apontada para o crânio de Horácio.

— Acho que sim, tenho quase certeza de que já vi espíritos antes — Tenório fechou a cara e respondeu sem titubear.

— Eu também — Cristiano comentou. A ideia de um aparelho capaz de contatar os mortos agora não soava tão absurda assim. Em seguida, ele deu um tiro certeiro na cabeça de Horácio fazendo o crânio explodir. Pedaços de massa encefálica sujaram toda a parede. Ele jogou a arma de volta na bolsa de forma displicente e começou a arrancar as luvas, furioso, tremendo de tanta raiva.

Depois disse num tom sinistro:

— Limpem essa bagunça e livrem-se do corpo da forma de sempre. Eu vou para casa, surgiu um assunto urgente para resolver. — E virou as costas deixando a sala.

André caminhava de um lado para o outro no quarto. Precisava tomar uma decisão rapidamente. Ele não fazia ideia do que viria a seguir nem das consequências de tudo aquilo.

O jovem suava em bicas; sua vida, até então tranquila e previsível, tinha virado de cabeça para baixo em poucas horas. Custava-lhe acreditar que estivesse correndo risco, mas a dúvida o estava consumindo.

Depois de alguns instantes, André teve um lampejo. Ele nunca tivera problemas com o pai; não era possível que ele fosse capaz de machucá-lo. Porém, estava convencido de que o Media One corria perigo. Se Cristiano botasse as mãos no aparelho, os amigos nunca mais teriam notícias daquele projeto revolucionário.

O rapaz calculou mentalmente quanto tempo o pai levaria para chegar em casa. Se tivesse que fazer algo, teria que ser imediatamente, ou perderia sua janela de oportunidade. Dessa forma, André trocou de roupa às pressas, driblou os guardas armados responsáveis pela segurança da casa, solicitou transporte através de um aplicativo, saiu sem ser notado pelos guarda-costas e partiu para a casa de Rubens.

Quando estava entrando no carro que solicitara, arriscou dar uma olhada para trás e viu a fonte que jorrava água em frente à sua casa. Desde criança, ele se acostumara a ficar alguns minutos por dia olhando para as águas, aquilo o acalmava. Esperava que fosse possível tornar a fazê-lo.

Chegando à casa de Rubens, como não havia forma de entrar na Lucy, ele deixou o aparelho na caixa de correio e voltou para casa imediatamente.

Durante o trajeto, André pensava freneticamente. Seu instinto de sobrevivência dizia que o certo seria ficar longe do pai, mas isso implicaria fugir sem um único centavo no bolso. Procurar a mãe não era uma opção, eles tinham perdido o contato completamente. Aquilo sempre soara estranho para ele, mas agora fazia sentido. Sua mãe provavelmente viu ou ouviu algo que não devia e precisou partir. Será que ele teria que fazer a mesma coisa?

De qualquer forma, caso fosse embora, quão longe ele iria? Teria que continuar fugindo sem parar, pelo resto da vida. Seu pai era um homem muito rico e nunca desistiria. Culpado ou não, independentemente dos motivos, ele continuaria a procurar o filho de forma incessante. Por isso, André decidiu que precisava confrontar o pai. Era a única forma de lidar com a questão. O homem com o qual convivera de forma harmônica e amorosa por dezessete anos não seria capaz de machucá-lo. Mas, por via das dúvidas, tinha que manter o aparelho e Rubens seguros, longe das mãos de Cristiano.

André pensou muito e percebeu que precisava ao menos mandar uma mensagem para Rubens, explicando que tinha deixado o aparelho na caixa de correio. Só não conseguiu se decidir sobre mandar ou não algum tipo de alerta para o amigo.

Ele poderia contar sobre as conversas com os mortos; mas o que aconteceria se estivesse errado? E se o pai fosse inocente? André já podia imaginar as consequências que teria que enfrentar se enviasse algum tipo de alerta de que o pai poderia ser um assassino em série. Antes mesmo de ele chegar em casa, a polícia já estaria lá, e tudo aquilo fugiria ao seu controle. Ele não podia se precipitar; teria que ter certeza, mas não podia pôr os amigos em risco.

Primeiramente, mandou uma mensagem curta avisando que o teste tinha sido bem-sucedido e também a localização do aparelho. Em seguida, André começou a pensar no que poderia falar para o amigo de tal forma que o deixasse alerta, sem, contudo, causar pânico generalizado na equipe. Ele gastou alguns minutos preciosos fazendo isso; quando percebeu, já estava na porta de casa. Tentou enviar a mensagem, entretanto, a bateria do seu celular havia acabado.

"Merda!" André se despediu do motorista e entrou na propriedade. Olhou em volta e não viu nenhum sinal do pai. Aquilo era ótimo, quanto mais tempo demorasse para se encontrar com ele, melhor seria.

Ao chegar à fonte próxima da entrada, algo inusitado aconteceu. Homens armados surgiram de todos os lados repentinamente. Cinco dos capangas de Cristiano apareceram e, de um instante para o outro, André estava cercado.

— Perdeu, perdeu! — um dos homens gritou, apontando a pistola para a cabeça de André, que nunca tinha visto uma arma tão próxima assim em toda a sua vida.

— Espera, deve haver algum engano! Calma! — balbuciou André, apavorado, enquanto dois outros homens o agarraram pelos braços e o levaram em direção à porta.

— Engano nenhum, seu pai quer conversar com você! E garanto que os putos dos seus amigos já eram! — rosnou, furioso. — Você está fodido, *playboy*, a casa caiu!

André arregalou os olhos. Seu pior pesadelo estava se tornando realidade. E, para piorar, seus amigos corriam perigo por sua culpa. Ele precisava fazer algo antes que fosse tarde demais.

André colocou as mãos atrás das costas, como se estivesse algemado. E, quando passou ao lado da fonte, ele jogou seu celular dentro da água, sem que nenhum dos seus captores percebesse. Em seguida, foi levado para dentro de casa, onde o pai o aguardava, completamente fora de controle.

— Senhor, posso fazer algo para ajudar? — Tenório perguntou para Cristiano com muito cuidado. Os eventos daquele dia tinham sido terríveis. Ninguém poderia ter antecipado os acontecimentos sinistros que tinham ocorrido. O relógio da parede marcava duas horas da manhã.

— Pode, sim, quero todos fora da minha casa, caralho! — Cristiano disparou, sentado na poltrona da sala, com ódio no olhar. Parecia perdido no meio do nada. Sua testa estava franzida e um copo de uísque pela metade repousava na mesinha à sua direita. A garrafa já estava vazia e ele, bêbado.

— Sim, senhor, se precisar de mim é só chamar — Tenório falou prontamente, já se virando para sair dali o mais rápido possível. Normalmente Cristiano já não era muito previsível; naquele estado, parecia completamente maluco, capaz de fazer qualquer coisa.

— Você é retardado, Tenório?!

— Desculpe, senhor, eu não entendi...

— Você está sofrendo algum tipo de diarreia mental, seu filho da puta? Por acaso eu falei que você podia ir embora?! — Cristiano se levantou com dificuldade e olhou para seu tenente do crime, furioso.

— Não, senhor, desculpe, eu entendi errado — disse Tenório, cruzando as mãos atrás das costas e baixando a cabeça em sinal de humildade. Ele conhecia o chefe havia anos, sabia que a pior besteira que alguém podia fazer quando ele estava irritado era olhá-lo nos olhos. Isso era equivalente a cometer suicídio, e, naquele dia, Cristiano estava muito mais que furioso. Ele tinha enlouquecido.

— Não quero saber de desculpas! Eu quero os filhos da puta que inventaram esse aparelho do inferno! Eu quero a cabeça deles decepada na minha frente! E quero esse maldito celular nas minhas mãos!

— Sim, senhor, considere feito. Será necessário investigar a fundo, mas vamos descobrir quem são eles e onde se escondem, eu prometo — Tenório falou com segurança. No fundo, não fazia ideia de como faria aquilo, afinal de contas, ele sabia apenas que eram colegas de André, nada mais. Não sabia nem dizer se eram da mesma sala. O capanga tinha certeza de que não poderia simplesmente aparecer na faculdade fazendo perguntas, pois logo a polícia estaria investigando o desaparecimento do filho de um dos maiores chefes do crime organizado do estado. Cristiano era monitorado o tempo todo, e seu filho também. Em breve, a Polícia Federal seria alertada de que algo estranho estava acontecendo.

— Encontre-os, mas não faça nada por enquanto. Vou precisar de alguns dias, depois de tudo o que aconteceu aqui hoje. Descubra quem são eles, onde moram, o que fazem, o que comem, quem são seus pais, tudo! Quero um dossiê completo sobre cada um desses infelizes, fui claro? — Cristiano determinou em tom sinistro. — A culpa é toda deles; vou fazer esses miseráveis pagarem caro!

Tenório concordou de imediato. No fundo, sentiu um certo alívio: Cristiano estava furioso, mas a raiva dele era toda canalizada para os amigos de André; isso pelo menos o tirava da linha de tiro. Mas ele não queria estar na pele daqueles coitados, o patrão literalmente arrancaria a pele deles assim que tivesse oportunidade.

— Pode ir agora, e mande alguém limpar isso aqui — falou Cristiano, jogando-se na poltrona e virando as costas para Tenório, que assentiu e foi embora o mais rápido que pôde, antes que o chefe mudasse de ideia. Cristiano acabou com o resto da bebida num único gole e continuou olhando para a frente com fúria. Uma nuvem negra parecia pairar sobre ele.

Quando baixou os olhos, viu o sangue próximo do sofá e os respingos nas paredes. Era a lembrança viva e rubra da gigantesca tragédia que se abatera sobre a sua família. Aquele dia começara como outro qualquer, mas acabara da pior forma possível. E alguém pagaria por aquilo com a própria vida.

— Meu filhinho... meu pobre filho... eu sinto muito... — soluçou pela primeira vez em sua longa vida de criminoso, com lágrimas nos olhos, enquanto observava a poça formada no meio da sala com o sangue de André.

SOB SUSPEITA

Horas antes, naquela mesma noite, Rubens havia pego o aparelho celular na caixa de correio. Ele lera a mensagem do amigo e chegara a responder pedindo mais detalhes sobre o teste, mas aparentemente a comunicação nem sequer fora concluída; era como se o celular de André estivesse sem bateria.

Apesar de tudo, ele não tinha por que ficar preocupado e, por isso, tratou de se preparar para mais uma noite de trabalho; eles tinham muito a fazer. Em breve seus colegas começariam a chegar. Tânia foi a primeira; estava com uma aparência ótima. Era impressionante como aquela experiência estava mexendo com o estado de espírito da moça; mais uma vez ela havia dispensado as roupas pretas e pesadas, tinha vindo de calça jeans, uma camiseta do tipo *baby look* de cor clara, curta e justa, e uma blusa leve por cima. A garota parecia mais jovem e, sobretudo, muito mais feliz.

— Olá! Pronto para mais uma noite de trabalho? Eu já estou com sono e não sei quanto tempo vou aguentar acordada desse jeito — Tânia comentou, sorridente. Quando ela tirou a blusa e ficou só de camiseta, Rubens olhou para as suas costas e se impressionou. Fazia muito tempo que não via a moça com uma roupa que mostrasse seu corpo; ela fazia questão de se cobrir sempre, mesmo no verão.

Tânia tinha uma tatuagem imensa nas costas, que se iniciava na nuca e acabava próximo da cintura. Partes do desenho, muito colorido e bem-feito, eram visíveis nas extremidades que não estavam cobertas pelo tecido. Apesar de não conseguir ver tudo, Rubens podia afirmar com certeza que se tratava de algum tipo de animal.

— Uau, sua tatuagem parece ser... linda — ele falou, muito mais sincero do que desejava. Tânia olhou para ele por cima do ombro.

— Eu não a mostro muito — disse Tânia, sorrindo de leve e sentindo o rosto corar. — Quer ver o resto?

— Eu adoraria... — atreveu-se Rubens, sentindo-se enfeitiçado.

Tânia respirou fundo, encheu-se de coragem e ergueu a camiseta até a nuca, deixando suas costas completamente expostas.

A pele da moça era muito branca e lisa, e sua cintura delgada formava o desenho de um corpo perfeito. Cobrindo boa parte da superfície havia uma linda tigresa indiana, de tom laranja e listras negras, que parecia caminhar pelo corpo de Tânia de forma sinuosa e sensual entre folhagens verdes e flores tropicais.

— Tigresa... — sussurrou Rubens. — Estou vendo a coisa mais linda de toda a minha vida...

— Obrigada, fiz isso num raro dia de felicidade. Tenho mais doze tatuagens, mas essa é a maior e a minha favorita — Tânia falou, baixando a camiseta e virando-se para Rubens. O olhar dele, tão apaixonado, tão maravilhado, mexeu com ela. Pela primeira vez, a moça olhou para o amigo de uma forma completamente nova. Ele parecia mais bonito, diferente.

— Treze tatuagens? Não imaginei que fossem tantas assim — exclamou Rubens tentando disfarçar um pouco o deslumbramento.

— Bom, algumas das minhas tatuagens ficam em lugares que... somente pessoas muito especiais já tiveram acesso — disse ela, sincera, arrependendo-se no instante seguinte ao da revelação ao ver o espanto de Rubens. Dava para perceber em seu rosto que a imaginação estava correndo solta.

— Deus do céu, eu... posso...?

— Não somos tão amigos assim, Rubens!!! — Tânia sorriu e falou rapidamente, quebrando a tensão sexual que começava a crescer naquele lugar. — Tem que merecer muito para ver as minhas tatuagens secretas!

— Estraga prazer! Você é má, Tigresa! — Rubens falou cruzando os braços e virando a cara para ela. O sorriso em seu rosto, entretanto, denunciava que ele estava brincando.

Nitidamente algo estava mudando entre eles, os dois se sentiam mais próximos e mais conectados do que antes.

Em seguida, os outros colegas chegaram; apesar de estranharem a ausência de André, eles logo estavam trabalhando, mais uma vez até de madrugada.

E aquela rotina foi se repetindo, noite após noite, de forma incessante.

A equipe ficou preocupada quando recebeu a notícia, na faculdade, de que André ficaria algum tempo ausente em virtude de uma grave doença da mãe, que estaria entre a vida e a morte no exterior.

— Por isso que as mensagens não chegam até ele e o telefone nem toca; ele nem sequer deve ter habilitado o celular para ligações fora do país — Rubens comentou, pensativo. — Coitado, não deve estar sendo nada fácil.

— É verdade! — concordou Tânia. — É curioso, acho que ele nunca falou a respeito da mãe, nem sabia que eles ainda mantinham contato.

Os demais assentiram, não tinham motivo para desconfiar de que algo ruim pudesse ter acontecido com o amigo. Só se perguntaram se ele estaria precisando de apoio, nada mais.

Durante o fim de semana, trabalharam o dia inteiro, sem parar. Rubens e Tânia providenciavam comida para o grupo e, eventualmente, pediam pizza. O clima era de parceria, todos estavam unidos e empolgados com o projeto. Rubens e Tânia se aproximavam cada vez mais.

Eles contavam piada na cozinha, compartilhavam o mesmo copo quando faziam uma pausa para comer e trabalhavam sempre em dupla. A união deles em torno de algo muito maior parecia ter eliminado todas as barreiras; a cada hora de trabalho que passavam juntos, aprendiam um pouco mais um sobre o outro.

Se por um lado Rubens e Tânia curtiam cada vez mais as longas horas de trabalho em conjunto, por outro começavam a surgir os primeiros problemas com a equipe.

— Nada? — Rubens perguntou franzindo a testa.

— Não, nenhum sinal. Fiz um telefone celular comum, que só serve para falar com os vivos — Paulo comentou frustrado, olhando para o aparelho que conseguiu construir após mais de uma semana de trabalho duro.

— Deve ter algo de errado, estamos ignorando alguma coisa — Tânia falou, parando ao lado de Rubens e olhando para o aparelho.

— Nós estamos com o mesmo problema, não é, Tigresa? — Rubens falou, voltando-se para Tânia. — Conseguimos montar um aparelho que parece idêntico ao protótipo, mas que também não faz nada de excepcional.

— Que estranho, nós seguimos todas as especificações, já revisamos várias vezes e tudo parece estar correto. Não faz sentido! — Jonas comentou igualmente frustrado.

— Bom, eu projetei o aparelho para fazer ligações para telefones fixos e móveis, não é de surpreender que tenhamos chegado exatamente ao resultado planejado. Nós precisamos descobrir o que causou o desvio no comportamento, essa é a chave — Rubens ponderou. — Somente assim poderemos reproduzi-lo em larga escala.

Algum deles teria que ser capaz de criar uma cópia, era questão de tempo para alguém descobrir a razão para aquele comportamento.

Enquanto os membros do grupo se mantinham focados em reproduzir o aparelho, Tânia fazia questão de usá-lo frequentemente. De tempos em tempos, ela levava o celular para casa e conversava com os pais. A moça chorou de emoção ao ouvir a voz de Elias depois de tantos anos de separação.

— Filha, que saudade! Só pode ser um milagre de Deus; eu rezei tanto para poder falar com você novamente!

— Pai, eu te amo muito, queria ter morrido junto com vocês! Eu me senti tão sozinha ao longo de todos esses anos! — Tânia falou com lágrimas nos olhos.

— Você nunca esteve só, minha filha, eu e sua mãe temos vindo visitá-la constantemente, sempre preocupados com seu bem-estar, com as brigas com seus tios, sua eterna tristeza, as razões que levaram à nossa morte...

— Não entendi, o que você quer dizer com...

— Filha, não se preocupe com mais nada, a verdade é que está sendo um alívio podermos conversar com você, da mesma forma que estamos felizes com o jeito que você e Rubens têm ficado próximos; ele sempre foi um bom rapaz — o pai da moça desconversou rapidamente. Ele sabia que havia segredos graves demais para ser revelados. Era mais seguro para a filha não saber certas coisas.

— Eu e o Rubens? Vocês estão seguindo meus passos? — a moça perguntou surpresa.

— Não se preocupe, não queremos bisbilhotar sua vida. Mas percebemos a forma com que ele a trata e como vocês ficam bem juntos — Elias comentou. — E não somos os únicos; tem muita gente acompanhando vocês de perto, estamos todos muito orgulhosos e ansiosos pelo que seu grupo está fazendo.

— Os espíritos estão nos observando de perto por causa do projeto? — perguntou Tânia expressando surpresa.

— Sim, estão! Tem vários fantasmas o tempo todo naquele lugar em que vocês trabalham, pessoas ansiosas para ter a oportunidade de conversar com os entes queridos. O que vocês estão fazendo é muito importante, pode ter certeza. Não se fala em outra coisa nesta cidade — Márcia comentou, orgulhosa, deixando Tânia boquiaberta.

— Meu Deus, nunca mais vou ao banheiro daquela edícula! — disse Tânia, espantada. — O que nós devemos fazer?

— Continuem trabalhando. Milhares de pessoas estão contando com vocês. Esse aparelho acendeu uma luz de esperança para muitos dos nossos. Se for possível popularizar isso, incontáveis famílias poderão se reencontrar, mesmo que apenas através do telefone. Isso causará a maior mudança de todos os tempos, acredite em mim, filha — Elias falou, fazendo a moça engolir em seco.

Tânia tinha pensado várias vezes na transformação que poderiam causar na vida das pessoas, mas não fazia ideia de que a revolução, do ponto de vista dos mortos, já tinha começado.

No dia seguinte, Tânia falou com os amigos a respeito da conversa que tivera com os pais, e todos escutaram aquilo muito surpresos.

— Nossos movimentos estão sendo acompanhados o tempo todo? — Rubens perguntou. — Isso é assustador!

— Segundo meus pais, sim. Milhares de pessoas têm ficado de olho em nós, ansiosas para falar com a gente! Pode não parecer, mas esse lugar está um caos, lotado de gente morta. Estranho, né? — falou Tânia. Todos imediatamente olharam ao redor, perguntando-se se estavam pisando no pé de alguém.

— Estranho será eu continuar dormindo aqui sozinho enquanto vocês vão para casa tranquilamente. Vou procurar um novo lugar para morar amanhã!

— Você acha mesmo que mudar de casa vai adiantar alguma coisa? — Tânia perguntou sorrindo. — Estou decepcionada com a sua falta de lógica, "Senhor 158 Pontos de QI".

— É, acho que não! — Rubens comentou num tom divertido e todos riram. — Pessoal, isso significa que a responsabilidade está ainda maior, nós temos que acelerar, precisamos descobrir o segredo do funcionamento desse aparelho.

— Concordo. Porém, está mais fácil falar do que fazer, porque todas as nossas tentativas fracassaram — disse Tânia, olhando para uma caixa repleta de aparelhos que eles haviam construído e que não funcionaram. — Eu estou ficando sem ideias, nada que fizemos deu certo.

— Talvez isso signifique que devemos desistir. Já pensaram nisso? Talvez essa seja a vontade de Deus — ponderou Jonas. Ele vinha se mantendo muito calado já fazia algum tempo, e todo mundo já havia reparado; por esse motivo, foi surpreendente vê-lo romper o silêncio. E ninguém gostou da ideia de desistir!

— Isso é sério, você quer desistir? Com tantas coisas em jogo? — perguntou a garota erguendo as sobrancelhas. — Você entendeu que tem milhares de pessoas torcendo para que consigamos avançar com este projeto?

— Nós temos uma revolução nas mãos, Jonas, não podemos simplesmente desistir — Rubens falou, fazendo coro com Tânia. — Nosso nome será lembrado para sempre por essa façanha, nós traremos esperança para o mundo inteiro.

— Sim! E estaremos também desrespeitando a vontade de Deus! Vocês não entendem que essa invenção pode destruir mais de dois mil anos de pensamento cristão? — perguntou Jonas, irritado, deixando evidente sua verdadeira preocupação.

— Ah, não, por favor! Não me diga que você está preocupado com o fato de que a Bíblia pode acabar sendo desmentida?! — Paulo falou de forma sarcástica. Já fazia algum tempo que ele e Jonas não se estranhavam, e estava demorando para acontecer novamente.

— A Bíblia, a Torá, o Alcorão, tudo pode ser desmentido! Os símbolos que inspiram e guiam os passos e os pensamentos de bilhões de pessoas, que trazem alívio para o sofrimento de incontáveis almas, tudo isso pode cair em descrédito! Você já pensou nisso, Rubens? — exprimiu Jonas com desprezo. — As pessoas precisam dessas coisas para se conectar com a sua fé!

— Se essas coisas caírem em descrédito, será por estarem erradas, Jonas, enfia isso na sua cabeça! — falou Rubens, ofendido, pois o amigo estava se dirigindo a ele como se tivesse cometido algum tipo de crime grave. — E você já se perguntou se não é exatamente o contrário e estamos conseguindo fazer isso justamente porque Deus quer que essa invenção surja?

— Sim, já me perguntei isso. Também estou me questionando o tempo todo se isso não é um plano do diabo para conseguir nos enganar e destruir tudo aquilo que nos faz acreditar em Deus.

— Pronto, lá vamos nós de novo! A boa e velha conversa do Bem contra o Mal! Eu vou tirar uma soneca, tenho dormido em média três horas por noite; me chamem quando vocês acabarem — tornou Paulo, mal-humorado, afastando-se da discussão sob o olhar de desprezo de Jonas.

— Achei que você tinha desistido da ideia estúpida de que Deus não existe após sua conversa misteriosa com o além, que você faz tanta questão de esconder como foi — Jonas falou, voltando-se para Paulo, que estreitou o olhar diante do argumento do amigo.

— Eu disse que agora acredito que exista vida após a morte, nunca falei que ia me converter a alguma religião. Do meu ponto de vista, pode ser que do outro lado ninguém acredite em Deus também. O "além", se é que podemos chamar assim, pode ser apenas uma outra dimensão, tão ferrada quanto a nossa — respondeu Paulo de forma desafiadora.

— Uau, você quer mesmo ir para o inferno, parabéns! Com tudo isso que está acontecendo, você ainda está arrumando uma forma de defender suas ideias, estou pasmo! — Jonas falou irônico.

— Eu não me preocupo com isso, pois nem sei se o inferno existe! Ainda não consegui falar com ninguém que tenha estado lá. Se eu conversar com alguém que tenha sido cozinhado no fogo eterno de Satã, talvez eu me anime e vá para uma igreja rezar — rebateu Paulo com um sorriso sarcástico.

— Viu o que você fez, Rubens? Parabéns! Pessoas do mundo inteiro agora poderão se deliciar com piadas cretinas como essa! Mas não tem problema, afinal de contas, todas poderão ir até uma loja e comprar seu próprio dispositivo pessoal de comunicação com os espíritos! Tudo parcelado no cartão de crédito, com desconto e tudo o mais! Quem tiver dinheiro poderá ter sua parcela de esperança!

— E por acaso a Bíblia é gratuita? Você fala como se não custasse dinheiro! Tem modelos bem caros, pode apostar!

— Não precisaremos mais de bíblias nem de crucifixos, graças a você, Rubão! Poderemos nos ajoelhar e rezar perante um aparelho de telefonia celular! "Não farás para ti nenhum ídolo", Êxodo, capítulo 20!

— "Conhecereis a verdade e a verdade vos libertará!" Jó, capítulo 8, versículo 32 — retrucou Rubens, que não era religioso, mas tinha uma memória prodigiosa.

— Não se atreva a usar passagens bíblicas comigo! Você não vai justificar a construção dessa coisa usando a minha religião! — Jonas falou transtornado, dando um passo à frente e ficando perigosamente perto de Rubens.

— Jonas, não me teste! Eu sou calmo, mas não sou covarde... — Rubens respondeu em tom de ameaça, encarando o amigo com fogo nos olhos.

— Muito bem, estamos todos muito cansados e bastante irritados também; acho que precisamos de uma pausa. — Tânia se aproximou e postou-se entre os dois amigos, que se fuzilavam com o olhar.

— Eu vou embora para a minha casa, isso sim. Para mim já chega — disse Jonas, deixando Lucy e batendo a porta com violência. A reação do amigo era desanimadora.

— Pessoal, vamos encerrar por hoje. Já estamos há vários dias nesse ritmo; quase todo mundo aqui trabalha, estuda e ainda por cima está vindo para cá trabalhar nesse projeto. Estamos todos esgotados — Rubens falou, colocando a mão na cabeça, que doía sem parar.

— Sim, nós precisamos mesmo é de dinheiro para dar sequência ao projeto. Se tivéssemos um patrocinador, poderíamos trabalhar nisso durante o dia, e não de madrugada. Além do mais, estamos precisando de mais peças para construir novos protótipos — afirmou Tânia.

— Não sei como vamos fazer, o único de nós que tem dinheiro precisou sumir do mapa, talvez o pai dele pudesse ter ajudado — disse Paulo, referindo-se a André.

Os demais assentiram.

Depois de mais alguns instantes de conversa, os amigos se despediram. Dali a apenas algumas horas, todos eles precisariam ir para o respectivo emprego. O Media One teria que aguardar mais um pouco.

Rubens chegou ao seu trabalho na manhã seguinte usando um par de óculos escuros. Ele se sentia tão cansado que até a luz do sol o incomodava profundamente. Como sempre, estava atrasado.

Na velha oficina, tudo continuava igual: Juliana implicava com o horário; Dona Margarete tratava-o bem, e agora parecia ainda mais preocupada vendo a aparência de cansaço do rapaz; Jair fazia comentários maldosos; e o senhor Mário, dono da empresa, alternava momentos de bom e de mau humor. Porém, naquele dia, um novo personagem tinha surgido e deixado Rubens perplexo.

— Um investigador da polícia? Querendo falar comigo? — Rubens perguntou franzindo a testa. Aquela era uma coisa pela qual ele não estava esperando.

— Sim, ele está aguardando na recepção, com cara de poucos amigos. Acho melhor você não demorar — avisou Juliana, séria. No fundo, dava para perceber uma pequena ponta de satisfação no olhar dela.

Rubens respirou fundo, intrigado com o que aquilo queria dizer. Ele não tinha feito nada de errado, ou pelo menos era o que imaginava. Decidiu parar de enrolar e dirigiu-se para a recepção. O senhor Mário, entretanto, o abordou no meio do caminho:

— Fiquei sabendo que a polícia está aqui, tem algo acontecendo? Você se meteu em alguma confusão, Rubens?

— Não, senhor, não fiz nada. Estou tão surpreso quanto todos vocês. — E Rubens foi sincero.

— Tenho notado que você está muito mais cansado, cheio de olheiras e muito disperso. Sua produtividade também caiu muito, espero que você não esteja mexendo com drogas — o patrão falou com olhar inquisidor.

— De forma alguma, pode ficar tranquilo, não fiz nada de errado — Rubens falou e seguiu até a recepção. Ele estava cansado, estressado e, agora, preocupado também. Tudo de que não precisava era a desconfiança infundada do chefe.

Quando chegou à recepção, Rubens se surpreendeu. Ele esperava encontrar um soldado fardado, mas viu diante de si um homem aparentando uns cinquenta anos, de pele branca, bigode e cavanhaque grisalhos. Vestia um terno surrado, camisa branca levemente amarelada e uma gravata vagabunda. O investigador tinha a aparência cansada, de uma pessoa amargurada, rancorosa e que quase nunca sorria.

— Rubens? Eu sou o investigador Andrade, da Polícia Civil. Estou aqui para fazer algumas perguntas a respeito de um caso que estou investigando. Você teria alguns minutos, por favor? — o policial perguntou, demonstrando muito mais energia do que Rubens imaginava.

— Bom dia, claro, tenho um tempinho, sim. Mas não faço ideia de como vou poder ajudar, do que trata o caso que o senhor está investigando? — Rubens perguntou enquanto cumprimentava o investigador, que retribuiu o aperto de mão com má vontade.

— Nós estamos à procura do cúmplice de um padre acusado de estuprar e matar várias mulheres — o inspetor falou à queima-roupa, fazendo Rubens arregalar os olhos.

— Padre? Cúmplice?! Como assim?! — perguntou gaguejando e demonstrando espanto. O investigador teria desconfiado por muito menos. A reação do rapaz foi tão suspeita que fez algo quase impossível: arrancou um sorriso do policial.

— Sim, certamente você sabe do que se trata. Prendemos um padre algumas semanas atrás acusado de diversos assassinatos. O perfil das vítimas era sempre o mesmo: moças jovens, com idade entre dezoito e vinte e três anos. Eu gostaria de fazer algumas perguntas sobre esse assunto, caso você não se incomode.

— Claro, sem problemas, eu... venha por aqui, por favor — Rubens falou, convidando o investigador a entrar. O jovem se sentia desarmado e tinha plena convicção de que estava agindo como o mais culpado dos suspeitos. Ele precisava se acalmar e colocar a cabeça no lugar imediatamente, mas sua intuição estava avisando que ele tinha um problema e uma história pouco convincente nas mãos. E isso se evidenciava por uma única palavra pronunciada pelo investigador: cúmplice.

Rubens o conduziu até uma saleta nos fundos da oficina, sob os olhares curiosos dos colegas e do chefe. Durante aquele trajeto curto, o jovem pensava de forma febril; precisava decidir urgentemente como lidar com aquilo, sabia que qualquer frase mal formulada ou que desse possibilidade de interpretações errôneas poderia colocá-lo numa encrenca gigantesca. Seu QI altíssimo estava sendo desafiado a encontrar uma solução.

Os dois se sentaram a uma mesa antiga que dispunha de duas cadeiras e que era usada para as poucas reuniões da equipe. Rubens ofereceu água ao detetive, que recusou de forma categórica:

— Pois bem, Rubens, voltando ao caso do padre. Você sabe algo a respeito desse assunto? Qualquer informação pode ser muito útil — o inspetor indagou, fitando-o nos olhos.

— Não estou sabendo de nada; tudo o que eu vi foi pela televisão — Rubens mentiu, tentando não deixar transparecer seu nervosismo.

— Tem certeza disso? Pense bem, às vezes a memória pode nos trair, você sabe como é — o investigador insistiu, encarando-o de forma penetrante.

— Sim, tenho. Não sei nada sobre isso — Rubens repetiu com firmeza.

— Entendo. Veja bem, Rubens, estou um pouco confuso, sabe? A polícia só chegou ao assassino após receber um e-mail muito convincente no qual era descrito, com detalhes, o assassinato da última vítima do nosso predador sexual: uma jovem chamada Teresa, de dezoito anos. Além disso, havia indicações claras de onde localizar provas que ligavam o assassino à falecida. Você a conhecia? Teve algum contato com ela?

— Não, senhor, nenhum contato.

— Vocês nunca se falaram? Nenhuma vez sequer?

— Não, senhor, não conheço ninguém com esse nome — Rubens respondeu, sentindo uma gota de suor escorrendo pelas costas. — O senhor está com calor? Quer que eu traga um ventilador? Esta sala é muito abafada, não é mesmo?

— Não, estou ótimo assim. Diga-me, Rubens, você sabe alguma coisa a respeito desse e-mail que eu mencionei?

Rubens mais uma vez negou, ciente de que estava cavando um buraco sem fundo.

— Excelente! Outra pergunta: você conheceu o antigo locatário do imóvel onde você mora? — o detetive fez o coração do rapaz parar por um segundo.

— Também não, senhor — disse Rubens, esforçando-se para não engolir em seco, como se isso fosse atenuar as desconfianças do detetive de alguma forma.

— Nunca ouviu falar dele? Nome, sobrenome, nada?

— Absolutamente nada, senhor. Tem certeza de que não quer um copo de água?

— Não, obrigado. Você trabalha com quê, exatamente?

— Eu faço manutenção de aparelhos celulares, tablets, notebooks, redes de computadores, esse tipo de coisa.

— Impressionante, você é tão jovem para saber lidar com coisas tão complexas! É muito bom saber disso, há algumas semanas tive um problema no meu aparelho celular e acabei tendo que comprar outro. Da próxima vez eu vou procurá-lo — o detetive falou com naturalidade, o que fez Rubens respirar fundo e até sorrir, talvez sua situação não fosse tão grave assim. — Você está cursando alguma faculdade ou ainda não atingiu a idade?

— Eu estou no primeiro ano da universidade; estou cursando ciência da computação — explicou Rubens sorrindo.

— Claro, faz sentido. Quer saber de uma coisa, Rubens? A maioria das pessoas não faz ideia de como disfarçar a origem de um e-mail, elas acham que basta criar uma conta falsa e assim sua identidade estará protegida. Mas, na maioria das vezes, somente um cara como você, que estuda e trabalha com informática, consegue usar formas mais agressivas, como servidores virtuais e outras maluquices que eu nem sei descrever, para disfarçar o IP de origem — o detetive falou com uma pitada de ironia na voz, o que fez o sorriso de Rubens murchar na hora.

— Mas nós somos a polícia tecnológica, e não é fácil nos enganar. Em geral conseguimos rastrear a fonte de uma mensagem. E nós seguimos a origem do e-mail até a sua casa. — E o detetive sorriu diante do olhar de pânico de Rubens. — Só para constar: estou me referindo ao e-mail que você disse que não enviou, que fala a respeito da Teresa, a moça morta sobre a qual você nunca ouviu falar e que foi assassinada, segundo nossas investigações indicam, dentro da edícula onde você mora, que fica no imóvel cujo último locatário, que você não faz ideia de quem seja, foi o padre psicopata. Nós nunca tínhamos encontrado o locatário do imóvel, que sempre fora nosso principal suspeito, porque ele fez toda a transação pela internet usando dados falsos, pagou o depósito e a primeira mensalidade em dinheiro pelo correio e depois desapareceu sem deixar vestígios. Depois que a denúncia anônima, que acredito ter sido feita por você, nos mostrou quem era o culpado, foi ridiculamente fácil encontrar evidências de que ele era o homem que estávamos procurando. Todas as coisas que você diz ignorar acabam apontando para você, percebe? Por que você está mentindo para mim, Rubens? Detesto quando mentem para mim — o investigador encarou o rapaz de forma sombria, fazendo-o arrepiar-se por inteiro.

— A partir deste momento, eu me recuso a falar qualquer coisa sem a presença do meu advogado. E, segundo as leis de proteção a crianças e adolescentes, não posso ser interrogado sem a presença dos meus pais e de autoridades competentes para lidar com menores de idade — Rubens falou, enchendo-se de coragem e usando sua memória fotográfica para resgatar uma reportagem vista por ele anos antes. O jovem sabia que sua situação tinha se complicado tremendamente, e o sorriso do investigador só confirmava isso.

— Sem problemas. Na realidade, acho que já fiz todas as perguntas das quais precisava. Vou encerrar por hoje, mas se surgirem novos questionamentos virei procurá-lo, o.k.? — disse o detetive sorrindo. — Fique tranquilo, isso não foi um interrogatório; seria ilegal, não é mesmo? Nós estamos apenas conversando amigavelmente. Por enquanto!

Rubens não respondeu; ele parecia petrificado. Ficou apenas observando o detetive se levantar e sair, deixando-o para trás com seus demônios e temores.

— Alô, sou eu. Eu disse que ele é suspeito; o garoto está mentindo! — o detetive Andrade contou ao seu superior.

— Eu já disse para esquecer isso; ele é menor de idade e não há nenhuma evidência de que ele e o padre se conhecessem. Não existe nenhum DNA não identificado nas vítimas, e o assassino está repetindo seguidas vezes que agiu sozinho, mesmo com a oferta de redução de pena caso ele colabore. Esse moleque não participou disso, Andrade, desista! — o delegado falou, irritado; ele detestava a teimosia e a incapacidade do detetive de obedecer às suas ordens. Aquela discussão vinha se arrastando havia semanas. Todos os investigadores estavam comemorando a prisão do maníaco, menos o velho detetive.

— Senhor, está na cara que foi ele quem enviou o e-mail. Com isso em mente, eu me pergunto: como ele poderia saber exatamente como a última vítima foi morta? Ele tinha que estar na cena do crime! — teimou Andrade com irritação. — E o moleque não parava de tremer, isso significa alguma coisa!

— Ele pode ter achado um diário do padre, alguma coisa onde as informações estivessem registradas, porra! E decidiu fazer uma denúncia anônima, com medo de uma retaliação. E é claro que ele está apavorado, trata-se de um adolescente e você o confrontou. Esquece esse assunto, quantas vezes vou precisar mandar, caralho?!

— Mas, senhor, eu posso...

— Nada de "mas", mandei encerrar! Não vou pedir um mandado de busca sem uma base legal sólida, tampouco vou dar munição para a defesa do padre questionar nossos métodos de investigação, abordando crianças em interrogatórios ilegais. Esquece isso!

— Eu não posso esquecer, ele é um suspeito!

— Andrade, sei que você está atravessando uma fase difícil com toda a história do divórcio e, com a aposentadoria chegando, sua cabeça está entrando em parafuso. Mas estou falando sério, esquece essa merda. Senão seus problemas só vão aumentar, fui claro?! — o delegado falou, desligando o telefone na cara do detetive. Andrade ficou olhando para a tela do aparelho celular, perplexo e furioso.

— Esquece porra nenhuma! O moleque está aprontando alguma coisa e eu vou descobrir o que é! — o investigador murmurou de forma sinistra.

Aquele assunto estava longe de se encerrar.

O PARANORMAL

— Se eu entendi direito, você precisa contratar um advogado, certo? — Tânia perguntou unindo as sobrancelhas.

— Sim, só por precaução. Não faço ideia de quanto meu caso é grave, mas não posso arriscar. Acho de verdade que, se ele tivesse algo de concreto contra mim, eu já teria sido convocado para prestar depoimento, ou talvez já tivesse sido levado para um juiz especializado em crianças e adolescentes. Ele foi ao meu trabalho, que é um lugar público e por isso não precisa de mandado para entrar, e me confrontou sem acusação formal. Acho que ele não tem nada, mas está procurando — Rubens explicou.

Todos se encontraram numa pizzaria. Eles precisavam comer e ninguém estava com ânimo para cozinhar.

— Cara, você é meu amigo e estou junto nesse projeto, mas não me peça dinheiro porque eu estou duro — Paulo falou com sinceridade.

— Eu também, se você me virar de cabeça para baixo não vai cair um centavo sequer — concordou Jonas. Apesar de suas resistências e críticas, ele continuava participando do projeto Media One.

— O Rubens é nosso amigo, não há nada que possamos fazer? Ele inventou o aparelho e mandou um assassino para a cadeia. Não é justo que ele seja acusado de um crime — Tânia argumentou, mesmo sabendo que ela mesma mal tinha condições de pagar a parte dela da pizza que estavam esperando.

— Você precisava ter caprichado dessa forma para fazer a denúncia? Vai ficar difícil explicar como você sabia tantos detalhes assim, a polícia tem razão em suspeitar — disse Paulo.

— Eu sei disso, é que eu fiquei tão enojado e tão revoltado com aquele monstro que decidi não deixar nenhuma brecha para ele escapar. Acho que eu ferrei com tudo, me desculpem.

— Não se desculpe, a culpa foi daquele psicótico; mandar um assassino para a cadeia foi um favor para a humanidade.

— Valeu, Tigresa. De qualquer forma, se conseguirmos lançar o aparelho, o segredo acabará, e aí poderei revelar a verdade para a polícia; não terei mais com que me preocupar — Rubens falou, sorrindo para a amiga. — Porém, nós temos outros problemas com os quais nos preocupar: precisamos de mais peças, meu estoque está zerado. Temos que arrumar uma forma de conseguir dinheiro para continuarmos com o projeto, senão todo esse esforço terá sido em vão. Alguém tem alguma coisa?

— Desempregado! — Jonas levantou a mão.

— Vendedora de loja! — Tânia falou, imitando o amigo.

— Já respondi a essa pergunta algumas frases atrás, podemos mudar de assunto? Falar de dinheiro me deixa com depressão — Paulo demonstrou bom humor, algo raro nos últimos tempos.

— Finalmente você contou uma piada, faz semanas que estamos aguentando seu mau humor! — sorriu Rubens.

— Estou apenas cansado. Essa jornada trabalho-faculdade-projeto está me matando — falou Paulo, tentando disfarçar. Ele não tinha contado para ninguém sobre a sua conversa com o fantasma de Renan, por isso os colegas não sabiam a respeito dos verdadeiros motivos para ele estar sempre tão arredio e estressado.

— O fato é que precisamos de um monte de dinheiro. Se tivéssemos, poderíamos nos dedicar ao projeto em tempo integral, compraríamos as peças e os equipamentos que estamos querendo e, se fosse necessário, teríamos grana para contratar um advogado para o

Binho. O problema é conseguir isso — Tânia falou. — Eu mesma largaria meu emprego e me dedicaria mais, porém preciso pagar minhas contas e detesto depender dos meus tios.

— Talvez devêssemos procurar algum grande investidor ou uma empresa de tecnologia para patrocinar o Media One. Tenho certeza de que não faltariam interessados — Paulo argumentou, sorrindo ao ver que as pizzas tinham chegado, ele estava morrendo de fome.

— Eu já pensei nisso, mas também estaríamos sujeitos a ter nossa ideia roubada. Se não formos capazes de duplicar o aparelho, não temos nem como patentear o Media One — ponderou Rubens.

— É irônico! Nós temos uma das coisas mais valiosas do mundo nas mãos, há uma legião de fantasmas querendo se comunicar com os parentes vivos e não temos dinheiro para dar os próximos passos. É muita injustiça! — Tânia falou, levando um pedaço de pizza à boca. — Se ao menos pudéssemos conseguir dinheiro usando o aparelho de alguma forma...

Todos assentiram enquanto comiam. O único que não se mexeu foi Rubens; ele olhava para uma das pizzas sem piscar, como se estivesse paralisado. Os outros não repararam, mas Tânia percebeu que havia algo de errado com o amigo.

— Rubinho, tudo bem? Aconteceu alguma coisa?

— Tem uma forma de ganharmos dinheiro com o aparelho... — Rubens murmurou.

— Esquece, cara, não podemos vender o protótipo! Se fizermos isso, vamos comer pizza barata pelo resto das nossas vidas miseráveis e pecadoras — Jonas comentou, também demonstrando algum humor depois de muito tempo.

— Não vamos vender o aparelho, vamos usá-lo para conseguir dinheiro! E a melhor parte: não vamos precisar revelar a existência dele para ninguém! Tânia, você é um gênio! — Rubens falou, dirigindo-se à amiga.

— Isso eu já sabia! Mas como vamos ganhar dinheiro com isso? — perguntou ela, imaginando que o colega tivesse enlouquecido pelo excesso de cansaço.

— Aguarde e verá! — Rubens respondeu de forma enigmática.

* * *

Soraia aguardava ansiosamente para ser atendida. Ela tinha esperado por dias, e finalmente estaria frente a frente com o rapaz sobre quem todos estavam comentando.

A matéria tinha sido publicada três semanas antes num jornal local. Nela, uma jornalista falava sobre o incrível adolescente paranormal que entrava em contato com as pessoas, oferecendo informações sobre seus entes queridos já mortos. Todas as pessoas reagiam de forma semelhante: inicialmente acreditavam tratar-se de mais um golpe, mas depois lhes eram oferecidas informações que apenas os falecidos seriam capazes de saber. O paranormal não tinha ressalvas, ele desafiava seus interlocutores a fazer qualquer pergunta, sobre qualquer tema, sem exceção. A condição era sempre a mesma: precisava ser algo que somente o falecido conhecia. E, como ele acertava sempre, sua fama estava crescendo.

Quem quisesse uma sessão privada, para fazer todas as perguntas de seu interesse, poderia ter essa oportunidade, desde que se dispusesse a pagar pelos trabalhos do jovem.

Havia casos de pessoas que tinham recuperado senhas bancárias, encontrado objetos valiosos perdidos ou simplesmente matado um pouco da saudade de seus entes queridos. Afinal de contas, como não acreditar em alguém que sabia detalhes tão particulares como a data de um primeiro beijo, a primeira frase trocada ou até mesmo segredos íntimos confessados entre quatro paredes? O adolescente não usava parábolas nem frases vagas e genéricas: ele ia direto ao ponto, repetindo palavras exatas dos falecidos.

A porta se abriu e uma moça de olhar misterioso a atendeu. Ela a olhou de forma penetrante, como se tentasse desvendar sua alma.

— Seja bem-vinda, Soraia. Nós entramos em contato com você porque tem alguém do seu passado aqui conosco que quer se comunicar. Eu sou Tânia.

— Sim, fiquei muito surpresa com a sua ligação. E mais surpresa ainda com as informações das quais você dispunha. Confesso que pensei que se tratava de um golpe muito bem elaborado — Soraia falou, um pouco nervosa. — Porém, pelo que pude apurar, vocês estão sendo muito bem recomendados por todos que já vieram aqui.

— Sim, é verdade. E eu garanto que você não vai se arrepender, vou conduzi-la até o Profeta — a moça falou, indicando o caminho.

— Profeta?! Puta merda, Tigresa, você se superou desta vez! — disse Rubens, rindo.

— Eu queria dar um tom de dramaticidade! As pessoas respeitam você; achei que assim a experiência seria mais interessante! — ela falou, justificando-se e rindo também.

— Nós vamos todos para o inferno desse jeito, pelo amor de Deus! Pode incluir heresia à nossa lista de pecados.

— Ah, não exagera! A mulher recebeu notícias do marido, chorou de felicidade e ainda descobriu onde estava aplicado o dinheiro dele. Todo mundo saiu ganhando.

— Ao menos Paulo e Jonas estão podendo se dedicar ao projeto em tempo integral, e abastecemos nosso estoque de material. Aquela rotina de trabalhar de madrugada era loucura — Rubens falou. — Além do mais, eu não sinto um pingo de saudade do meu emprego na oficina eletrônica.

— Tenho certeza de que isso não tem nada a ver com o fato de você ter ganho em pouco mais de um mês o equivalente a mais de um ano de trabalho — comentou Tânia. — E os fantasmas, continuam muito bravos com você por estarmos cobrando para deixá-los mandar mensagens para seus parentes?

— Sim, muito. Mas eu tenho explicado que essa é a única forma de construirmos o aparelho. Se eles um dia quiserem ter a chance de falar com seus entes queridos sem restrições, nós precisamos seguir com o projeto. Se fracassarmos, todos saem perdendo. Não é fácil de aceitar, mas estamos trabalhando pelo bem maior — Rubens argumentou.

— É, essa é uma boa forma de encarar os fatos — Tânia falou, pensativa. Ela ainda se sentia culpada por aquilo, mas não havia outra forma de conseguir recursos. Paulo e Jonas não tiveram coragem de participar daquela parte da operação, mas todos estavam felizes por não precisarem mais trabalhar de madrugada, e a equipe estava focada no trabalho, sem distrações.

— Sim, só preciso tomar cuidado para que ninguém veja o fone de ouvido. Usar esse capuz em todas as conversas levanta suspeitas — comentou Rubens, referindo-se à túnica ridícula que ele usava como parte do seu estranho espetáculo paranormal. Ele mais parecia um cavaleiro Jedi vestindo aquilo.

— Ninguém vai desconfiar nunca, você fala o que os clientes querem e precisam ouvir. As pessoas não estão preocupadas com o que você está vestindo, acredite em mim — disse Tânia, enquanto ouvia a campainha tocar. — Prepare-se, está na hora da próxima reunião.

Rubens estava sentado à mesa dentro da pequena sala que eles tinham alugado pouco mais de um mês antes. Havia outra sala menor onde os demais recebiam os clientes e aguardavam as sessões acabarem. Ele, entretanto, conversava com as pessoas a sós, sempre.

O espaço era simples: apenas a mesa e três cadeiras. Ele já pensava na possibilidade de colocar um quadro e algumas peças de decoração.

— Seu filho e sua nora já estão aqui, o senhor está pronto? — Rubens perguntou em voz baixa. Ele sempre se certificava de o interlocutor do além estar pronto para conversar antes de iniciar a reunião. Se a voz não respondesse ou se seu espítito mostrasse sinais de que tinha se arrependido, ele cancelava a sessão.

— Claro que sim, fui eu quem te procurou, apesar de não concordar com essa história de pagamento — a voz de um homem maduro, provavelmente idoso, falou. Ele parecia estar contrariado.

— É como eu disse: o dinheiro não é para nós e sim para obtermos recursos para construir mais aparelhos — Rubens explicou, paciente. — O senhor vai querer continuar com a reunião?

— Sim, mas não sou eu quem vai conversar com eles — ele respondeu decisivo.

— Esse não foi o combinado. O senhor me falou que queria manter contato com seu filho e a esposa dele. Vou cancelar a reunião se vier algum maluco gritar no meu ouvido — Rubens falou seriamente. Ele tinha aprendido a lidar com os mortos, era preciso sempre manter o controle da situação, assim não haveria surpresas.

— Ninguém vai gritar, garoto, fique tranquilo. Eles precisam de notícias do além, mas não é comigo que meu filho e a esposa dele precisam falar. Confie em mim, esse é o certo a fazer — o homem respondeu, também sério.

Rubens franziu a testa. Ele se lembrava de ter entrado em contato com o filho daquele homem, que pareceu desesperado para conversar. Só esperava que não houvesse imprevistos.

Quando a porta se abriu, Rubens notou o olhar sério de Tânia, que conduzia o casal para dentro. A moça parecia tensa, como se tivesse visto um fantasma. E ele logo pressentiu o que poderia vir dali.

Era um casal jovem, de trinta e poucos anos cada um. O homem parecia razoavelmente bem, apesar de um pouco abatido. A moça, entretanto, apresentava olheiras profundas e o rosto encovado. Os cabelos dela estavam oleosos, fazendo supor que não tomava banho havia dias. Aparentemente aquela pobre coitada também não comia nem dormia fazia muito tempo. Seu olhar era distante, como se estivesse dopada ou algo parecido.

— Sejam bem-vindos! Eu os trouxe até aqui para que possam fazer perguntas a seu pai, o senhor Olavo, que já partiu há seis anos — Rubens falou sério, porém sem conseguir desviar o olhar da moça, que parecia doente e absolutamente infeliz.

— Sim, queremos muito algumas respostas do meu pai; nós o amávamos demais e perdê-lo foi muito doloroso. Mas, na verdade, estamos mais interessados em saber se ele tem alguma informação sobre outra pessoa que faleceu mais recentemente — o homem falou com tristeza na voz, mas surpreso ao notar que estava diante de um adolescente.

— Entendo. Infelizmente não posso prometer muito, quem nos procurou foi o seu pai e por isso eu os trouxe até aqui hoje. Mas vocês poderão fazer qualquer pergunta que desejarem para ele e...

— Mamãe?! Papai?!

Rubens ouviu, através do Media One, a voz de uma menina, uma criança que não devia ter mais que sete anos de idade. Ele se arrepiou; arregalou os olhos e encarou o homem diante dele, que por sua vez o encarou também.

— Está tudo bem? Como isso funciona, você está conseguindo escutar algo? — o homem perguntou, esperançoso. A esposa dele também pareceu ansiosa, perdendo aquele ar alienado de quando entrara na sala.

— Só um instante, eu...

— Vovô, eles conseguem me ouvir? Eu posso falar com a minha mãe? — a menina perguntou, ansiosa.

— Sim, querida, esse moço vai falar tudo o que você quiser para seus pais; foi por isso que eu trouxe você aqui hoje! — o fantasma do senhor Olavo falou.

Naquele momento, Rubens entendeu tudo. Ele olhou para os dois diante dele e viu o maior sofrimento do mundo estampado no semblante de ambos. Não conseguia imaginar quanto eles estavam sofrendo, mas sabia o que precisava fazer para ajudar.

— Moço, você pode nos ajudar? Precisamos muito de algum tipo de notícia sobre...

— ...a sua filha, certo? Há quanto tempo ela morreu? — Rubens perguntou com serenidade, olhando para os dois de forma cúmplice. Ambos se entreolharam, ansiosos; aquele casal estava à beira do abismo por causa do sofrimento.

— Minha filhinha morreu há quatro meses, depois de ter sido atropelada por um motorista bêbado. Ela morreu na minha frente, sem que eu pudesse evitar — a mulher falou com lágrimas nos olhos.

— O nome da sua filha era Júlia e ela está bem. O avô dela a está protegendo. E ela disse que a culpa não foi sua, ninguém poderia ter evitado o que aconteceu.

— Ai, meu Deus, ela está aqui? Meu anjinho está aqui?! Meu Deus, eu...

— Sim, ela está aqui e está bem. Mas ela se preocupa com você. Ela sabe da tentativa de suicídio e está implorando para que você não tente fazer isso de novo — Rubens falou, em tom grave.

O jovem casal se entreolhou, assombrado. Ninguém sabia daquilo, apenas os dois e os médicos que atenderam a mulher quando ela deu entrada no hospital, após uma overdose de remédios, uma semana antes.

— Profeta, eu estou sofrendo muito, fico imaginando a dor que o meu bebê sentiu sob aquele carro; não sei mais o que fazer! — a mãe da menina morta desabafou.

— Não me chame assim, eu não mereço esse título. E ela não sofreu. Tudo de que sua filha se lembra foi ter atravessado a rua e depois acordado do outro lado, com os avós ao lado dela. Foi simples assim: indolor e tranquilo. Confiem em mim: a Júlia está bem, cercada pelo senhor Olavo, a avó dela, dona Maria, e também o seu pai, Clara — Rubens dirigiu-se a ela pelo nome, que não tinha sido mencionado nenhuma vez, o que a deixou ainda mais espantada. — Sim, eu sei o seu nome e posso falar que o seu pai, o senhor Jairo, também está preocupado com você. Todos eles estão com a sua filha e torcem para que vocês fiquem bem.

— Você consegue falar com todos eles? Isso é incrível! — o homem falou, espantado.

— Neste momento, não. Mas consigo conversar com a sua filha e com o senhor Olavo. Ela está aqui agora mesmo, falando tudo o que eu estou repetindo para vocês. E ela está pedindo a vocês que não deixem de cuidar do Rex, ele ainda é apenas um filhote e também sente falta dela — reproduziu Rubens, causando ainda mais assombro. Dessa vez até ele tinha lágrimas nos olhos. — Calma, Julia, não chore, vai ficar tudo bem; estamos todos juntos aqui hoje, e isso é o que importa — sussurrou o rapaz para a menina morta.

Os pais da menina se deram as mãos e se entregaram às lágrimas. Clara chorava de forma convulsiva, finalmente ela estava conseguindo algum alívio após meses de desespero incessante. Ela fez várias perguntas, sorriu e chorou a cada resposta. Recebeu recados da filha para cada um dos colegas da escola, para os tios, para todo mundo que realmente importava na vida dela.

Eles ficaram mais de duas horas juntos, e Rubens não teve pressa! Após uma longa e dolorosa conversa, finalmente os pais da menina tinham uma chance de seguir em frente. O jovem precisou se conter para não entregar o aparelho nas mãos do casal e deixá-los falar com a filha. Se fizesse aquilo, sabia que seria como oferecer a mais potente droga do mundo. Os dois ficariam viciados e voltariam todos os dias, tentariam comprar o aparelho a qualquer custo e nunca mais conseguiriam se desligar da filha morta. E o segredo do Media One acabaria sendo revelado para o mundo antes que estivesse pronto.

Quando enfim os dois foram embora, Rubens desabou.

Ele chorou por causa da menina, dos pais dela, mas, sobretudo, por causa do próprio pai. A saudade o estava devorando, e o fato de não ter conseguido ainda falar com aquele que tanto amava o destruía.

— Obrigada, tio, por ajudar meu pai e minha mãe — sussurrou a menina no ouvido dele com simplicidade infantil.

— Eu que agradeço, Júlia, foi uma honra — Rubens respondeu. — Foi uma grande honra.

— Você está bem? Como foi a conversa? — Tânia perguntou, preocupada com o abatimento de Rubens. A sessão tinha sido muito mais longa que o normal.

O rapaz não falou nada; atravessou a sala e abraçou a moça de modo apertado, estreitando-a nos braços.

Ele sentiu o corpo miúdo de Tânia colado ao seu e parecia notar cada pedaço de pele, cada músculo da moça. Sentiu os batimentos do coração dela e a respiração, profunda e lenta. Quando ela o abraçou, suas mãos pequenas e macias pareciam acariciar-lhe as costas, e o hálito quente dela no seu pescoço trazia alívio e paz. Se morresse naquele momento, Rubens partiria feliz.

— A conversa foi ótima, eles estavam sofrendo muito, mas acho que eu consegui ajudar. Será que nós estamos fazendo a coisa certa? — Rubens perguntou repentinamente, surpreendendo Tânia.

— Por que você está falando isso? Está se sentindo mal por estar cobrando dinheiro das pessoas?

— Eu nem me atrevi a cobrar nada deles, não tive coragem — Rubens respondeu com sinceridade. — A minha dúvida, entretanto, é outra. Será que nós somos as pessoas certas para ficar com essa coisa? Talvez devêssemos esquecer essa ideia de comercializar o aparelho; poderíamos enviá-lo a algum líder religioso, a um médico importante, a um ganhador do Prêmio Nobel, sei lá; alguém que realmente seja capaz de ajudar as pessoas com o Media One.

— Nós estamos ajudando as pessoas, não se culpe tanto — Tânia falou. — E vamos ajudar muito mais quando todos puderem ter seu próprio aparelho.

— Não sei, talvez não estejamos à altura de algo tão poderoso. Hoje eu resgatei um casal da autodestruição, mas não sei dizer se estamos prontos para lidar com isso. Não sei se alguém neste mundo está qualificado para algo tão importante — disse Rubens, finalmente afrouxando o abraço. Quando fez menção de soltar a moça, Tânia firmou o abraço, mantendo-o preso. Ele não tentou se mexer de novo.

— Não podemos desistir agora, Rubinho; essa invenção é uma coisa boa, muita gente poderá finalmente ter um encerramento para seus sofrimentos e ter uma vida melhor. Aconteceu comigo e vai acontecer com outras pessoas, confie em mim — Tânia falou, soltando o amigo e segurando o rosto dele com as duas mãos de forma carinhosa. Ele sentiu uma vontade quase incontrolável de beijá-la naquele momento, mas se conteve.

— Espero que você tenha razão. Pois sinto que estamos lidando com uma força que está além da nossa compreensão. Hoje eu vi o verdadeiro poder que esse aparelho é capaz de exercer sobre as pessoas. Sem exagero! Acho que quem controlar essa coisa vai controlar o mundo.

— Então precisamos ter o cuidado redobrado, e não o deixar cair em mãos erradas. Esta é a nossa tarefa sagrada: garantir que o Media One seja usado para o bem maior, que é permitir que seus usuários possam superar a dor do luto — Tânia falou, séria. — Eu acho que nós damos conta dessa tarefa, sim, Rubens, tenha fé em você mesmo e nos seus amigos.

Rubens sorriu para a moça, que retribuiu com o olhar.

— Espero que você tenha razão. Que bom que vocês estão comigo. Sozinho seria impossível — afirmou, voltando a abraçar Tânia com força, como se tivesse medo de perdê-la a qualquer momento.

No dia seguinte, o impensável aconteceu.

O COMANDANTE

Rubens chegou ao seu recém-criado escritório logo cedo para mais um dia de consultas. Ele estava animado, já tinham um bom dinheiro guardado; a agenda estava cheia e havia até alguns pedidos de entrevista pendentes — o "novo grande médium" chamava cada vez mais atenção. Com aquilo, certamente, os negócios iriam prosperar ainda mais, dando um pouco mais de conforto e melhores condições de trabalho à equipe.

Ao entrar, ele deu de cara com Tânia, que o aguardava sentada no pequeno sofá localizado na sala onde ela ficava para recepcionar as visitas e atender ao telefone. Ele deu um grande sorriso ao ver a amiga ali logo cedo. Normalmente ela chegava depois dele, então, encontrá-la àquele horário era uma grata surpresa. O olhar dela, entretanto, deixou claro que havia algo errado.

— Oi, Tigresa, tudo bem? Aconteceu alguma coisa? — Rubens perguntou, preocupado. A cara da amiga estava péssima.

— Não sei, acho que sim! Rubinho, o aparelho parou de funcionar!

Rubens e todos os amigos se encontraram na Lucy naquela noite para discutir a situação. Os quatro tinham passado um dia de nervosismo por causa daquela inesperada reviravolta.

— E então, alguma novidade? — Paulo perguntou com expressão carregada.

— Absolutamente nada! Está tudo certo. Não faço ideia do que está acontecendo — Rubens respondeu, jogando os óculos de ampliação na mesa; sua frustração era evidente. — Não vejo explicação para essa coisa ter parado de funcionar.

— Só para eu entender: vocês usaram o aparelho ontem o dia inteiro, aí a Tânia o levou para casa, o que eu acho um erro, afinal de contas, ele é importante para todos. Quando ela foi usá-lo para se comunicar com os pais, nada funcionou. É isso mesmo? — Jonas perguntou com uma pitada desnecessária de ironia na voz.

— Sim, isso mesmo, Jonas. Nós trabalhamos o dia inteiro com ele, até para termos dinheiro para pagar seu salário, acho interessante frisar. E depois o aparelho parou de funcionar — Tânia respondeu, ferina, devolvendo a gentileza.

— Só estou falando, Tânia, que tudo isso é muito estranho. Por acaso você o deixou cair? — indagou Jonas encarando a amiga. Ela o fuzilou com o olhar.

— Impossível ter sido uma queda, não há sinais de impacto em lugar nenhum. Esse aparelho não foi derrubado, tenho certeza — Rubens falou com segurança. — Teve algum pico de energia enquanto carregava a bateria?

— Não, nada. E isso também estaria visível nos circuitos do aparelho — Tânia argumentou.

— Pessoal, aparentemente está tudo certo. O aparelho liga, completa a ligação, mas, depois disso, o silêncio é total; é como se... — Rubens começou a falar, mas se deteve por um tempo. — ... como se o mundo dos mortos tivesse sido forçado a ficar em silêncio — concluiu, enquanto remontava o aparelho. Logo em seguida fez uma nova ligação. — Eu acho que o funcionamento do aparelho está sendo bloqueado.

O silêncio do outro lado da linha era absoluto. Se em outros lugares o uso do telefone era relativamente tranquilo, na casa de Rubens era sempre muito barulhento, com várias vozes falando ao mesmo tempo. Naquela noite, entretanto, eles não estavam ouvindo nada.

— Alô, tem alguém aí? — Rubens perguntou, sem resposta. Ele até ligou o aparelho numa caixa acústica para os amigos ouvirem também. — Eu sei que tem alguém ouvindo; vocês estão apenas tentando nos manter no escuro? Quem são vocês e o que está acontecendo?

Ninguém falou nada, mas os instintos de Rubens estavam gritando; ele tinha certeza de que havia algo acontecendo, só precisava descobrir o que era. Por isso, insistiu.

— Escutem, sei que vocês estão fazendo algo, mas não vão poder manter isso para sempre. Eu vou continuar insistindo por dias, meses e até anos se for necessário, pois há muitas coisas em jogo, e nós não vamos desistir nunca — Rubens falou de forma decidida. — Por isso eu sugiro que...

— Você não sugere nada, moleque do caralho! Eu ordeno que você destrua esse maldito aparelho e desista dessa ideia imediatamente, senão eu acabo com a sua raça! — a voz de um homem fez um estrondo na caixa acústica, e todos se sobressaltaram.

— Calma, vamos conversar, eu tenho certeza de que... — Rubens começou a falar, já acostumado com os arroubos de alguns espíritos. Mas logo ficou claro que estava lidando com algo diferente.

— Escuta aqui, Rubens, não há nada para conversar! Eu sou o comandante e, como chefe executivo das forças de segurança, determinei que bloqueassem o sinal desse estúpido aparelho que você inventou. Ninguém, além de mim mesmo, está autorizado a falar com vocês, fui claro?

Rubens e os amigos se entreolharam, surpresos. Seria possível que aquele homem estivesse falando sério?

— Amigo, não sei por que você está tão irritado, mas é difícil acreditar nessa conversa. Como vocês conseguiriam fazer isso? — Rubens perguntou, tentando transparecer autoconfiança.

— Com a nossa tecnologia, que é milhares de vezes mais avançada que a sua! E você ainda não sabe por que eu estou irritado, Rubens? Faça-me um favor, moleque! Você e esse seu grupo de sanguessugas estão causando um transtorno de proporções inéditas; espero de verdade que estejam felizes! — o comandante falou, exasperado. — Mas não se preocupem: diante de tudo isso que fizeram, garanto que eu mesmo irei escoltá-los até os portões do inferno quando chegar a hora!

— Inferno?! — espantou-se Tânia. — Calma aí, você não pode falar isso! Outra coisa, onde estão os meus pais? Eu não consigo mais conversar com eles!

— Eu mandei prendê-los, bem como todos os que se atreveram a falar com vocês! — disse o comandante num tom sinistro, fazendo a moça arregalar os olhos. — E ninguém será liberado enquanto esse maldito aparelho existir. Querem estender essa situação por anos? Vão em frente! Mas depois não digam que não foram avisados; ninguém desafia nossas leis e sai impune! Posso não atingi-los agora, mas posso punir aqueles que se associaram criminosamente a vocês! Paulo, até seu amiguinho Renan está pagando pelos seus erros, mas você já está acostumado a fazê-lo sofrer, não é mesmo? Acho que não vai fazer muita diferença, pois tenho certeza de que você não se importa.

— Não se atreva, seu desgraçado! Não faça isso! — Paulo rosnou de olhos arregalados.

— Calma aí, quem é Renan? Do que é que ele está falando? — Rubens perguntou, enrugando a testa.

— Renan era o garoto de quem Paulo gostava de abusar física e psicologicamente quando era mais jovem. Conta para eles, Paulo! Conta como o Renan se matou graças a você! — provocou o comandante, enquanto todos se voltavam para o colega com assombro.

— Isso é sério? Um garoto se matou porque você o estava perseguindo? — Rubens perguntou, chocado.

— Eu era muito jovem e estúpido, não imaginei que aquilo pudesse acontecer!

— E ficou preso por um ano por causa disso. Paulo espancou o rapaz até deixá-lo desacordado! — o comandante falou com ironia.

— Uau, quantas surpresas em um mesmo dia! Parabéns, Paulo — Jonas comentou, decepcionado.

O rapaz baixou os olhos e meneou a cabeça; só podia ser um pesadelo, seu maior segredo estava sendo revelado para seus melhores amigos por um maluco.

— Por favor, senhor, não faça isso com meus pais, eles já sofreram demais! Eu estou implorando!

— Tânia, você é uma boa garota, é a única que tem algum juízo. Se você pegar o aparelho agora, jogá-lo no vaso sanitário e depois der a descarga, seus pais estarão livres. Mas tem que ser agora! Vai! Vai!

Tânia não pensou duas vezes: antes que os amigos pudessem reagir, ela agarrou o protótipo e correu para o banheiro, com lágrimas nos olhos, disposta a fazer o que fosse necessário para libertar os pais. Rubens tentou agarrá-la, mas foi impossível. A reação da moça foi muito rápida.

— Tigresa, não! — Rubens gritou, e seus dedos tocaram no braço dela sem, contudo, conseguir detê-la. Os demais o imitaram.

Tânia entrou no banheiro e trancou a porta. Um instante depois, Rubens e os demais estavam batendo na madeira, tentando impedi-la. Enquanto isso, ela levantou a tampa do vaso sanitário e engoliu em seco. Ao longe ela podia escutar a voz do comandante gritando no comunicador do aparelho.

Tânia levou a mão ao rosto, às lágrimas. Ela sabia que estava sendo egoísta, mas não podia permitir que os pais sofressem ainda mais.

— Desculpem, eu preciso fazer isso por vocês... — Tânia sussurrou. — Eu te amo, mãezinha, vou morrer de saudade! — ela falou de forma dolorosa, sentindo como se estivesse perdendo os pais pela segunda vez na vida. Em seguida, esticou a mão, segurando o aparelho acima da água com a ponta dos dedos. Bastava abri-los e aquele assunto estaria encerrado.

—Tigresa, lembra daquele casal que atendemos ontem? Você acha que aquela mulher ia morrer? — perguntou Rubens do lado de fora, fazendo-a titubear.

— Não sei, acho que sim — Tânia respondeu, vacilante.

— Pense nas outras pessoas que nós podemos ajudar: tem muita gente que perdeu os filhos, os pais ou alguém que amava... Não faça isso com elas, pelo amor de Deus! Por mim, eu estou implorando — Rubens falou em tom de súplica através da porta.

— Você não está entendendo, Rubens, acabou! Ninguém mais vai conseguir fazer contato, nosso sonho está perdido para sempre! — Tânia retrucou entre soluços.

— Não acredite nesse cara, me dê 24 horas! É tudo que eu peço! Se não conseguirmos encontrar uma solução, deixo você fazer o que quiser com o aparelho!

— Não dê ouvidos a ele! Fale comigo, Tânia! — o comandante gritou no celular.

— Desculpe, Rubinho, preciso salvar os meus pais!

— E eu preciso falar com o meu, por favor! — Rubens implorou com lágrimas nos olhos, fazendo-a parar. — Pelo amor de Deus, ele ainda não falou comigo, eu preciso saber como ele está!

— Rubinho... e se ele nunca puder falar com você? E se a partir de agora for impossível? — Tânia sussurrou, afastando-se do vaso, colocando a mão na porta e encostando a cabeça na madeira, sem desconfiar de que, do lado de fora, Rubens estava fazendo a mesma coisa.

— Eu preciso manter a minha fé, Tigresa. Tenho que continuar tentando até ele aparecer, não posso desistir agora... — Rubens murmurou, sentindo o coração marretar dentro do peito. Os demais amigos acompanhavam aquela conversa apreensivos. — Vinte e quatro horas é tudo o que eu peço.

— Não o escute, Tânia, ouça a minha voz! Eu sei do que você precisa...

— Cale a boca, desgraçado... — Tânia murmurou, enquanto mais uma lágrima caía dos seus olhos. Em seguida, ela desligou o aparelho, respirou fundo e abriu a porta.

Os colegas suspiraram aliviados. Tânia largou o aparelho nas mãos de Rubens, que estava até ofegante de tão nervoso, e se jogou no sofá, com o rosto entre as mãos.

— Sinto muito, eu estou com muito medo... E se esse cara fizer mal a eles? Nunca me perdoarei se algo de ruim acontecer — disse Tânia entre soluços.

— Fique calma, ninguém a está julgando. O Rubens tem razão, vamos pensar com um pouco mais de tranquilidade — Jonas falou.

— Tudo bem, tudo bem, desculpem! Eu preciso ir embora. Vinte e quatro horas, Rubens, por favor, não me faça implorar! — soltou Tânia por fim. No rosto dela havia tanto sofrimento, tanto medo, que Rubens sentiu um impulso quase incontrolável de destruir, ele mesmo, o aparelho.

— Nem um minuto a mais, eu prometo — o rapaz respondeu, engolindo em seco. Tânia meneou a cabeça, sorrindo de forma triste, e foi embora. Foi copiada por Paulo, que saiu em seguida.

Jonas deu um tapa carinhoso nas costas do amigo e foi o último a partir.

E, mais uma vez, Rubens ficou sozinho e sem saber o que fazer.

Ao longo das horas seguintes, Rubens ficou mais e mais neurótico. E se eles chegassem ao seu pai? Como reagiria se o tal comandante falasse que o tinha mandado para a cadeia também? O rapaz não conseguia nem imaginar quanto Tânia estava sofrendo.

Rubens olhava para o protótipo que construíra por mera brincadeira, e que os tinha levado àquela confusão, perguntando-se como permitira que aquilo acontecesse. Se pudesse voltar no tempo, de alguma forma, ele avisaria a si mesmo para nunca tentar cruzar aquela linha. Era óbvio que tinha ido longe demais com aquele sonho absurdo.

O jovem estava angustiado, refletindo sobre o imenso dilema que havia diante de si, quando o telefone tocou. Seu coração disparou, imaginando que talvez fosse Tânia, já que havia deixado inúmeros recados para ela, até então sem sucesso.

Rubens atendeu à ligação com uma nítida decepção na voz quando viu que era Paulo quem o estava procurando.

— E aí, como você está? — Paulo perguntou em voz baixa.

— Péssimo, e você?

— Uma merda também, todo barulho que ouço me faz sobressaltar; sinto como se estivesse sendo vigiado — Paulo confessou.

— Acho que isso era exatamente o que aquele filho da puta queria — Rubens respondeu, frustrado. — Você está me escutando, seu corno? Espero que esteja feliz, seu desgraçado! — falou Rubens em voz alta, olhando para lugar nenhum.

— É, acho que estamos todos enlouquecendo, Rubão, já fiz a mesma coisa aqui em casa, fico xingando o tal comandante igual a um retardado. Você acha que fomos longe demais?

— Não faço ideia, estou me perguntando a mesma coisa. O que você faria no meu lugar? Destruiria o aparelho?

— Não me pergunte isso, cara. Nem eu nem ninguém vai conseguir responder a essa pergunta. É foda, mas a verdade é que ninguém passou por isso para saber o que devemos fazer. Não é fácil, não; tentei dormir, mas tive um monte de pesadelos.

— Eu também, estou completamente perdido. Desistir seria fácil, bastaria jogar essa merda na água e deixar para lá, afinal de contas, nenhum de nós conseguiu replicar essa coisa mesmo — Rubens falou, segurando o aparelho com desprezo. — Só me falta coragem.

— Velho, não sei o que dizer. O que você decidir, eu vou apoiar, fique tranquilo — afirmou Paulo com sinceridade. Rubens agradeceu o amigo. Aquilo de fato ajudava, ao menos se sentia um pouco menos desamparado diante daquela decisão difícil.

Quando encerraram a ligação, Paulo olhou ao redor, para o seu quarto. Se os amigos entrassem ali, provavelmente chegariam a uma conclusão muito ruim.

O dormitório tinha sido convertido numa oficina eletrônica. Havia placas, circuitos e componentes por todos os lados, além de equipamentos diversos, todos comprados por ele com o próprio dinheiro. Os pais de Paulo estavam ficando loucos com o misterioso projeto que o rapaz vinha desenvolvendo dia após dia, em todos os seus momentos livres. Era por isso que ele estava sempre tão cansado. Paulo vinha trabalhando por conta própria na sua cópia pessoal do Media One.

Sua motivação, entretanto, não era o dinheiro. Era Renan, que vinha aparecendo em seus sonhos quase todas as noites, xingando-o, fazendo ameaças, avisando que, quando Paulo morresse, ele estaria esperando de braços abertos, pronto para se vingar. Toda vez que isso acontecia, o jovem acordava apavorado e se lançava ao trabalho, tentando assim manter sua sanidade mental.

Entretanto, com toda aquela confusão com o tal comandante, ele não se atrevia mais a trabalhar em seu projeto. Sem aquela válvula de escape, Paulo estava com medo de acabar enlouquecendo.

— Meu Deus, se você existe mesmo, me explica: o que eu devo fazer? — perguntou, mesmo sabendo que a resposta nunca viria.

Enquanto isso, Rubens pensava, esmagado pela angústia. Ele precisava de uma luz, algum tipo de sinal, e teve um sobressalto quando a campainha tocou. Era só o que faltava; o rapaz não estava com vontade de ver nem de falar com ninguém. No mínimo era um dos seus locadores. Rubens andou rápido até a porta, decidido a se livrar de quem quer que fosse o mais rápido possível.

— Oi, já vai, estou um pouco doente, podemos deixar essa conversa para depois...

Rubens gelou quando viu Tânia diante dele. A moça parecia exausta, como se também tivesse passado a noite em claro, certamente esmagada pela angústia de pensar no sofrimento dos pais. Seu olhar estava carregado de tristeza, mas tinha algo mais. Havia um pedido de socorro naquele semblante cansado.

— Tigresa? O que você está fazendo aqui, aconteceu mais alguma coisa? — Rubens perguntou, franzindo a testa e sentindo o pulso acelerar imediatamente.

A moça o olhou fixamente e soltou um suspiro doloroso, como se estivesse carregando todo o peso do mundo sobre os ombros. Em seguida, ela deu um passo à frente e beijou Rubens de forma febril, pegando-o de surpresa.

A língua dos jovens se entrelaçou de forma desesperada. Eles se prenderam um ao outro num abraço apertado, com as mãos deslizando pelo corpo com paixão.

— Será que tem alguém aqui nos observando? — perguntou Rubens com o coração em disparada e a respiração ofegante.

— Eu não sei e também não ligo. Se quiserem assistir, fiquem à vontade — Tânia falou, pegando Rubens pela mão e arrastando-o em direção ao quarto.

Ela estava cansada de esperar, de ficar sozinha, de se preocupar. Toda aquela confusão tinha lhe permitido ver as coisas com uma clareza impressionante.

Quando chegaram ao quarto, ela empurrou Rubens sobre a cama. O jovem respirou fundo, vendo-a ali, tão desesperada quanto ele mesmo. Tânia o encarou decidida, com uma mecha de cabelo negro caindo sobre o olho. Em seguida, ela arrancou a camiseta, exibindo os seios pequenos e firmes, e subiu sobre Rubens, que parecia hipnotizado pelo olhar dela.

Os dois jovens se amaram com ferocidade e desespero. Como se a vida deles dependesse daquilo.

A moça gemeu de prazer e cravou as unhas nos ombros de Rubens quando ele deslizou para dentro dela. Ela se contorceu sobre ele até levar o rapaz ao orgasmo. Poucos segundos depois, foi a vez de ela atingir o êxtase.

Os dois permaneceram abraçados na cama, esgotados e aliviados, até caírem num sono tranquilo e relaxante.

Rubens chegou ao quarto com duas canecas de café fumegantes e encostou no batente para admirar aquela visão: Tânia estava deitada, de costas para a porta, aparentemente adormecida. Ela estava completamente nua, e o lençol só cobria parte das suas nádegas, por isso ele podia observar o contorno perfeito do corpo dela e sua pele branca como leite. Também conseguia observar a tatuagem da tigresa com riqueza de detalhes.

— Você está me assustando desse jeito, parado aí me olhando — ela sussurrou sem se virar.

— Eu só queria admirar — Rubens comentou, sincero. — Não é todo dia que tenho uma visão dessas.

— Agora você conhece minhas tatuagens secretas — falou Tânia, virando-se para ele. A moça sorria de forma leve; finalmente um dos problemas deles parecia ter se resolvido.

— Agora conheço mesmo, vi cada uma delas bem de perto — Rubens respondeu de forma maliciosa, enquanto se aproximava e sentava-se ao lado dela na cama. Ele ofereceu uma das canecas para a moça, que aceitou de imediato. Ela se sentou para saborear a bebida e olhou para ele com um sorriso no rosto.

— Desculpe, não quero estragar o clima, mas preciso perguntar: o que levou você a tomar essa decisão agora? Na minha cabeça, eu já estou nessa relação há uns dois anos, no mínimo, mas confesso que ver você aqui me surpreendeu — tornou Rubens com a mesma sinceridade, apesar de estar com medo da resposta.

— Eu sei o que parece, mas não é o que você está pensando. Não vim aqui por estar angustiada — o que realmente estou — nem porque preciso do inventor do aparelho para me proteger. Estou com você porque eu quero! Depois daquele psicopata falar que prendeu meus pais e que talvez eu os tenha perdido de novo, cheguei à conclusão de que não podia mais continuar fazendo de conta que você estaria por perto para sempre. Eu precisava tomar uma atitude e decidi que nunca mais vou perder a chance de falar para as pessoas que realmente importam para mim o que eu sinto.

— Ah, é? E o que é que você sente? — ele perguntou.

— Amizade. Carinho. Respeito. Uma gratidão imensa por ter inventado um aparelho que me permitiu fazer as pazes com o meu passado — Tânia respondeu, escolhendo cuidadosamente as palavras e tentando ao máximo não o magoar.

— São bons sentimentos — disse Rubens, forçando ao máximo um sorriso. Era uma sensação agridoce, pois ela tinha usado ótimas palavras, mas nenhuma delas era a que ele realmente queria escutar.

— Rubinho, tenha paciência comigo, eu sofri uma paralisia emocional profunda nos últimos anos; vai demorar um pouco para me acostumar. Depois do assassinato, não consegui me conectar com mais ninguém; tudo isso é muito novo para mim.

— Eu sei, está tudo bem. Eu... estou feliz, de verdade — Rubens respondeu, fazendo ainda mais força para sorrir. No fundo, ele sentia seu coração rachando de novo.

Tânia o encarou, não queria demonstrar piedade, pois sabia que isso seria fatal para o orgulho dele, mas também não podia ferir os sentimentos do rapaz. Delicadamente ela colocou sua caneca de café sobre o criado-mudo e depois fez a mesma coisa com a caneca de Rubens.

— Vem cá — ela falou, pegando-o pela mão e puxando-o para si. Ainda visivelmente decepcionado, Rubens deitou ao lado dela na cama. — Que tal irmos devagar? Emocionalmente falando, é claro. Fisicamente, acho que já queimamos algumas etapas.

— Devagar pode ser bom — comentou Rubens, um pouco mais conformado. — E eu não queimei etapa alguma; estava quieto na minha casa quando você me atacou — completou sorrindo.

Tânia riu de uma forma deliciosa, causando mais uma pontada de dor no coração dele.

— Tem razão, acho que a culpa foi minha! Façamos o seguinte: vamos basear nossa relação em puro sexo selvagem, que tal? — ela falou, maliciosa, enquanto arrancava de vez o lençol.

— Eu aceito — Rubens respondeu, envolvendo o corpo delgado da moça e sentindo os seios dela contra seu peito. E eles se amaram mais uma vez, alheios à tempestade que estava se formando sobre a própria cabeça.

Horas depois Tânia foi embora, deixando Rubens sozinho com o problema do comandante. Ela perguntara se ele tinha tomado alguma decisão e ele disse que não, mas era mentira. Já sabia o que fazer no momento exato em que Tânia o beijara.

O rapaz ainda estava nu quando ligou o telefone e fez a conexão. Ele decidiu que não se daria ao trabalho de se vestir; se o comandante quisesse enfrentá-lo, seria nos seus termos.

— Estou vendo que você está bastante à vontade hoje — o comandante comentou, sarcástico. — E parabéns pela moça, ela parece muito especial. Espero que vocês...

— Corta a conversa fiada e me escuta, seu velho brocha do caralho: eu quero que você se foda, entendeu? Enfie suas ameaças no meio do seu cu! — Rubens explodiu. — Eu não vou desistir!

— O que foi que você falou?! Repete se tiver coragem, seu...

Rubens desligou o aparelho de imediato, largando-o no sofá de forma displicente, e foi se trocar. Repentinamente estava tão bem-humorado que até mesmo assobiou uma canção no caminho para o quarto.

Cerca de uma hora depois, após ter tomado banho, comido alguma coisa e enrolado um pouco usando o celular, Rubens decidiu que era o momento de dar mais uma dose. Ele ligou novamente, mas desta vez ninguém respondeu, o que ele já esperava.

— Tragam-me o velho brocha, não falo com nenhum dos outros filhos da puta que estão me escutando! Ou será que esse monte de bosta é covarde demais para me enfrentar?

Rubens ouviu os passos batendo duro no chão, vindos de longe. Ele praticamente conseguia imaginar o comandante marchando furioso e querendo matá-lo.

— É muita ousadia de um moleque desgraçado e infeliz que nem você me desrespeitar desse jeito! Ninguém fala assim comigo! — o comandante esbravejou.

— Corrigindo, comandante, ninguém FALAVA assim com o senhor; comigo é diferente. Eu estou na vantagem. O senhor pode ter quantos recursos quiser, mas não pode me atingir. Portanto, não tem como me parar.

— Errado, garoto, posso chegar até seu pai. Quero ver o que você vai fazer quando eu o colocar nesta linha implorando para que desista dessa ideia estúpida.

— Se fizer isso, definitivamente, vai ser uma merda! Mas ainda assim eu não vou desistir. Quer saber o que eu vou fazer se isso acontecer? Nós temos vários vídeos que demonstram o funcionamento do aparelho; vou pôr tudo na internet junto com o esquema completo dele. Alguém, em algum lugar do mundo, vai conseguir construir uma cópia, e vai começar tudo de novo. Até isso cair nas mãos de uma grande empresa, e iniciará a fabricação em larga escala. Garanto que até o final deste ano já teremos ultrapassado a marca de um milhão de exemplares comercializados.

— Você não pode fazer isso. Seu grupo de arruaceiros está lidando com forças além da sua imaginação!

— Pois é, comandante, eu sei que esbarramos em algo grande e posso assegurar a você que foi completamente sem querer; não imaginava que uma coisa dessas pudesse acontecer — Rubens respondeu com sinceridade. — Mas aconteceu. E agora não há como voltar atrás. A grande pergunta é: o senhor vai ficar fazendo ameaças, realizando prisões arbitrárias e mandando gente inocente para a cadeia ou vai parar de chorar e nos ajudar a entender o que temos em mãos para fazermos o melhor uso possível disso?

— Agora ficou ótimo, era só o que faltava! Você está pedindo a minha ajuda?!

— Nós ainda não conhecemos nada do seu mundo; entendê-lo melhor nos ajudaria a decifrar os reais impactos do Media One.

— Esse nome é ridículo, eu preferia TIDCA.

— Eu também! Viu só? Nós podemos formar um grande time juntos!

— TIDCA também é estúpido. Só não é pior que Media One.

— Comandante, esquece o nome. Diga-me, o que há de tão errado assim em conversarmos?

— O problema é que isso é uma aberração, Rubens! Puta merda, você não consegue entender isso?! — o comandante falou com impaciência na voz. Mas isso era bom e Rubens sabia. Agora eles estavam dialogando e não mais fazendo ameaças. — Você está desrespeitando a vontade de Deus!

— Sério mesmo? Você conversou com Ele? Deus falou que eu estou desrespeitando alguma coisa? Me diga as palavras exatas Dele, por favor.

Um silêncio desconfortável se fez, e Rubens pressentiu que tinha acabado de atingir o ponto exato para encerrar aquela discussão.

— É óbvio que eu não falei com Deus, não seja ridículo. Nem sequer sabemos se Deus existe de fato. Para nós, essa parte ainda é um mistério...

— Tudo bem, tem alguma regra escrita por Ele proibindo o contato? Talvez uma pedra com os dez mandamentos da comunicação?

— Você se acha muito engraçado, não é mesmo?

— Não, comandante, aliás me considero um péssimo comediante. Só quero provar um ponto: acho que nem vocês sabem o que Deus quer fazer. Já parou para pensar que talvez essa seja a verdadeira vontade Dele? Talvez Ele queira derrubar o muro do silêncio para reaproximar todos nós e, nesse caso, talvez seja o senhor quem esteja desrespeitando a vontade de Deus.

O comandante adoraria ter uma resposta para aquele argumento. Não havia um único dia, desde que ele assumira aquela missão, em que não se questionasse sobre qual seria a coisa certa a fazer. Mas ele era um soldado e apenas cumpria ordens. Em momentos como aquele, desejava que seu oficial superior pudesse aconselhá-lo, mas o chefe estava indisponível por tempo indeterminado.

— Não tente me manipular, Rubens, garanto que não vai funcionar.

— Pense nisso! Talvez o senhor possa ser uma das pessoas que vão interligar os dois mundos. De qual lado da história pretende estar? — questionou Rubens. — Como o visionário que participou dessa invenção ou o militar autoritário que fez de tudo para atrapalhar, inclusive prendendo gente inocente?

O comandante soltou um suspiro pesado do outro lado da linha. Rubens adoraria poder ver o rosto dele naquele momento; seria capaz de jurar que o militar estava pesando cuidadosamente suas palavras.

— Eu não sei, Rubens, realmente preciso pensar. Isso que você está me pedindo é absurdo e, na prática, não depende só de mim. Eu me reporto ao Alto-Comando de Segurança; uma decisão dessas caberia a ele — o comandante falou por fim, num tom muito mais razoável que o de antes.

— Eu entendo, comandante, o senhor poderia por favor consultar seus superiores? Explique que nós gostaríamos de fazer isso em conjunto com vocês. Nós iremos reportar os resultados ao senhor e consultá-lo antes de qualquer novo passo. Não estamos querendo quebrar nenhuma lei e não desejamos desrespeitar nada nem ninguém, eu juro.

— Rapaz, você já entendeu o tamanho da responsabilidade que vocês estão tentando assumir, não é mesmo? Lembre-se da família de anteontem; aquelas pessoas estavam sofrendo tremendamente. É esse tipo de gente, desesperada e enlouquecida, que esse aparelho vai atrair. Tem mesmo certeza de que é isso que vocês querem? — o comandante perguntou.

— Sim, porque sei que nós podemos ajudá-las. Na verdade, somos os únicos no mundo inteiro realmente capazes de ajudar pessoas como aquelas a seguir em frente — Rubens falou, arrancando um suspiro do comandante.

— Gostei mais desse seu tom, garoto, bem melhor do que o "velho brocha" de antes — alfinetou o comandante.

O.k., acho que mereci essa, Rubens pensou.

— Desculpe por isso, mas eu precisava chamar sua atenção. Sem mais ofensas, combinado? — E Rubens ofereceu a mão para ser cumprimentado pelo comandante.

— Você enlouqueceu de vez, não é mesmo? Como espera que eu o cumprimente?

— Não sei, achei que não custava tentar.

Os dois riram daquela ideia estúpida. O rapaz só não imaginava que o comandante estivesse muito mais satisfeito do que tinha deixado transparecer. Seu plano estava dando certo.

***

— Muito bem, Rubão, aqui estamos mais uma vez para mais uma conversa misteriosa. Você não faz ideia de quanto isso é chato — Paulo comentou, sentado no sofá de Rubens com os demais membros da equipe, que pareciam concordar com ele. — Aqui vai um conselho: comece a avisar as pessoas sobre o que será tratado na reunião com antecedência.

— Eu sei, desculpem por isso, mas tenho certeza de que esta conversa será interessante para todos vocês — disse Rubens, sem graça.

— Muito bem, Rubinho, estamos aqui prontos para ouvir! Qual a sua decisão? — Tânia perguntou, ansiosa.

— Eu decidi que precisamos de um gerente de projetos para a nossa empresa.

Os amigos se entreolharam com expressões indecifráveis; não estavam entendendo nada. De todas as coisas malucas que eles tinham escutado de Rubens ao longo daquele tempo todo, aquela era uma das piores.

— Um gerente? Alguém para chefiar o nosso projeto? É isso que você decidiu? — Tânia perguntou lentamente, para ter certeza de que tinha entendido direito.

— Exatamente! Alguém com uma visão clara do mundo com o qual estamos conversando, com pulso firme para cobrar resultados e que possa orientar nossos esforços. Acho de verdade que seria o melhor para todos nós; sou péssimo nesse papel.

— Rubens, pelo amor de Deus, do que você está falando, cara? Quem seria esse gerente e o que isso tem a ver com o nosso problema atual com o tal comandante psicopata? — indagou Jonas, impaciente.

— Não use o nome de Deus em vão, garoto, senão você vai se ver comigo! — uma voz reverberou no alto-falante de Rubens, fazendo com que todos se sobressaltassem. Era uma voz já familiar, com a qual todos eles haviam tido pesadelos no dia anterior.

— Calma aí, o Media One está ligado?! Nós estamos falando com o...

— ... comandante! Isso mesmo, senhor Jonas, sou eu quem está aqui falando com vocês! Sejam todos bem-vindos à nossa primeira reunião de equipe. Eu sou o novo gerente do projeto e não quero saber de ninguém enrolando no trabalho!

O INVESTIDOR

— Eu não estou acreditando, você quer que eu trabalhe com o homem que mandou prender os meus pais?! É isso?! — Tânia perguntou para Rubens, indignada.

— Então, senhorita Tânia, quanto a isso... eu menti — o comandante falou, meio sem graça. — Eu nunca prenderia seus pais, aliás, nem sequer tenho como fazer isso. Apenas impedi que eles e todos os outros fantasmas que estão com vocês o tempo todo sejam ouvidos por vocês. Esse aparelho é fascinante, mas não é difícil de hackear. Na realidade foi muito fácil.

— Os meus pais estão bem? Posso falar com eles?! — perguntou ela, ansiosa.

— Sim, eu suspendi o bloqueio. Pode falar com eles hoje à noite, e me desculpe o mau jeito. Nos momentos em que vocês estiverem falando comigo, a voz dos outros ficará bloqueada, mas, fora isso, já está normalizado.

— Graças a Deus! — Tânia falou, mas se arrependeu em seguida. — Desculpe usar o nome do Senhor em vão novamente!

— Não precisa se desculpar, pois a lista de pecados de vocês já é demasiadamente grande, e o destino de todos vocês é o inferno mesmo, então, não faz diferença — disse o comandante, arrancando risadas nervosas dos demais.

— Então o inferno existe mesmo? — Jonas perguntou.

— Sim, mas não é muito diferente de um ônibus lotado na hora do rush, só é mais quente.

— No além existem santos, anjos e esse tipo de coisa? — Jonas quis saber.

— Sim, claro! É uma maravilha, você anda nas ruas e pode falar com o anjo Gabriel, Platão, o apóstolo Pedro e todos os outros grandes personagens da história! E as mulheres são todas lindas, gostosas e andam seminuas o tempo todo. Ah, sim, já estava esquecendo, a bebida é sempre de graça! — o comandante falou de uma forma tão séria que todos ficaram na dúvida sobre como reagir.

— O senhor está zoando com a nossa cara, certo? — Rubens perguntou por fim, depois de alguns segundos de hesitação.

— É lógico! Não importa o que eu fale, garoto, pode ter certeza de que vocês vão se decepcionar quando chegarem aqui; sugiro que não criem grandes expectativas. — E o comandante arrancou mais risadas de todos eles.

— E vocês comem no além? — arriscou Paulo enquanto mordia um pedaço de banana; seu apetite estava voltando após toda aquela tensão.

— Não! O ato de comer é nojento. É simplesmente bizarro alguém enfiar matéria orgânica por um buraco para ela sair depois pelo outro — o comandante pontuou. Paulo olhou para o pedaço de banana que tinha na mão e o jogou fora. — Alguma outra pergunta ou podemos começar a trabalhar?

— Acho que depois desse comentário está tudo esclarecido — Rubens concluiu, sorrindo; estava começando a simpatizar com esse comandante. — O senhor não vai mesmo nos dar explicações sobre a vida após a morte? Todos nós estamos cheios de curiosidade; alguns esclarecimentos poderiam ser bem úteis.

O comandante suspirou; ele sabia que aquilo aconteceria. Não podia sequer criticar aqueles jovens; quem não ficaria curioso? De qualquer forma, havia informações que ele não estava autorizado a compartilhar.

— O.k., é justo. Falando sério agora, o que vocês querem saber?

— Então podemos perguntar qualquer coisa? Sem restrições?

— Sem restrições, mas já vou avisando que algumas informações são confidenciais. Se eu puder responder, contem comigo.

— Beleza! Primeiro de tudo: se a gente continua vivo depois que morre, então a gente não morre, certo? — Rubens perguntou.

— Certo! A morte existe, mas não como vocês imaginavam. O corpo que vocês estão habitando morre, mas ele não é vocês.

— A gente é o quê?

— Não posso responder a isso. O que posso falar é que a consciência de vocês está, temporariamente, habitando esse corpo que vocês veem todos os dias no espelho.

— E a consciência fica dentro do corpo? — Tânia entrou na conversa.

— De certa forma, sim. Mas, quando o corpo morre, a consciência continua existindo.

— Não consigo aceitar isso, comandante. A morte traz muita dor para todos. Vocês, fantasmas, sofrem; nós, que ficamos aqui, sofremos. Por que precisa existir essa separação? Por que simplesmente não ficamos com as pessoas que amamos para sempre? — Tânia questionou, imediatamente voltando a pensar nos pais.

— Antes de mais nada, e essa será a parte mais complicada de todas, eu preciso esclarecer que não sou um fantasma — o comandante falou, causando assombro em todos. — Eu estou bem vivo, igual a vocês.

— Como assim? Isso não faz sentido! Pensei que você fosse um fantasma que estivesse aqui conosco! Do que se trata tudo isso então? Algum tipo de piada doentia? — Rubens enfureceu-se, sentindo-se enganado.

— Por que você está tão bravo, Rubens? — o comandante questionou.

— O que você queria? Imaginei que estivesse falando com um fantasma, alguém que tivesse respostas para nos dar, e descubro que estou falando com uma pessoa igual a nós! Onde você está, afinal de contas?

— Garanto que os fantasmas não têm as respostas que você tanto deseja. E eu falei que estou vivo, não disse que estou na Terra.

Aquela resposta atingiu os quatro amigos como um soco no estômago. O olhar de todos era de perplexidade e ceticismo.

— Você é um alienígena, é isso? — Rubens perguntou, incrédulo. — Desculpe, agora está ficando muito mais difícil de acreditar.

— Não! Eu sou humano como vocês, só não vivo no mesmo lugar. Estou me comunicando com vocês usando o aparelho, pois, como falei anteriormente, nós hackeamos o sistema. E eu vejo cada um de vocês porque nossos satélites conseguem captar suas imagens, seus sinais vitais, tudo. Somos capazes de monitorar cada pessoa da Terra, sem exceção.

— Você não é um fantasma então?

— Não, de forma alguma.

— E o que são os fantasmas? — Rubens quis saber, cada vez mais confuso.

— Consciências desgarradas. Indivíduos que, ao morrer, não foram capazes de voltar para casa. Ficaram na Terra, presos à antiga vida, como a Teresa, a quem você ajudou, Rubens. Depois da prisão do assassino, ela deixou de resistir e nós conseguimos trazê-la de volta. Agora ela está bem.

Os amigos se entreolharam, confusos. A conversa com o comandante estava trazendo muito mais dúvidas do que respostas.

— Comandante, estou muito confusa. Afinal de contas, onde o senhor está agora? — Tânia perguntou.

— Não posso dar detalhes, Tânia, desculpe. Só posso dizer que não estou na Terra. Eu me encontro em um lugar chamado Nirvana.

— Deus do céu, o mesmo nirvana dos hindus? — Jonas perguntou, perplexo.

— Não! É completamente diferente. Eles apenas usaram o mesmo nome. Uma coisa eu posso dizer: aqui é muito parecido com a Terra, só temos uma tecnologia bem mais avançada.

— E qual é a relação de vocês com a Terra então? Nós somos algum tipo de experiência, uma raça a ser estudada?

— Não, como eu disse antes, eu sou humano, igual a vocês. Somos todos da mesma raça e estamos todos vivos. Os fantasmas são a consciência de indivíduos que ficaram presos numa situação de transição. Eles não deveriam permanecer na Terra, mas foram incapazes de voltar para cá, e estão sofrendo com isso.

— Calma aí, o senhor está dizendo que os fantasmas deveriam ter voltado para esse tal de Nirvana, certo? Significa que todos nós viemos daí, é isso? Esse Nirvana seria o céu, o além, enfim, a vida após a morte?

— Resumidamente, sim. Vocês saíram daqui e devem retornar para cá ao morrer. Aqueles que não conseguem fazer isso continuam presos à Terra, invisíveis, incomunicáveis e sofrendo terrivelmente.

— E por que raios nós saímos daí e viemos para cá? Qual é o motivo? — Tânia questionou, assombrada.

— Por muitas razões. Vou tentar explicar de uma forma que seja mais fácil para você entender: imagine que você acaba de descobrir que existem infinitas oportunidades à sua disposição. Milhões de lugares para conhecer, coisas para estudar, livros para ler, uma infinidade de experiências novas. O único problema é: como você conseguiria aproveitar tudo isso?

— Curtindo a vida adoidado? — Jonas perguntou em tom de brincadeira. Percebendo a seriedade da conversa, ele se arrependeu imediatamente.

— Uma vida não é nada diante da amplitude do universo. Você precisa de tempo e chance para ter acesso a toda essa infinidade de coisas. Agora, imagine um programa de computador para o qual você pode transferir sua consciência e aprender infinitas coisas novas, mas só um capítulo por vez, que chamamos de vidas.

— A vida na Terra é um programa de computador?

— Se formos usar uma metáfora de informática, podemos dizer que a vida na Terra é uma simulação, não um programa de computador.

— Agora, sinceramente, eu fiquei ainda mais confuso! — Jonas falou.

— A vida na Terra é uma cópia imperfeita do nosso mundo, como uma simulação. E serve para que as pessoas, ao longo de inúmeras vidas, possam experimentar incontáveis experiências, mas uma de cada vez.

— Você está falando de reencarnação, então? — Rubens perguntou.

— Não gosto desse termo, ele foi cunhado por religiões, e eu posso afirmar que todas elas estão erradas, apesar de possuírem seus méritos. Aqui falamos "personificação", o mecanismo que permite que todos os seres vivenciem diferentes experiências caso queiram. Ou sejam obrigados.

— Obrigados? Existem pessoas que vêm para cá por obrigação?

— Sim, somos avançados, mas não somos perfeitos. Pessoas cometem crimes, muitas vezes graves, e, dependendo do caso, a personificação é o processo de reeducação. Essas pessoas são enviadas para a Terra contra a sua vontade e, não raro, à força.

— E como essa tal personificação funciona? O que acontece exatamente? — sondou Rubens.

— Não posso responder a isso, Rubens. Como eu disse antes, alguns pontos são sigilosos, desculpe.

Os amigos se entreolharam. Era estranho e excitante começar a ouvir, de forma tão direta, sobre como a vida após a morte funcionava. Mas cada resposta trazia mais dúvidas, e Paulo decidiu se aprofundar no assunto.

— Se ao morrermos vamos para uma realidade muito similar à nossa, porém mais avançada, qual o sentido de continuarmos vivos? Acima de tudo, por que devemos ser bons? Não poderíamos fazer tudo o que quiséssemos sem nos preocupar se machucaremos os outros e, depois, simplesmente nos matar sem olhar para trás, conscientes de que a vida continua?

— Esta é uma das minhas preocupações, Paulo: o que os vivos farão quando começarem a falar com os mortos! Se muitos chegarem à mesma conclusão que você, podemos ter uma epidemia de suicídios. E, quanto à questão moral, acho que você já sabe a resposta, mesmo sendo ateu — o comandante pontuou —; só não quer admitir.

— O senhor está falando sobre cometer pecado e ir para o inferno? — tornou Paulo. — Se for isso, onde fica a história de que a Terra é uma "cópia imperfeita do Nirvana"?

— Não se pode ir para o inferno, pois ele de fato não é um lugar.

— Por favor, explique melhor — Paulo pediu.

— Com prazer! O pecado é a culpa pelo mal que cometemos entre nós, falando da humanidade em geral. Aqui, em Nirvana, nossa consciência se amplia e passamos a enxergar com clareza os nossos erros, e é nesse momento que nos damos conta de que, quando ferimos e mentimos, estamos fazendo mal a nós mesmos. Aí o arrependimento nos esmaga. Quando essa dor é aceitável, ela nos ensina e nos faz melhorar, mas, quando é demasiadamente grande, a culpa se torna insuportável, de uma forma que não consigo nem descrever, e o indivíduo se torna prisioneiro das lembranças de todas as suas falhas. A pessoa acaba criando seu próprio mundo de sofrimento e culpa, onde revive de forma incessante sua dor. É uma prisão mental, sem carcereiro, em que o sofrimento se prolonga por um tempo indefinido. Para essa condição existe um nome.

— Inferno — Rubens falou, engolindo em seco. — Faz sentido, essa palavra vem do latim, que significa "as profundezas".

— Isso mesmo! Estamos falando das profundezas da consciência de cada um de nós. Existem hospitais gigantescos que são verdadeiros depósitos de pessoas presas em suas próprias realidades, vivenciando seus infernos particulares. É uma visão triste e angustiante! Por isso a regra geral é ser honesto e bom. Não porque um Deus malvado e vingativo vai castigá-los caso cometam delitos, mas porque a culpa vai consumir cada um de vocês, corroendo a consciência até levá-los à loucura — o comandante se expressou de forma incisiva. — Quando essas pessoas se recuperam, em geral são enviadas à Terra novamente o mais rápido possível, para evitar que elas tenham novas recaídas. E algumas delas, pela índole ruim, acabam cometendo mais erros, vivendo com mais culpa e voltando mais e mais vezes num processo de reincidência que pode durar um tempo incalculável. Fui claro, Paulo?

— Como a água — o rapaz respondeu de forma apática. Então era isso que o esperava: um sofrimento sem limites pela culpa de ter causado a morte de alguém. Aquela perspectiva o fez arrepiar. Não era isso que ele queria; se não arrumasse uma saída, estaria perdido.

Um silêncio incômodo pesou entre os amigos. Aquela descrição de um sofrimento longo e terrível não era nada animadora, apesar de ser diferente da visão clássica do inferno descrita por tantas religiões. Mas Rubens ainda precisava de algumas respostas.

— Comandante, vocês têm a tecnologia mais avançada e, pelo visto, estão no controle de muitas coisas. Diante disso, eu me pergunto: existe algum motivo para o Media One surgir agora? Foi um mero acidente causado por um adolescente curioso ou tem algo que o senhor esteja escondendo de nós?

— Bom, vamos com calma! Eu preciso voltar aos meus afazeres e vocês têm suas próprias tarefas — o comandante falou em tom de encerramento. Estava claro que aquela barreira ainda não poderia ser transposta.

— O senhor não vai nos contar isso, né? — Rubens perguntou, perspicaz.

— Por enquanto não. Existem vários motivos para vocês nunca terem tomado conhecimento de certas verdades, e eu tenho razões que não posso compartilhar agora, apesar de ter previsto que você faria essa pergunta. Adoraria falar com meu oficial imediato agora, porque eu apostei com ele que isso aconteceria — o comandante usou um tom leve.

— Acho que o senhor ganhou a aposta então. Por que não fala com ele?

— Ele está indisponível neste momento, mas podem ter certeza de que vou cobrar a aposta assim que possível — respondeu com sutil ironia. — Sem mais perguntas por hoje.

— Beleza, acho que podemos aceitar isso. Só mais uma pergunta: como vamos bancar o projeto?

— Com certeza não será fazendo consultas espirituais, Rubens. Ou devo chamá-lo de "profeta"?

Rubens olhou para Tânia de forma significativa, e a moça fez uma careta, como se estivesse pedindo desculpas.

— Usem o dinheiro que conseguiram com a sua picaretagem esotérica; acho que em breve vocês descobrirão quais são os problemas com os outros protótipos e chegarão a uma solução. Quando isso acontecer, duvido que tenham problemas de fluxo de caixa de novo — ao terminar de dizer isso, a voz dele sumiu.

Rubens pensou a respeito, ponderando que, se economizassem ao máximo, teriam dinheiro para uns dois meses de trabalho, e isso precisava ser o suficiente.

Os jovens retomaram a rotina de trabalho: dia após dia se esforçavam quanto podiam para replicar o aparelho. O comandante organizava as tarefas, os testes, dava sugestões, cobrava resultados e procurava garantir o foco dos jovens. Era como Rubens imaginara: ele tinha experiência em manter a produtividade dos membros de uma equipe.

Porém, após mais de trinta tentativas fracassadas, Rubens precisava encontrar uma solução urgentemente. Estava cada vez mais difícil preservar o ânimo da equipe com tantos reveses.

— Bom dia! Já está trabalhando? — a voz do comandante surgiu na caixa de som em um dia que Rubens decidiu começar muito cedo!

— Bom dia. Sim, não conseguia dormir. Estou preocupado com essa coisa. Não entendo por que nada que fazemos funciona. Estamos deixando algo passar batido, só não sei o que é — Rubens respondeu sem desviar o olhar do aparelho diante de si.

— Bom, acho ótimo que você tenha ligado o aparelho logo cedo, assim temos um tempo antes de os outros chegarem. Tenho uma surpresa para você.

— Surpresa? Que tipo de surpresa?

— Oi, filho, tudo bem? Sou eu, o papai — uma voz familiar surgiu na caixa de som fazendo Rubens arrepiar.

* * *

— Pai?! É você?! — Rubens falou, sentindo o coração acelerar tanto que parecia que ia saltar pela boca.

— Sim, filho, sou eu mesmo! Senti muita saudade, mal pude acreditar quando soube que você tinha inventado algo que nos permitiria conversar, isso é maravilhoso!

— Pai... eu sinto muito. Me perdoe, por favor — disse Rubens já soluçando e banhado em lágrimas.

— Por que você está me pedindo perdão, meu filho? O que aconteceu? — Miguel perguntou com preocupação.

— Eu o decepcionei. Deixei você sozinho na hora em que mais precisava de mim, preso sob aquele caminhão.

— Filho, me escute: se há alguém aqui que precisa pedir desculpas, esse alguém sou eu. Jamais deveria ter pedido uma coisa daquelas a você; eu estava assustado e fui egoísta.

— E eu fui covarde. Saí correndo enquanto você gritava o meu nome; nunca vou conseguir me perdoar! — Rubens falou, levando as duas mãos ao rosto, desesperado.

— Rubens, não seja tão duro consigo mesmo; você era ainda tão jovem e eu o coloquei numa situação para a qual ninguém estaria preparado. A verdade é que eu não posso perdoá-lo, pelo simples fato de que não há nada para ser perdoado.

— Ah, pai, você não imagina quanto eu pensei em você! Minha vida virou um inferno depois do que aconteceu. — Rubens engoliu em seco.

— Eu sei disso e também sofri muito. Ao longo de meses fiquei por perto, visitando você e sua mãe. Mas eu estava sofrendo tanto, acompanhando as brigas e desavenças de vocês, vendo os dois definharem de tristeza, que acabei me afastando. Para mim, assistir a tudo aquilo sem poder fazer nada era desesperador — respondeu Miguel com tristeza na voz. — Dessa forma, retornei para Nirvana.

— Você sabe das nossas brigas? — Rubens perguntou sentindo o rosto queimar de vergonha.

— Sei, sim, filho, presenciei várias delas. Você precisa perdoá-la. Ela já está sofrendo demais por também se culpar pelo que aconteceu. Agora seria o momento de vocês se unirem, não de brigarem.

— Como eu posso perdoá-la, pai? Ela matou você e quase me matou também; isso não tem perdão! — balançou a cabeça, inconformado.

— Você está escutando o que está dizendo, filho? Sua mãe não matou ninguém! Nós sofremos um acidente de trânsito no qual eu morri, igual a milhares de pessoas todos os dias, no mundo todo. Não a trate como uma assassina, por favor. Sua mãe já está vivenciando o próprio pesadelo, consumida pela culpa e pela dor, e você está só piorando as coisas para ela. Não faça isso, Binho, eu imploro. Você é melhor que isso, filho.

— "Binho", foi você quem me deu esse apelido quando eu era criança — o rapaz comentou, sentindo um nó na garganta.

— Para mim, você sempre será aquele garotinho genial que desmontava as coisas por mera curiosidade, apenas para ver como funcionavam e para poder remontá-las depois. Eu tenho tanto orgulho de você, meu filho! Por isso não conseguia vê-lo tratando sua mãe tão mal; não combina com você.

— O que eu posso fazer? Não consigo acreditar que nós estamos separados por imprudência dela! Sofro todos os dias com saudade de você! Não consigo perdoar isso, pai, me desculpe — Rubens falou, enquanto mais lágrimas escorriam pelo seu rosto.

— Nós nunca estaremos separados, filho, eu vivo em você. Aonde quer que você vá, tenha certeza de que meus pensamentos estarão com você. Desculpe ter me afastado, mas agora que podemos nos comunicar prometo nunca mais ficar distante de novo. Como você pode perceber, não há motivos para continuar afastado da sua mãe, pois eu estou aqui, para você, sempre que precisar.

Rubens se sentou e levou as mãos ao rosto, soluçando. Ele sonhara com aquilo durante muito tempo e então tinha se tornado realidade. Depois de alguns instantes colocando a dor para fora, ele finalmente respondeu:

— Eu vou tentar, pai, prometo.

* * *

— Nós precisamos de um investidor. Alguma empresa poderosa, com os melhores cientistas, que seja capaz de estudar o Media One e torná-lo uma realidade. Nós estamos perdendo tempo e a humanidade precisa desse aparelho; ele é sensacional demais para ficar escondido aqui conosco. Temos que resolver isso de uma vez por todas — Rubens falou para os demais.

Tânia franziu a testa, caminhou até o namorado e segurou a mão dele com carinho. Ele sorriu para ela em resposta.

— Com quem você falou? Foi com o seu pai? — ela perguntou, fazendo com que todos se espantassem, principalmente Rubens.

— Sim, como você adivinhou? — consultou, surpreso.

— Eu não contei nada para ela! Quem sabe Tânia não é a verdadeira profetisa?! — o comandante pontuou através da caixa de som.

— Eu adivinhei porque tive essa mesma reação quando falei com meus pais. Queria que todo mundo sentisse o alívio que senti — Tânia explicou.

— Que inveja eu tenho de vocês! Meus pais nunca falaram comigo; meu único contato foi com o Renan, que ameaçou me esfolar quando eu bater as botas — Paulo comentou, visivelmente irritado. — Não paro de sonhar com ele, e o infeliz se recusa a falar comigo de novo.

— Paulo, eu não posso resolver isso, pois não temos como fazer contato com os fantasmas, apesar de sabermos onde todos estão. Mas uma coisa eu lhes digo: vocês não precisam ter medo de quando morrerem! Quando chegar a hora de deixarem esse mundo, não resistam. Quando o corpo morre, nós tentamos trazer a consciência de volta para Nirvana. Basta se entregar e desapegar da grande vontade de ficar na Terra. Seu pai fez isso, Rubens, e agora ele está bem. Confiem em mim.

— A Teresa também, certo? Quer dizer, não há segredo, então? Basta se deixar levar? — indagou Rubens.

— Sim! É um salto de fé, mas é a única forma. Tudo que vocês fazem tem consequências, eu garanto! Você, Paulo, já respondeu pelos seus erros; a justiça da Terra também conta aqui: do nosso ponto de vista, a sua dívida está paga, não se preocupe! Quem comete crimes no seu mundo e não acerta as contas com a justiça tem tratamento diferente; ao chegar aqui enfrenta as nossas leis.

— Comandante, vocês também não conseguem falar com os fantasmas. Isso significa que quando alguém morre aqui e não volta para Nirvana...

— Nós também sofremos, Tânia. Sofremos demais! Consegue imaginar como é ter uma pessoa querida que está perdida num lugar ao qual ela não pertence mais? É um sentimento de impotência desesperador, você não faz ideia — o comandante falou com ênfase.

A equipe ficou tocada com a emoção com que o comandante explicou aquilo, perguntando-se se ele próprio tinha alguém naquela situação. Entretanto, ninguém se atreveu a perguntar.

— Paulo, lembre-se de uma coisa: o Renan tem uma vida esperando por ele aqui! Por mais que você pense que tirou tudo o que ele tinha, eu garanto que a história não termina assim. Tente aliviar o seu remorso, pois isso não está lhe trazendo nada de bom.

— Eu adoraria, comandante. O problema é essa maldita e infinita sensação de culpa que carrego todos os dias. Preciso de uma chance para me explicar com ele, antes que eu enlouqueça de uma vez por todas — falou Paulo com sinceridade.

Os amigos se entreolharam sem saber o que dizer. O remorso de Paulo devia ser imenso, e não havia nada que pudessem fazer para ajudar; ele teria que superar aquilo sozinho.

— Podíamos tentar apresentar o protótipo a alguém. O que vocês acham? — Rubens perguntou, voltando ao assunto principal. Ele sabia que Paulo devia estar odiando aquele excesso de atenção e tentou ao menos desviar o foco.

— Eu topo! Fui o primeiro a propor isso meses atrás — Paulo respondeu de imediato. — O problema é: quem devemos procurar e como faremos isso.

— Que tal a Organon? É um grupo gigantesco e certamente poderia se interessar — Rubens propôs, referindo-se a uma das maiores companhias de pesquisa tecnológica do mundo.

— Seria ótimo, mas como faremos isso? Entramos em contato e falamos que temos um aparelho que desafia a morte? Desculpe, eles nunca vão querer conversar conosco e ainda vão mandar os seguranças nos manter distantes por sermos uma cambada de malucos — Tânia comentou.

— Concordo com a Tânia. Eles vão nos mandar procurar um manicômio — falou Jonas. — Mas também concordo com o Rubens, a Organon seria perfeita para o nosso projeto.

Os amigos começaram a discutir aquele plano e concluíram que não custava nada tentar, mas seria melhor não explicarem por telefone o que realmente era o Media One.

Dessa forma, passaram a arquitetar algum tipo de encontro com representantes da empresa. A primeira ação foi pedir uma audiência com o lendário executivo Enrico Lessa, um descendente de italianos que dirigia a divisão de tecnologia do conglomerado. Conforme imaginavam, não conseguiram sequer falar com a secretária dele.

Depois procuraram diretores, gerentes e toda e qualquer pessoa que pudesse recebê-los, sem sucesso. A empresa era fechada, hermética, e não tratava com qualquer um.

Dias depois de tentativas infrutíferas, os amigos se reuniram para discutir aquela situação. Estava evidente que arrumar um investidor seria ainda mais difícil do que conseguir duplicar o aparelho.

— Alguém tem alguma novidade? — Rubens perguntou, mal-humorado.

— Sim, conversei com a assistente de um gerente de marketing, que anotou meu telefone e ficou de me ligar de volta — Jonas comentou.

— Quando foi isso? — Tânia quis saber.

— Há quatro dias.

— Então não temos nada, esquece — ela respondeu, massageando as têmporas com a ponta dos dedos. — Alguém tem alguma ideia?

Diante do silêncio de todos, a moça suspirou e decidiu colocar na mesa uma possibilidade que ela tinha imaginado. Era uma alternativa absurda, que tinha tudo para dar errado e trazer mais problemas do que resultados, mas talvez valesse a pena arriscar.

— Vejam, eu pensei numa alternativa, mas acho que vocês não vão gostar! Talvez as consequências não sejam muito agradáveis — Tânia falou.

— Que tipo de consequência? — esquadrinhou Rubens.

— Nós podemos acabar presos — Tânia respondeu.

— Como assim "presos"?! Eu não quero ser preso! No que você está pensando? — Jonas perguntou, surpreso. — Meu pai me mata se isso acontecer!

— É só uma possibilidade, não estou afirmando nada, mas vai ser necessária uma grande dose de coragem e de arrojo também. Além disso, vamos precisar de muita ajuda.

— Eu encaro a parte arriscada, nunca foi um problema para mim me meter em encrencas — Rubens comentou, exibindo-se para a namorada, que sorriu diante do comentário dele. — Mas o que você tem em mente e de que tipo de ajuda você acha que vamos precisar? — ele perguntou, tensionando os músculos da face.

— Pode ligar o Media One? Preciso falar com o comandante.

— Vocês enlouqueceram ou estão apenas drogados?! Eu não vou fazer isso, podem esquecer! — o comandante falou, irritado. — Quem teve essa ideia absurda?

— Fui eu, comandante, desculpe se eu o ofendi. Não foi a minha intenção — Tânia respondeu.

— Tudo bem, Tânia, não me ofendi, desculpe a grosseria. Só achei essa ideia ruim.

— Sem problemas, achei que valeria a pena tentar. Nós estamos precisando de ajuda e eu estou desesperada.

— Não precisa ficar assim. Vocês vão conseguir, só precisam persistir.

— Eu não sei. Acho que vou desistir! Não levo jeito para esse tipo de coisa, nunca vamos conseguir um investidor assim! Temos que aceitar que é impossível, apesar de sofrermos com isso — Tânia concluiu com pesar.

— Vocês não podem desistir, tenho certeza de que, mais cedo ou mais tarde, alguém vai dar uma chance a vocês! Mas é preciso insistir.

— Tudo bem, comandante, não dá para fazer milagre! Pelo menos nós tentamos e foi divertido enquanto durou — Tânia falou com tristeza no olhar. Em seguida ela pegou a bolsa e se dirigiu aos amigos: — Nos vemos na faculdade, pessoal; eu vou para casa. Rubinho, você me empresta o aparelho de vez em quando? Não quero perder o contato com meus pais.

— Claro, empresto sim. Que pena que você vai embora, mas eu não a culpo, também acho que não aguento mais — Rubens respondeu, levando as mãos ao rosto.

— Eu não acredito que vocês todos estão querendo me manipular! Cambada de mentirosos! — o comandante falou em voz alta. — Principalmente você, Tânia. Com certeza eu já esperava uma coisa dessas do Rubens, mas nunca de você!

— Ah, qual é? Nos ajude, comandante! Precisamos do senhor, estamos sem ideias! — Tânia falou sorrindo, usando todo seu charme. — Viu só como seria triste se nós desistíssemos?

— Eu mereço uma coisa dessas? Só pode ser uma piada — disse o comandante sem conseguir acreditar na cara de pau da moça.

— O senhor mesmo disse que a sua tecnologia é muito mais avançada que a nossa. Tenho certeza de que consegue fazer o que estamos propondo.

O comandante ficou em silêncio, criando um clima de suspense. Os quatro amigos se entreolharam, imaginando que ele estava refletindo sobre o que estavam pedindo.

— O.k., eu ajudo vocês, vou ver o que consigo. Mas vocês precisam entender que não há nada que eu possa fazer se algo der errado, pois não realizo milagres!

Os colegas comemoraram a decisão do comandante, mesmo sabendo que todas as chances estavam contra eles.

Enrico Lessa almoçava tranquilamente em seu restaurante favorito, como fazia quase todas as sextas-feiras em que estava na cidade. O executivo, sempre muito ocupado, gostava de ter a oportunidade de relaxar um pouco e saborear uma boa comida italiana.

Enquanto comia, o homem reparou num jovem casal que se sentou na mesa ao lado da dele. Os dois pareciam olhá-lo de vez em quando e cochichavam entre si, o que lhe pareceu estranho. Apesar de tudo, o homem não se incomodou muito, já que estava acompanhado por quatro guarda-costas, que ficavam atentos a qualquer movimentação suspeita.

O jovem trazia consigo um telefone celular estranho e começou a falar com alguém. O executivo voltou a atenção para seu prato de comida quando o rapaz, para sua surpresa, se dirigiu a ele.

— Senhor Enrico Lessa? Estou ao telefone com o senhor Giácomo Gardioli; ele deseja falar com o senhor. — E Rubens esticou o braço oferecendo o aparelho celular a Enrico, que o encarou, surpreso.

Uma fração de segundos depois, três dos guarda-costas cercaram Rubens e Tânia. Um deles colocou a mão sob o paletó, segurando o cabo da pistola Glock 9 mm que carregava no coldre.

— Afaste-se, deixe as mãos onde eu possa ver! Rápido! — o chefe da segurança gritou com Rubens. O rapaz não se mexeu; sabia que se fizesse algum movimento brusco poderia levar um tiro à toa. Mas manteve a mão esticada, com o aparelho ligado.

— Eu não vou me mexer, mas acho que não convém manter o senhor Giácomo aguardando. Ele está esperando na linha — Rubens falou, imóvel como uma estátua. Tânia também respirou fundo e permaneceu parada, com ambas as mãos sobre a mesa.

— Passa esse telefone para cá e bota as mãos na mesa, agora! — o segurança ordenou, arrancando o celular da mão de Rubens. — Se você se mexer, eu vou...

— Como vocês sabem do senhor Gardioli? De onde vocês tiraram esse nome? — Enrico perguntou, sério, fazendo os guarda-costas se espantarem.

— Ele está na linha, senhor, pergunte para ele — Rubens falou.

— Impossível! Ele morreu há mais de trinta anos! Quem são vocês e o que estão tramando? — o executivo perguntou, encarando-os com olhar de pedra.

— Não estamos tramando nada, mas acho de verdade que o senhor deveria atender ao telefone — respondeu Rubens, fitando-o nos olhos. — Se fizer isso, garanto que não vai se arrepender.

— De forma alguma! Eu é que vou falar com esse impostor! Isso é um truque, senhor! — o chefe da segurança avisou, levando o telefone ao ouvido. — Quem está falando?!

Depois de alguns instantes, o segurança se virou para o patrão e perguntou-lhe algo que quase o fez cair da cadeira.

— Quem é um tal de "Giovane Sognatore"?

— *Dio mio*! Sou eu, era assim que Don Giácomo me chamava! Ninguém conhece esse apelido!

Rubens e Tânia esperavam na antessala do gigantesco escritório do senhor Enrico, acompanhados por dois membros do time de segurança. Tratava-se de um espaço bastante amplo e aconchegante, mas, apesar do conforto, os dois estavam nervosos e se perguntando se aquela tinha sido uma boa ideia.

— Faz duas horas que eles estão lá dentro com o aparelho; acho que fizemos uma besteira — Tânia murmurou com tensão no olhar. Ela apertou ainda com mais firmeza a mão de Rubens.

— Fique calma, não acredito que eles vão nos fazer mal. Mas devem todos estar se perguntando o que farão com o Media One. Esse aparelho muda tudo, e eles sabem disso — Rubens sussurrou, também apertando a mão da namorada.

Mais uma hora se arrastou sem que nada mudasse, até que finalmente um homem saiu de dentro da sala. Vestia terno e gravata, aparentava ter pouco mais de trinta anos, era alto, tinha cabelos castanho-claros, olhos verdes e pele branca. Ele parou diante dos dois jovens com uma expressão serena, o que os deixou um pouco mais tranquilos.

— Boa tarde! Eu me chamo Ivan Leão e sou responsável pelo gerenciamento de todos os projetos de inovação tecnológica da Organon em nosso país. Se vocês queriam chamar nossa atenção, parabéns, conseguiram — ele comentou, cruzando os braços. — Quem inventou o aparelho?

— Fui eu — Rubens sussurrou, intimidado diante do homem que parecia ser uma autoridade dentro da companhia; o tipo de pessoa que estava acostumada a ser obedecida pelas demais sem ser questionada.

— E quantas cópias existem, além desta que está conosco?

— Não há outras cópias, esta é a única — Rubens respondeu com sinceridade, mas logo se arrependeu. Talvez tivesse sido melhor mentir.

— Parabéns! Estávamos comentando que foi um trabalho bastante incomum de montagem dos circuitos, tudo muito limpo e eficiente. Você ia se dar bem trabalhando conosco. — disse Ivan, admirado.

— Vocês desmontaram o aparelho?! — Tânia perguntou, surpresa e levemente irritada. Instintivamente Rubens apertou um pouco mais a mão da namorada, com medo de que ela fizesse alguma bobagem.

— Sim, era necessário. Tínhamos que entender com o que estávamos lidando. Nosso diretor precisou tomar seu remédio para pressão após falar com o mentor dele, que está morto há mais de três décadas. Desculpem-me a cautela — Ivan explicou sem pressa. — Já colocamos tudo de volta no seu devido lugar; o aparelho continua funcionando perfeitamente bem.

— Claro! E vocês certamente fotografaram e documentaram tudo que podiam; por isso demoraram tanto — Rubens comentou em tom gélido. Agora era ele quem estava ficando irritado.

— Com toda certeza! O que você faria no meu lugar? — disse Ivan com tranquilidade. — Mas não se preocupe. Não somos ladrões, muito menos monstros. O que vimos hoje nos interessa muito. Esse aparelho é uma revolução e tenho certeza de que vocês já sabem disso. A grande pergunta é: quanto vocês querem pelo Media One?

Tânia e Rubens se entreolharam, surpresos. Depois de três horas de tensão, após serem levados por guarda-costas armados e chegarem a pensar que poderiam acabar mortos em algum lugar, aquela pergunta trazia um alívio impressionante.

— Nós precisamos pensar, não chegamos a discutir um número. Somos em quatro pessoas ao todo no projeto — Tânia respondeu com sinceridade. Eles tinham fantasiado sobre valores diversas vezes, mas não havia uma proposta concreta.

— Eu entendo, mas sei que o seu namorado aqui já tem uma cifra na cabeça — Ivan comentou sorrindo, enquanto olhava para Rubens. — Vocês se conheceram onde, na faculdade?

— Não. Somos amigos de infância, mas frequentamos juntos o curso de ciência da computação — Tânia respondeu.

— Eu e a minha esposa, Estela, nos conhecemos em uma universidade no interior do estado. Por isso vocês têm tanta sintonia, amam as mesmas coisas. Mas ele tem mais veia empresarial; aposto que o número já está na ponta da sua língua — tornou Ivan, voltando-se para Rubens. — Diga-me, quanto vai nos custar?

— Cinco bilhões, além de participação nos lucros para mim e meus amigos — Rubens disparou, fazendo Tânia arregalar os olhos. Aquele número jamais tinha passado pela cabeça dela. Ivan, entretanto, não esboçou reação.

— É um belo número. Mas considere que nós ainda teremos que descobrir uma forma de duplicar o aparelho para poder produzi-lo em larga escala. Tenho certeza de que você não faz ideia de como fazer isso, certo? — disse Ivan, sério. — Senão haveria várias outras cópias. Você mesmo admitiu que só existe uma.

— É verdade! Mas nós somos capazes de fazer muitas cópias, é só questão de tempo — Rubens respondeu, sustentando o olhar de Ivan. O gerente, entretanto, não se intimidou.

— Se fosse algo tão simples assim, Rubens, alguém mais já o teria feito. *Vocês* já o teriam feito. Há quanto tempo estão trabalhando nisso? — ele quis saber.

— Duas semanas — disse Rubens.

— Dois meses — Tânia respondeu simultaneamente. De imediato, ela fitou o namorado com arrependimento no olhar.

— Dois meses faz mais sentido do que duas semanas. Foi por isso que vocês nos procuraram. Começou a ficar claro que não daria certo se não conseguissem ajuda — disse Ivan de forma perspicaz. — E com razão; nós temos equipamentos e técnicos que podem auxiliar nisso. Nossa proposta é de cem milhões, sem participação nos lucros.

— Isso é uma mixaria! Nunca vamos aceitar uma coisa dessas! — Rubens respondeu, indignado. — Quatro bilhões é o mínimo que podemos aceitar!

— Cem milhões é uma mixaria?! O apartamento onde eu moro com minha esposa e meus dois filhos não custa nem oitocentos mil, e vou pagá-lo pelos próximos dez anos! Qual é, pessoal? Vamos ser coerentes! — Ivan respondeu com uma risada. Aquela cifra era absurda para meros mortais como ele, mas, ainda assim, Rubens queria mais. — Quinhentos milhões para podermos fechar agora mesmo.

— Três bilhões e participação nos lucros.

— Um bilhão e participação mínima nos lucros. Essa oferta é final e inegociável. Se vocês não estiverem interessados, desenvolveremos o Media One por conta própria e depois arcaremos com o processo que eu sei que vocês moverão contra nós — sentenciou Ivan. — Aí vocês terão que se conformar com o que o juiz determinar, e isso pode levar anos para acontecer. Pode parecer que estamos todos no mesmo barco, mas não estamos.

— Isso é injusto! Você não pode fazer isso! — Rubens protestou, gesticulando com ferocidade na direção do gerente, o que fez com que os seguranças se adiantassem para se interpor entre os dois. Ivan, contudo, não se abalou e, lançando-lhes apenas um olhar, fez os dois homens armados recuarem imediatamente.

— Por favor, Rubens. Sei que você está fascinado pela sua invenção e tem grandes motivos para isso, mas lembre-se: nossa vantagem vai durar alguns poucos meses, pois, assim que lançarmos esse aparelho, todos os nossos concorrentes vão nos copiar, e então acabou. Teremos versões genéricas sendo vendidas em todos os lugares, de camelôs a lojas de departamento. É assim que essa área funciona, e você sabe disso — Ivan argumentou com paciência. — Aceite a proposta. Vocês, seus filhos e seus netos receberão dinheiro suficiente para viver com muito conforto e segurança pelo resto da vida. E, como se isso não bastasse, ainda terão escrito seu nome na história.

Rubens encarava Ivan profundamente. E, apesar de aparentemente estar em dúvida, o gerente percebeu que o jovem mudava de ideia.

— Sua grande motivação não é a grana, não é mesmo? Tem algo mais pessoal aí. O que aconteceu?

— Meu pai morreu e eu me recusei a me despedir dele — Rubens falou, para espanto de Tânia, que nunca tinha ouvido aquela parte da história. — E, depois que descobri do que esse aparelho é capaz, sobretudo após falar com ele, minha obsessão é tornar isso acessível a todos. — Rubens usou a sinceridade, sem fazer ideia de por que estava se abrindo daquela forma com um completo estranho. Ivan exercia aquele tipo de influência nas pessoas.

— Você perdeu a chance de ter um encerramento com seu pai e isso o estava devorando! E agora quer dar isso a todos que possam estar passando pelo mesmo que você... — Ivan analisou.

— Sim, é isso mesmo! — Rubens concordou com os olhos brilhando.

— Então aceite a nossa proposta, cumpra com o seu propósito e deixe seu pai orgulhoso!

Tânia e Rubens se entreolharam, ofegantes de empolgação. Aquilo estava realmente acontecendo?!

— E qual é a condição para concretizarmos isso? — Rubens perguntou, sentindo o coração bater em disparada dentro do peito. — Nós estamos com dificuldade para duplicar o aparelho, conforme você mesmo já percebeu.

— Sim! Esse é um ponto fundamental. Queremos uma explicação detalhada do funcionamento, algo que nos permita criar quantas cópias quisermos. Os componentes exatos, o circuito correto, tudo precisamente explicado. Além do protótipo, é claro! E também queremos um contrato de confidencialidade assinado por todos.

— O.k. Precisamos nos organizar e vamos providenciar tudo — Rubens falou. A possibilidade de se tornar multimilionário antes de atingir a maioridade se agigantava diante dele. Tudo o que eles precisavam fazer era assinar o contrato.

— Pensem que vocês têm um bilhão de bons motivos para fazer isso. Se esse argumento não for motivação suficiente, honestamente não sei mais o que falar — Ivan comentou sorrindo, estendendo a mão para cumprimentar Rubens e Tânia.

Após os cumprimentos, os dois saíram do prédio e se abraçaram, enlouquecidos de felicidade. Chegaram a gritar em plena calçada, como se fossem dois malucos.

— Meu Deus, um bilhão! Consegue acreditar nisso? — Rubens falou, sem conseguir conter tamanha felicidade.

— Eu nem sei escrever esse número num papel! — disse Tânia, rindo. — Vou comprar uma mansão e um iate para mim!

— E eu vou comprar um jato particular! — Rubens respondeu, erguendo a namorada do chão.

Os dois se beijaram e depois se abraçaram longamente, cientes de que estavam muito perto de conquistar tudo com o que sempre sonharam.

— Um brinde ao Rubens e a Tânia, o casal de vendedores mais eficiente do mundo. E que vai nos tornar ricos! — comemorou Paulo, erguendo uma taça de espumante. — E agora, Jonas, o que você está pensando do nosso projeto?

— Ainda tenho minhas desconfianças, mas quando receber mais de duzentos milhões tenho certeza de que vou me sentir bem melhor! — Jonas respondeu rindo e arrancando risadas dos demais.

— Eu também ajudei, não sei se vocês notaram — o comandante interpelou, bem-humorado, através da caixa de som. No fundo, ele estava apreensivo, pois uma nova era se aproximava e os desdobramentos eram imprevisíveis. Mas agora não adiantava mais pensar naquilo; a ele só restava ser o melhor guia possível para aqueles jovens.

— Não posso acreditar que o senhor conseguiu encontrar a única pessoa capaz de convencer nosso investidor, trinta anos depois da morte dele — Paulo comentou, ainda surpreso.

— Nós temos recursos para localizar qualquer um, Paulo. Aqui nossos sistemas de informação e transporte funcionam muito melhor. Eu consigo trazer qualquer pessoa, de qualquer lugar, em pouquíssimo tempo! Ao contrário de vocês, nós somos eficientes de verdade — o comandante respondeu, arrancando mais risadas do grupo.

— Espero que eles consigam descobrir como esse celular capta as vozes dos fantasmas; talvez seja algo na antena, não sei. Espero de verdade que encontrem uma solução — disse Rubens, pensativo, após as gargalhadas cessarem.

— Talvez seja a bobina, ou mesmo o processador, vai saber — Jonas falou, coçando a cabeça.

— Duvido que seja isso; acho que todos vocês estão errados — opinou o comandante com naturalidade.

— E por que o senhor pensa assim, senhor gerente de projetos? — Tânia arriscou, sorrindo; ela já estava parcialmente bêbada.

— Porque obviamente as vozes dos fantasmas não estão sendo captadas pela antena, e sim pelo microfone. E o aparelho deve estar redirecionando a voz que entra pelo microfone até a saída de som. Deve ser um erro no circuito — o comandante falou, fazendo com que os jovens se entreolhassem.

— Caramba! Ele pode estar certo, essa é uma explicação que faz sentido — Paulo empolgou-se. — Podemos passar essa informação para ajudar a Organon a replicar o aparelho!

— É uma teoria e tanto, eu mesmo nunca pensei em checar isso. Comandante, o senhor é um gênio! — disse Rubens em voz alta.

— Conte uma novidade, garoto, isso eu já sabia! — o comandante criou mais uma ocasião para todos rirem. — Eu preciso ir embora, tenho que comunicar meus superiores sobre os acontecimentos de hoje. Não posso dizer que eles vão dar pulos de alegria, mas é meu dever mantê-los informados.

— Eles ainda estão torcendo contra nós, comandante? — Rubens quis saber.

— Tenho certeza de que eles matariam todos vocês se pudessem. Sorte que esses filmes de terror que vocês veem por aí não passam de lorota. Um dia eles vão se conformar, mas, por enquanto, vamos nos preparando para o que está por vir.

— E o que está por vir, comandante, na sua opinião? — perguntou Rubens.

— Revolução! — o comandante falou de forma misteriosa. — Até amanhã, garotos, não bebam demais!

Rubens sorriu e desligou o aparelho. No fundo, ele achava que o bom comandante se preocupava demais.

— Parabéns, o senhor conseguiu! — um oficial se dirigiu ao comandante, cumprimentando-o, enquanto este desligava o comunicador que o conectava ao Media One.

— Obrigado, rapaz, mas eu não teria conseguido sem a ajuda de vocês — o comandante respondeu, olhando para os diversos membros de sua equipe que sempre acompanhavam as conversas dele com Rubens e os demais.

— Creio que o senhor esteja agora com um sentimento ambíguo; afinal, sempre foi contra esse projeto — o oficial arriscou comentar.

— Sim, é verdade. Recebi essa missão anos atrás com muitas dúvidas, mas jamais poderia negar um chamado desse tipo. Aguardei pacientemente o momento certo. Sabíamos que mais cedo ou mais tarde Rubens acabaria construindo esse aparelho; era o destino dele desde sempre. E agora estamos muito perto de descobrir o que vai acontecer.

— E o que o senhor acha que vai acontecer? Qual o sentido dessa missão no final das contas?

— Dar uma saída aos fantasmas presos no mundo dos vivos. São indivíduos como a Teresa, que só conseguiu partir depois de se comunicar com Rubens e se libertar do próprio sofrimento — o comandante falou. — Eles somam bilhões no mundo inteiro e precisam voltar para cá. Do contrário, uma hora ou outra, suportaremos consequências inimagináveis — continuou, fazendo o jovem oficial arquear as sobrancelhas, cismado.

— O senhor acha que isso pode acontecer?

— Já está acontecendo, rapaz. Estamos mais perto do que nunca de uma catástrofe. Os Puristas estão defendendo o cancelamento total de nossas operações e estão prestes a conseguir.

— Eles não podem fazer isso! Temos sete bilhões de indivíduos na Terra! Além de mais de vinte bilhões de fantasmas! O que vai acontecer com eles se isso for feito?!

— Eles estariam perdidos para sempre; todos seriam desconectados — o comandante respondeu, deixando o oficial de olhos arregalados.

— Isso significa que...

— Teríamos dezenas de bilhões de mortos! Temos que impedir isso provando que o programa ainda é viável. E para isso precisamos do Media One! Acima de tudo, precisamos do Rubens. Ele é a nossa maior esperança!

— Senhor, ele tem apenas dezessete anos...

— Garanto que ele é maior do que você imagina, soldado. Muitíssimo maior.

O oficial engoliu em seco. Já tinha ouvido muitos boatos sobre quem Rubens realmente seria, mas essa parte vinha sendo mantida em segredo absoluto por questão de segurança: se os Puristas descobrissem, seria o fim.

— Eu só não entendi por que o senhor tentou convencer os garotos de que não queríamos que o aparelho fosse construído! Parecia que o senhor realmente pretendia impedir a concretização do projeto — o oficial falou com delicadeza.

— Eu conheço muito bem o perfil do Rubens, soldado. Ele é o tipo de pessoa que encontra motivação na adversidade. Quando ele pareceu fraquejar, eu apenas o empurrei na direção contrária. Isso fez com que ele resolvesse as coisas com a Tânia e encontrasse a força que lhe faltava — o comandante sorriu de forma marota, dando uma piscadinha ao soldado. — Usei a pura psicologia reversa.

O oficial sorriu, voltando a cumprimentar o comandante por aquela conquista. Ele era realmente um estrategista impressionante.

— Brilhante, comandante, mais uma vez, parabéns.

— O mérito não é só meu; tenho acesso a algumas informações privilegiadas — o comandante disse, despedindo-se de seus subordinados e preparando-se para partir. Queria enviar seu relatório ainda naquela noite, apesar de ser mais de uma hora da manhã. Quando estava prestes a deixar o complexo, um dos seus homens o chamou pelo comunicador.

— Senhor, nós temos um problema e é urgente!

— O que está acontecendo? — o comandante perguntou com expressão grave. Quando ouviu as explicações do oficial, arregalou os olhos, surpreso.

— Onde ele está? Quanto tempo eles têm?!

— Ele está entrando na casa agora mesmo, senhor, em quinze segundos estará lá!

O comandante correu até seu terminal de trabalho seguido pelos membros mais próximos de sua equipe. Viu na tela seu maior pesadelo: diante do olhar de preocupação de uma dezena de soldados, acompanhou o momento exato em que um vulto passou pelo portão da casa onde Rubens morava.

— Meu Deus do céu... Droga, garotos, por favor, liguem o aparelho, eu preciso falar com vocês! — o comandante gritou, mesmo sabendo que era inútil. Dificilmente Rubens voltaria a ligar o Media One naquela noite, e ele sabia disso.

— O invasor está na porta, senhor. Ele vai entrar a qualquer momento! — o oficial gritou no comunicador, desesperado e impotente.

O comandante olhou através do seu terminal para os quatro jovens, que continuavam bebendo e conversando alegremente, alheios ao que estava por vir. Aquele grupo de garotos bons e esforçados, aos quais ele tanto tinha se afeiçoado, carregava nos ombros a responsabilidade pelo cumprimento de um projeto gigantesco que poderia mudar o mundo.

E tudo estaria perdido se eles não fugissem imediatamente!

— Por favor, garotos, saiam daí! — o comandante gritou com lágrimas nos olhos. — Ele vai matar todos vocês!!!

O ASSASSINO

Ryan ouviu o barulho do portão quando o invasor pulou para dentro, por isso saiu de casa em busca da origem do som. Como aquele era um bairro bastante tranquilo, ele achou pouco provável que se tratasse de um intruso.

Quando deparou com uma figura magra, de altura mediana, usando um capacete de motoqueiro que lhe cobria totalmente o rosto, Ryan sentiu o pulso acelerar. Durante os breves segundos em que pôde observar o invasor, notou que ele estava armado com uma pistola munida de um silenciador.

— Ei, quem é... — Ryan chegou a chamar em voz alta, meio gaguejante pelo medo, mas não conseguiu concluir a frase.

O atirador se voltou em sua direção e disparou um tiro certeiro em sua cabeça, fazendo pedaços do cérebro voar pelo quintal. O corpo de Ryan caiu para trás, fulminado.

— Pessoal, o que foi isso? — Rubens perguntou, subitamente alerta. — Alguém escutou um grito?

— Eu ouvi, veio lá de fora! — Tânia falou baixo, quase sussurrando. — Será que é um ladrão?

Os amigos silenciaram, tensos, e uma onda de medo se apoderou de todos eles. Naquele instante, os quatro se deram conta de que talvez tivessem se colocado em perigo ao procurar a Organon e apresentar o Media One. Havia um motivo bilionário para alguém vir atrás deles.

— Chamem a polícia! — Rubens falou bem mais alto do que gostaria, enquanto corria em direção à porta.

O atirador deu uma olhada de perto em Ryan para se certificar de que estava mesmo morto, e então foi surpreendido por Alex, que primeiro viu o intruso e depois encontrou o marido caído no chão em meio a uma poça de sangue.

— Ryan?! Não! — Alex gritou desesperado.

Rubens e os demais ouviram aquilo e se acotovelaram em frente à porta da edícula tentando enxergar por alguma das frestas o que estava acontecendo. Tiveram o cuidado de não revelar sua localização, pois já podiam pressentir o perigo.

O matador, vendo Alex diante de si, não hesitou. Atirou no lado direito do tórax e acompanhou o grito de dor da vítima ao cair no chão, levando a mão ao peito.

Os quatro jovens, ao verem aquilo, entraram em pânico e se afastaram da porta. Rubens ainda viu, por uma fração de segundo, o assassino voltar-se para a edícula. Apesar de estar observando por uma fresta, ele seria capaz de jurar que o homem tinha olhado diretamente para ele.

— Ele está vindo, protejam-se! — gritou Rubens, correndo para Tânia, mesmo ciente de que não haveria tempo de fazer nada, já que em pouquíssimos segundos o invasor estaria sobre eles.

Foi tudo muito rápido! O atirador usou a arma para destroçar a fechadura e, apesar do silenciador, o som da madeira sendo quebrada e do metal destruído invadiu a casa. Por puro reflexo, Rubens pegou o protótipo do Media One e o enfiou no bolso.

Uma imensa confusão começou dentro de Lucy: os jovens corriam e gritavam ao mesmo tempo, mas não tinham como fugir, pois o atirador estava no caminho. O matador começou a disparar a esmo.

Jonas levou um tiro no peito e caiu no meio da sala. Um dos disparos quase atingiu Tânia, que na fuga tropeçou na mesa de centro, desequilibrou-se e caiu no chão. Rubens pulou para trás do sofá

e o tombou para a frente, improvisando uma barricada. Ao ver a namorada caída perto dele, o rapaz se esticou, agarrou a moça pelo braço e a puxou para trás do móvel, enquanto os disparos pipocavam por todos os lados.

Paulo correu para o banheiro para se proteger. Rubens, entretanto, tomou uma decisão desesperada: soltou um grito de ódio e avançou contra o atirador, que disparava sem cessar contra Paulo, tentando acertá-lo pelas costas.

O matador se assustou com o urro de Rubens, que o agarrava por trás, e tentou virar a arma na direção do rapaz. Seu braço, contudo, foi preso durante o disparo e o projétil foi desviado, abrindo mais um buraco numa das paredes.

Os dois começaram a girar no meio da sala, lutando pela posse da arma. Tânia, vendo a luta, hesitou por um segundo, mas depois avançou na direção do assassino, ciente de que aquela seria a única chance de saírem vivos. Paulo também saiu do banheiro correndo e partiu contra o atirador.

Rubens o agarrou pela cintura, girou seu corpo e o jogou contra as prateleiras da sala onde ficavam as caixas com centenas de componentes eletrônicos. O impacto derrubou o móvel que suportava as prateleiras e uma infinidade de peças veio abaixo, abrindo caminho para que eles fugissem. Tânia e Paulo, num movimento sincronizado, agarraram Jonas pelos braços e correram para fora, praticamente arrastando o amigo ferido para a parte externa da edícula. Rubens girou nos calcanhares e os acompanhou, deixando o atirador para trás.

Quando os amigos chegaram ao quintal, entretanto, mais disparos foram ouvidos. Correr em linha reta, rumo à saída, era a opção mais lógica, entretanto, isso os deixava diretamente na linha de tiro. Quando o som dos tiros ficou mais próximo deles, não houve alternativa a não ser seguir para os fundos da propriedade. Havia uma pesada porta de ferro, fechada pelo lado de dentro com um ferrolho, que dava acesso a um gigantesco terreno baldio, localizado atrás do imóvel, repleto de mato e coisas abandonadas ao longo de anos.

— Temos que nos esconder! — Jonas resmungou, ofegante pela dor, mal conseguindo manter-se de pé, mesmo apoiado pelos colegas.

— Vamos para o matagal! — Rubens berrou, sentindo o suor escorrer pelo rosto.

O atirador saiu da edícula e viu, frustrado, os quatro jovens desaparecerem no terreno baldio. Porém ele logo se conformou: o importante era que eles estavam presos no espaço ao fundo, que não tinha saída para a rua. Eles não teriam como escapar dali sem passar pela frente, o que lhe daria a oportunidade de acabar sua missão.

Ao se preparar para ir no encalço do grupo, o assassino ouviu uma tosse baixa. Ele se virou e viu Alex arfando no chão, próximo de Ryan, que jazia em meio ao sangue. Com passos decididos, encaminhou-se até ele e inclinou a cabeça de lado, surpreso.

— Não, por favor, não faça isso! — Alex implorou, ofegante, com lágrimas nos olhos, estendendo a mão espalmada e suja de sangue na direção de seu algoz.

Mais uma vez, o matador não esboçou reação: apontou firmemente a arma na direção de Alex e disparou. A bala atravessou a palma da mão e explodiu os miolos, esparramando massa encefálica no chão.

O assassino constatou que sua munição tinha acabado, mas calmamente retirou outro pente de balas do casaco, trocou o municiador vazio por outro cheio e saiu andando rumo ao terreno baldio, disposto a terminar o que havia começado.

Assim que chegaram ao terreno, Tânia e Paulo desabaram com Jonas no chão, exaustos. Rubens olhou os arredores de forma febril. Desde que se mudara para ali, ele tinha ido até os fundos poucas vezes com os amigos. Tratava-se de um lugar enorme e decrépito, que por muitos anos tinha sido usado pelos moradores do bairro como depósito de lixo clandestino. Havia desde móveis velhos abandonados até restos de obras. Ao fundo, um córrego fechava a passagem, de modo que não seria possível sair a não ser pulando os altos muros das contruções ao redor, ou voltando pela casa de Alex e Ryan.

A noite estava quente e uma brisa suave soprava. A lua, cheia e brilhante, dominava o firmamento, repleto de estrelas. Rubens encontrou um pedaço de azulejo e enfiou sob a porta, travando-a. Com isso, esperava impedir, mesmo que temporariamente, que o assassino viesse atrás deles.

Rubens se ajoelhou ao lado de Tânia e Paulo. Nenhum dos três tinha ideia do que fazer para estancar o sangramento da ferida de Jonas.

— Paulo, chame a polícia! Precisamos de ajuda! — berrou Rubens, tremendo de nervoso. O amigo assentiu e sacou o celular do bolso, ligando para o número de emergência. — O que nós vamos fazer?

— Não sei, você acha que ele vai vir atrás de nós?! — Tânia perguntou, com o coração em disparada.

— Acho que sim. Aquele maluco não vai desistir! Puta merda, o que está acontecendo?! Será que foi a Organon que o mandou?

— Não sei, e não vamos descobrir se não fugirmos daqui! Mas precisamos ajudar o Jonas e... — Tânia começou a falar, mas se interrompeu ao ver Jonas desfalecer. — Não! Acorda! Ele está morrendo!

Apavorado, Rubens apontou a lanterna do seu *smartphone* para o amigo e viu que ele estava ficando azulado. Paulo, que falava ao telefone com o atendente da central de emergência da polícia, arregalou os olhos.

— O que nós vamos fazer? Ele vai morrer, Rubens! Faça alguma coisa! — gritou Tânia, em pânico.

A cabeça de Rubens funcionava a mil por hora. Precisavam de ajuda rápido. Se ao menos alguém pudesse lhe dizer o que fazer... Foi quando ele teve uma ideia: pegou o Media One e conectou a ligação, torcendo para que o comandante estivesse na escuta.

— Finalmente você ligou. Estávamos todos apreensivos aqui — respondeu o comandante, fazendo o rapaz suspirar aliviado.

— O senhor tem algum médico na sua equipe? — sondou Rubens às pressas.

— Claro que sim, o que você...

— Traga-o para falar comigo. Preciso que alguém me explique como fazer um procedimento médico de emergência.

— Meu Deus... — o comandante murmurou, espantado. — Você tem certeza?

— Rápido, ele está morrendo!

— Só um instante!

Em seguida, Rubens conseguiu ouvir apenas vozes cochichando ao fundo. Passados alguns instantes, ele ouviu a voz do oficial novamente.

— O doutor Santos vai dizer o que vocês têm que fazer; prestem muita atenção — falou o comandante. — Estamos acompanhando cada movimento de vocês através dos nossos satélites.

Rubens engoliu em seco e concordou com a cabeça. Ele colocou o celular no viva-voz e escutou uma segunda voz, bem mais grave.

— Ergam a camisa do paciente e se afastem; deixem-me ver o que está acontecendo — ele ordenou.

Os três obedeceram, e então viram uma grande mancha vermelha ao redor de um pequeno buraco no tórax de Jonas. A quantidade de sangue que tinha saído era pequena.

— Ele está sangrando pouco, o que é bom. A própria bala está impedindo uma hemorragia mais forte. O problema é que o tórax está distendido; acredito que ele esteja sofrendo um pneumotórax traumático, o que significa que a pleura está se enchendo de ar, comprimindo os pulmões e o impedindo de respirar — diagnosticou o médico rapidamente. — Ele precisa de uma drenagem, senão vai morrer.

— Como o senhor consegue saber tanta coisa apenas com uma imagem de satélite? — indagou Rubens, espantado.

— Temos imagens com qualidade perfeita e acesso a todos os sinais vitais de vocês. Sabemos de tudo, pode ter certeza — afirmou o doutor Santos.

— O socorro está a caminho! — exclamou Paulo, interrompendo momentaneamente a ligação com o policial.

— Não há tempo! Temos poucos minutos antes de Jonas morrer — replicou o comandante com firmeza. — Doutor, o que eles podem fazer? O atirador vai entrar em instantes!

— Eles devem improvisar um dreno de tórax — disse o médico, dirigindo-se então aos três amigos aflitos. — Rubens, estou vendo uma caixa cheia de coisas velhas próximo da porta de ferro.

O rapaz confirmou e correu até o local com o Media One em mãos. Lá viu diversos utensílios abandonados. Então o doutor continuou.

— Tem um resto de pinga naquela garrafa que será útil. Pegue também aquelas sobras de estopa e papel. Você vai precisar desse pedaço de cabo de antena, do resto de fita adesiva e de um caco de vidro afiado — listou o doutor Santos rapidamente, enquanto Rubens apanhava os itens solicitados. — Algum de vocês fuma?

— O Paulo.

— Ele deve ter um isqueiro, então. Ótimo, vamos voltar.

O rapaz retornou, consciente de que o médico acompanhava cada um de seus passos. Tânia crispou os lábios tentando imaginar o que ele faria com toda aquela tralha.

— Paulo, preciso do seu isqueiro! — ordenou Rubens. O colega não entendeu o pedido, mas entregou o objeto, sem discutir.

— Muito bem, corte um metro do cabo de antena e arranque o miolo dele para termos um tubo oco, flexível e regular. Tânia, use a pinga para desinfetar o caco de vidro, mas deixe um pouco na garrafa — orientou o doutor Santos, enquanto eles seguiam as instruções com as mãos trêmulas. — Agora, Rubens, insira a estopa dentro da garrafa e certifique-se de que ela está embebida no álcool. A próxima parte será a mais difícil: você precisará fazer uma incisão no tórax dele usando o caco de vidro — o médico continuou.

Rubens fechou os olhos, tentando se acalmar. Ele sabia que aquilo era inevitável. Sua mão tremia desesperadamente quando ele aproximou o vidro do peito do amigo.

— Três centímetros acima. Agora mais dois centímetros à esquerda. Isso, aí mesmo, perfeito — orientou o doutor com suavidade, tentando manter Rubens calmo. — Você está indo muito bem; agora, corte com delicadeza.

Ao fundo, os jovens começaram a ouvir os sons de alguém batendo na porta com ferocidade e se sobressaltaram. O atirador estava tentando chegar ao terreno a qualquer custo.

— Meu Deus, precisamos fugir! — Paulo gritou, apavorado. A simples ideia de estar frente a frente com o atirador novamente o enchia de terror.

— Fiquem calmos. Se vocês fugirem, o amigo de vocês morre! — o médico lembrou. — Ignorem os barulhos; ele não vai conseguir passar facilmente pela porta. Você está indo bem, Rubens, agora faça a incisão.

Rubens respirou fundo e cortou o peito de Jonas com o vidro. Um pouco de sangue começou a sair.

— Tânia, acalme-se e vá limpando o sangue com o papel — foi a ordem do médico. A moça atendeu imediatamente. — Rubens, insira o cabo coaxial oco na cavidade e empurre até o fim com delicadeza. Isso, muito bem! Agora, coloque fogo no pedaço de estopa dentro da garrafa — o doutor instruiu e Rubens executou. Um pouco de fumaça saiu da garrafa enquanto a estopa queimava preguiçosamente. — Insira a ponta do cabo na boca da garrafa e prenda com fita adesiva, de forma que fique firme e vedada.

Rubens seguiu as instruções à risca; Tânia e Paulo, que olhavam da porta para o amigo o tempo todo, torciam o rosto ao ver aquela estranha cena: um cabo de antena saindo do corpo de Jonas, conectado a uma garrafa dentro da qual um pedaço de estopa queimava.

— O que está acontecendo? — Tânia perguntou, trêmula.

— O fogo na garrafa vai queimar o oxigênio do recipiente, depois vai começar a sugar o ar do tubo e, por fim, da pleura de Jonas, que se esvaziará, aliviando a pressão nos pulmões — explicou o doutor Santos.

Por alguns instantes, os amigos aguardaram, petrificados, sem saber o que iria acontecer. De repente, Jonas inspirou profundamente e de forma muito barulhenta, igual a uma pessoa que sai da água depois de um longo tempo submersa. Ele arregalou os olhos, surpreso, retornando à consciência.

— Deu certo! Ele está respirando! — Rubens comemorou, atordoado. — Doutor, você é um gênio!

— Eu estive na guerra durante a minha passagem pela Terra, rapaz. Lá nós improvisávamos o tempo todo — disse o médico através do Media One. — Agora vocês têm que cair fora daí. O assassino está quase entrando e o Jonas ainda precisa de cuidados médicos urgentes.

Naquele instante, todos ouviram o som da porta sendo arrombada. O atirador tinha conseguido entrar.

— Peguem o Jonas e corram para trás da moita. Vão! Vão! — o comandante sussurrou com urgência. Apenas Rubens escutava agora, pois tirara o telefone do viva-voz.

Jonas gemeu de dor quando Paulo e Rubens o ergueram do chão e o arrastaram até o esconderijo indicado pelo comandante. Tânia segurava a garrafa, tentando manter a engenhoca na posição correta. Os olhos de Jonas se arregalaram ao ver o próprio peito, de onde saía um tubo branco. Ele queria muito perguntar que diabos era aquilo, mas decidiu que não era o melhor momento.

Os quatro se mantiveram abaixados e imóveis. Eles conseguiam escutar o som dos passos do matador, mas não identificavam se ele estava se aproximando ou não, muito menos em qual direção ele ia.

— Comandante, consegue nos guiar para fora daqui? — sussurrou Rubens. — Preciso que o senhor seja os nossos olhos e nos diga para onde ir e quando devemos nos mover, o.k.?

— Você é maluco, garoto — o comandante murmurou com uma pitada de orgulho na voz. — Quando eu mandar, corram para o lado esquerdo, atrás dos engradados.

Rubens viu que havia uma pilha de caixas de plástico velhas a alguns metros. Era um bom esconderijo; o problema seria chegarem lá sem ser vistos. Mas teriam que tentar, por isso Rubens gesticulou para os amigos, indicando o que deveriam fazer.

— Vão! — mandou o comandante, e o grupo se deslocou por cerca de quatro metros. Rubens arriscou uma espiada e viu o assassino de costas, checando a caixa de tralhas usada para ajudar Jonas. *Meu Deus!* pensou, consciente de quanto aquele plano era arriscado.

Os quatro respiraram aliviados no novo esconderijo, mas o comandante não tardou a falar novamente.

— Preparem-se: vão para trás do outro arbusto ao meu sinal — ele se referia a um amontoado de plantas mais ao lado. — Agora!

Mais uma vez, eles se moveram no momento exato em que o matador não estava olhando, ocupado em checar um potencial esconderijo.

Repetiram a operação mais duas vezes, sempre se deslocando na hora certa. Chegaram a um ponto ao lado da porta de aço no momento exato em que o atirador, cada vez mais agitado, vasculhava o primeiro esconderijo utilizado por eles. Os quatro suspiraram, agradecidos por terem saído dali; por pouco não tinham sido descobertos.

— Ao meu sinal... vão! — o comandante sussurrou mais uma vez, e Rubens fez os amigos se moverem. O matador estava de costas para a porta conferindo algo no celular. Apesar de ter o rosto protegido pelo capacete, ele deixava transparecer pelos gestos a sua irritação. Aproveitando o momento de distração do inimigo ao celular, o grupo atravessou a porta e fez menção de correr para o portão da frente, mas o comandante mandou que eles voltassem para a edícula. Esperava que o atirador não retornasse para lá.

Quando Rubens viu, pelo buraco da velha fechadura destruída pelos tiros, o homem misterioso correndo em direção à rua e passando ao lado dos cadáveres de Ryan e Alex, encostou a cabeça na madeira e soltou um pesado e doloroso suspiro de alívio.

PRISÃO

Horas depois, Rubens, Tânia e Paulo se encontravam numa delegacia de polícia antiga, com móveis velhos e um balcão de atendimento desbotado, cercados por investigadores. Os amigos vinham sendo interrogados havia horas, e já tinham repetido a história várias vezes para diferentes policiais.

Os investigadores pediram detalhes do tiroteio, do atirador, ou lembranças de algo que ele pudesse ter feito ou falado; alguma coisa que ajudasse na identificação do criminoso. Os jovens respondiam a tudo da melhor forma possível. Inclusive explicaram que estavam trabalhando juntos num novo modelo de aparelho celular e que naquele mesmo dia tinham apresentado o protótipo a uma grande empresa, que se interessara pelo projeto. Decidiram, obviamente, omitir a parte que especificava o telefone como um aparelho que falava com os mortos. Sabiam que, se falassem aquilo, seriam tratados como loucos.

— Então você acha que essa empresa pode ser a responsável pelo atentado de hoje? — perguntou o investigador a Rubens.

— Não posso afirmar nada, mas é uma tremenda coincidência um matador ter invadido minha casa e atirado em mim e nos meus amigos no mesmo dia em que fizemos uma apresentação bem-sucedida para uma das maiores empresas de tecnologia do país. Recebemos uma proposta bilionária pela nossa invenção — Rubens respondeu. — Não acredito que os acontecimentos não estejam conectados de alguma forma.

— Você falou que recebeu uma proposta bilionária? É isso mesmo? — o investigador perguntou, incrédulo, tentando se certificar de que tinha escutado direito.

— Exatamente. A empresa nos ofereceu um bilhão, além de participação nos lucros — disse Rubens, soltando um suspiro. Mal podia acreditar que, apenas algumas horas antes, ele vivenciava o dia mais feliz da sua vida e, agora, o sonho tinha se transformado em pesadelo.

— Esse me parece ser um excelente motivo para matar alguém — o investigador comentou fazendo cara de espanto. — Alguma outra empresa concorrente estava sabendo do acordo?

— Nós não falamos nada para ninguém. Só se a Organon estiver sendo espionada. Se for esse o caso, não faço ideia de quem possa ser — Rubens respondeu pensativo. Até aquele momento, ele não tinha considerado aquela possibilidade, que fazia total sentido. Talvez houvesse outros atores envolvidos na trama.

O interrogatório prosseguiu por mais algumas horas, com os policiais alternando as séries de perguntas entre os amigos, que estavam exaustos.

— Acho que este é o procedimento-padrão: eles fazem isso para tentar encontrar discrepâncias — Rubens comentou com os colegas. — Vocês não vão chamar ninguém? Seus tios, seus pais...?

— Não quero ouvir sermão dos meus tios, obrigada — respondeu Tânia em um tom seco.

— Nem eu dos meus pais — Paulo complementou. — Além disso, se eu abrir a boca, eles logo estarão me pressionando novamente, querendo saber sobre o projeto em que estou trabalhando há meses e sobre o qual me recuso a falar. Não preciso disso agora.

— Pelo menos o Jonas está bem. Recebi uma mensagem do hospital: a cirurgia foi bem-sucedida e os pais dele já estão lá, além de dois policiais armados — Rubens falou. — Só gostaria de saber quando vou poder voltar para a minha casa.

— Só depois que tiverem checado a cena do crime e os legistas removerem os cadáveres do Alex e do Ryan. Meu Deus, que tragédia! — Tânia murmurou, sentindo os olhos queimarem novamente. Parecia que nunca mais conseguiria parar de chorar.

Depois de mais algumas horas de espera, finalmente vieram falar com eles novamente. Por um instante, os três amigos imaginaram que seriam liberados e poderiam voltar para casa, mas não foi o que aconteceu, ao menos não para todos eles.

Rubens se surpreendeu ao ver diante de si o investigador Andrade, o mesmo que o acusara, tempos antes, de ser cúmplice do padre assassino.

— Boa noite, Rubens. Não vou perguntar se está tudo bem, porque acho desnecessário após todo o ocorrido. Só vim aqui pessoalmente para falar que você está detido e será enviado ao conselho tutelar — desferiu o inspetor com um sorriso vitorioso no rosto. — Eu avisei que detesto que mintam para mim, lembra?

— Como assim?! Vocês não podem prendê-lo; ele é menor de idade! — protestou Tânia diante do olhar de pânico de Rubens, enquanto dois policiais o pegavam pelos braços e o levavam em direção à carceragem da delegacia.

— Podemos sim, moça, um juiz autorizou o pedido de prisão temporária. Seu namorado está diretamente envolvido no inquérito de um *serial killer*, e agora a casa dele foi palco de um massacre. Precisamos investigar se os casos estão conectados de alguma forma — o investigador Andrade respondeu de modo protocolar, puxando Rubens pelo braço.

O rapaz lançou um olhar assustado para Tânia.

— Avisem a minha mãe! — Rubens gritou.

— Não se preocupe, nós vamos falar com ela. É nossa obrigação, já que você é menor de idade — o detetive simulou certa cortesia, mas estava disposto a fazer Rubens confessar a qualquer custo.

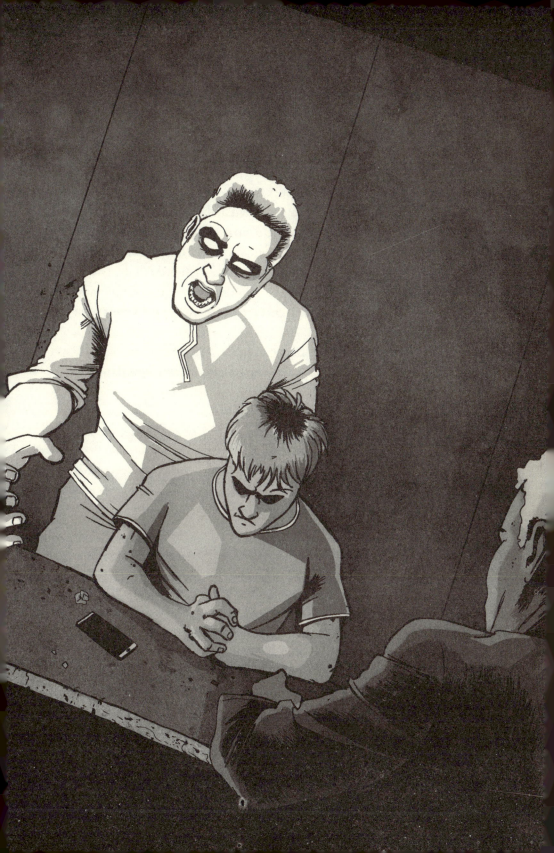

— Isso não é justo! Aguente firme, Rubinho, nós vamos tirar você daqui! — Tânia gritou, enquanto o namorado era empurrado por uma porta e sumia da vista dela e de Paulo.

Rubens foi levado para a carceragem da delegacia e jogado lá, sem direito a explicações. Era um espaço quente e sem circulação de ar, por isso exalava forte cheiro de suor. As grades das celas eram descascadas e oxidadas, e as paredes tinham manchas de mofo. Diversos homens estavam presos ali, de assaltantes de banco a homicidas. O jovem ficou confinado numa cela à parte, cercado pelo que havia de pior naquela cidade.

Diante de olhares embrutecidos pelo ódio e pela falta de perspectivas, Rubens esperou. Aqui e acolá alguém fazia algum tipo de comentário maldoso ou ameaçador.

— Esse aí é meu! Vou limpar o chão com ele!

— E aí, moleque, está encarando por quê, cuzão? É melhor dormir com os olhos abertos, filho da puta!

Rubens se recostou onde pôde e fechou os olhos; precisava manter o controle e a sanidade mental, pois era a única chance de não acabar morto por algum daqueles malucos.

Durante as primeiras 24 horas, ele não dormiu; tampouco usou a latrina da cela para fazer suas necessidades, apavorado com a ideia de se sentar no vaso sanitário diante de estranhos que o encaravam com hostilidade. Quando não conseguiu mais resistir, Rubens evacuou e urinou às pressas, ao som de comentários chulos e provocações grosseiras. Em seguida, retornou para o seu lugar. Aguentou tudo calado e de cabeça baixa, esforçando-se para não derramar nenhuma lágrima sequer.

Ao longo de todo aquele tempo, ele pensou. Em Tânia, por quem era apaixonado havia tanto tempo. Nos amigos mortos por aquele maluco que ainda estaria vagando por aí com uma arma na mão. Em sua mãe, que provavelmente não fazia ideia do que estava acontecendo com ele, senão já teria tomado alguma providência para ajudá-lo. Agora, mais do que nunca, Rubens se arrependia de ter brigado com ela.

O investigador continuava negando-lhe o direito a um telefonema.

E, claro, ele pensou no projeto Media One. Desde que fizera aquela descoberta, sua vida tinha sofrido várias reviravoltas: ele quase enlouquecera; um dos seus melhores amigos desaparecera; ganhara dinheiro e até certa fama como guru fajuto; conquistaraTânia; e, menos de 24 horas depois de saber que ficaria rico, acabara preso, depois de ver dois amigos sendo abatidos como animais. Tudo aquilo, ele tinha certeza absoluta, podia ser relacionado àquela maldita invenção, que, naquele momento, se encontrava trancada em algum lugar daquela delegacia.

A verdade dolorosa era que talvez o mundo não estivesse pronto para o Media One.

Os dias foram se arrastando: lentos e massacrantes. Rubens se esforçava para manter a calma, pois tudo que lhe restava fazer era esperar por algum milagre. Com o tempo, também começou a sentir mágoa por imaginar que Tânia pudesse tê-lo abandonado ali, já que não fora visitá-lo nenhuma vez.

E o isolamento de Rubens só era interrompido quando os guardas o conduziam para os interrogatórios. Ele era duramente inquerido pelo investigador Andrade, que ignorou sua idade e o tratou com a dureza que ele reservava para os piores criminosos.

— Fale a verdade, moleque! Você mentiu sobre o caso do padre e está mentindo novamente agora! Que diabo de projeto é esse em que você e seus amigos supostamente estão trabalhando? Desembucha! — o investigador falou grosso, dando um murro na mesa da sala de interrogatório.

— Eu não tenho nada a ver com o caso do padre e não posso falar do projeto, é segredo industrial! — Rubens respondeu tentando demonstrar firmeza, apesar de, no fundo, estar apavorado.

— Mentira, moleque! É mentira! Tudo que envolve você tem morte no meio! Me diga, o que você sabe a respeito do desaparecimento do seu amigo André?

Rubens congelou diante daquela pergunta. Entrou em choque com aquela linha de interrogatório, e o detetive sorriu ao ver a cara de perplexidade dele.

— André? Como assim? André desapareceu? Não é possível, a mãe dele está doente. Ele viajou para ficar com ela!

— Sério mesmo? Pois eu falei com a mãe dele alguns dias atrás e ela parecia ótima! O único problema dela é estar apavorada, pois não tem notícias do filho há meses. Nós rastreamos as ligações dele, e adivinhe só o que descobrimos... A última chamada telefônica foi para você! Depois disso, o telefone do desaparecido nunca mais foi conectado à rede — disse o investigador, encarando Rubens com fúria no olhar. — O que você me diz? Isso é apenas mais uma coincidência?

— Eu não sei o que isso significa, mas deve haver alguma explicação lógica — Rubens falou. — Você precisa acreditar em mim!

— O que eu preciso fazer é descobrir a verdade, garoto. E quanto ao pai do André, qual é sua ligação com ele?

— O pai dele? Eu nem conheço o cara! Do que é que você está falando?!

— O pai do André se chama Cristiano Benitez, também conhecido no submundo do crime como "O Açougueiro", cuja particularidade é cortar partes de suas vítimas antes de matá-las. Ele é mexicano naturalizado e lidera uma organização criminosa ligada ao tráfico de drogas, de armas e a grupos extremistas internacionais. É suspeito do assassinato de cerca de cem pessoas — Andrade falou de forma irônica. — Está vendo só? A morte sempre caminha ao seu lado, Rubens. A única forma de acabar com isso é você contar a verdade.

— Eu estou falando a verdade, merda! — Rubens praticamente gritou, fazendo o investigador arregalar os olhos, furioso. O homem parecia prestes a esmurrar o rapaz, mas se conteve.

— E quanto à palhaçada de você se passar por paranormal? O que tem a me dizer sobre isso? Detectamos uma movimentação financeira gigantesca em sua conta-corrente ao longo de diversas semanas, e parte desse dinheiro foi distribuída justamente para todos os seus amigos envolvidos no tiroteio. Mais uma coincidência?

Rubens respirou fundo. Estava claro que a polícia tinha muito interesse nele, e a quantidade de situações suspeitas que o envolviam, atingindo seus amigos, era imensa.

A dúvida era como encaixar tudo aquilo. Nem ele mesmo sabia dizer como e se essas coisas estavam relacionadas.

Por isso, Rubens resolveu adotar outra postura diante da pressão do policial: reuniu toda a sua coragem, recostou-se na cadeira e cruzou os braços, sem falar nada, apenas encarando seu interrogador. E assim permaneceu por mais de um minuto, sob o olhar inquisidor do investigador Andrade.

— Você está se complicando cada vez mais, moleque. Se não começar a falar logo, pode ter certeza de que sua temporada na cadeia será muito mais longa.

— Eu só falo na presença de um advogado e acompanhado da minha mãe, pois sou menor de idade.

— Sim, claro. Você tem assistido a filmes demais!

— Eu só falo na presença de um advogado e acompanhado da minha mãe, pois sou menor de idade.

— Vamos ver se você vai continuar sendo teimoso depois que algum dos seus amigos fizer um acordo com a promotoria e entregá-lo — Andrade falou, com a paciência por um fio.

— Eu só falo na presença de um advogado e acompanhado da minha mãe, pois sou menor de idade.

— Mandei falar, porra! — ele gritou e deu um tapa na cara de Rubens, que virou o rosto com a força do golpe.

A face do rapaz imediatamente ficou vermelha e parecia estar em brasa. O jovem respirou fundo e voltou a encarar o interrogador.

— Eu... só... falo... na... presença... de... um... advogado — disse Rubens bem pausadamente, fitando o investigador nos olhos, para que não restassem dúvidas.

— Moleque desaforado, eu vou...

Repentinamente a porta da sala de interrogatório se abriu e o delegado de plantão surgiu com os olhos esbugalhados de raiva.

— Andrade, na minha sala! Agora! — o delegado gritou com uma veia saltando no pescoço de tanta irritação. O investigador o encarou com raiva e em seguida se virou para Rubens.

— Nós ainda não acabamos, moleque. Daqui a pouco eu volto.

Em seguida, os dois policiais saíram, trancando a sala de interrogatório e deixando Rubens sozinho.

— Você enlouqueceu, seu filho da puta?! Que diabo foi aquilo? Eu vi tudo da sala de observação! — o delegado gritou, esmurrando a mesa. — Como você conseguiu uma ordem de prisão e por que eu não fui comunicado de nada disso? Principalmente, por que diabo esse garoto não foi enviado ao conselho tutelar? Cadê os pais dele?!

— O juiz me deve alguns favores, por isso ele me ajudou. E eu não falei nada porque sabia que sua reação seria exatamente essa! — respondeu Andrade, encarando o chefe. — E tentamos contato com a mãe dele, mas não conseguimos — mentiu descaradamente.

— Há quanto tempo ele está aqui?

— Desde sexta-feira à noite.

— Três dias?! Eu não acredito nisso, porra! Andrade, você realizou uma atividade de monitoramento ilegal, inclusive com quebra de sigilo bancário não autorizada, envolvendo um menor de idade! Onde você conseguiu as informações da conta-corrente do suspeito? Outra pessoa que lhe devia um favor?!

— Basicamente, sim.

— Puta merda, você quer ser preso, caralho?! — o delegado perguntou de forma feroz, batendo a palma das mãos na mesa. Ele estava tão furioso que sentia vontade de arrebentar o investigador na porrada.

— O moleque é culpado, delegado! Ele é a peça central de vários crimes. Não percebe isso?! — retrucou Andrade, perdendo a paciência.

— O que eu percebo é que você tem várias situações suspeitas, mas não tem nada para conectar todas elas! E está pressionando e até mesmo agredindo um adolescente para tentar encontrar algo que sirva para ligar os pontos. Você acha que eu sou idiota?! — bufou o delegado, esmurrando a mesa de novo. Andrade sustentou o olhar do chefe.

— Eu não vou desistir! Tem algo fedendo nessa história e eu vou descobrir o que é!

— Não, não vai! Você vai para casa agora mesmo! Fora daqui!

— Como assim "para casa"? Eu não vou embora; não trabalhei tanto nesse caso para ser descartado dessa forma!

— Vá embora, eu já disse! Tire uma semana de folga. Isso é uma ordem! E reze para ele não nos processar por abuso de autoridade!

— Mas, delegado, eu não posso...

— Nada de "mas", Andrade, porra! Junte suas coisas e suma da minha frente agora mesmo! — interrompeu-o aos gritos, apontando na direção da saída da delegacia.

Andrade fuzilou o chefe com o olhar e sentiu uma vontade imensa de arrebentá-lo com as próprias mãos, mas conteve a fúria.

— Seu desejo é uma ordem, senhor! — Andrade falou com sarcasmo, andando para trás com os braços abertos. — Como o senhor quiser! — Em seguida bateu a porta com o máximo de força possível. As paredes da sala chegaram a tremer.

— Era só o que me faltava! Policial burro do caralho! — disse o delegado sozinho, cuspindo as palavras.

Foi com um alívio indescritível que Rubens recebeu a notícia que tanto aguardava: por absoluta falta de provas, estava sendo libertado. Foram três dias no inferno.

REVELAÇÕES

Tânia chegava em casa após ter passado a madrugada inteira na delegacia. Sua cabeça fervilhava com os trágicos eventos da noite anterior, que tinham esgotado as suas lágrimas. E agora havia a prisão ilegal de Rubens. Arrepiou-se só de imaginar o que poderia estar acontecendo com o namorado naquele exato momento. Precisava encontrar o número de telefone da mãe de Rubens, que certamente teria mais recursos para tirar o filho daquela confusão do que ela, uma estudante universitária.

Ao abrir a porta às pressas, Tânia se deparou com a tia, que passou a avaliar os cabelos sujos e desgrenhados e as olheiras marcadas da sobrinha, logo imaginando o pior.

— Mais uma noite na farra, não é mesmo, Tânia? Sua mãe morreria de desgosto se visse isso — provocou-a Helena, encarando a moça por detrás dos óculos.

— Tia, não tenho tempo para isso agora. Preciso do telefone da mãe do Rubens; ele está com problemas.

— Claro, aquele é outro marginal. Aposto que está envolvido com drogas. Mais um cujo pai felizmente não viveu por tempo bastante para se decepcionar.

— Nunca mais fale isso, entendeu?! O Rubens tem muito mais dignidade e decência num único fio de cabelo do que têm a senhora e o meu tio juntos! — explodiu Tânia com o dedo em riste. — Em vez de dizer esse tipo de insulto, você deveria me arrumar o telefone da mãe dele, pois é uma emergência!

— Não use esse tom comigo, garota sem educação! — Helena ralhou, furiosa. — O telefone dela está na minha agenda, lá no meu quarto. Vai lá e pega! Se vira!

Seu quarto, o caralho! É o quarto dos meus pais, sua vaca, pensou Tânia com uma expressão de nojo. Ela girou nos calcanhares e disparou rumo ao quarto. Tânia entrou no dormitório fazendo careta. O lugar estava uma bagunça, diferentemente de quando seus pais eram vivos. Sua mãe mantinha tudo sempre perfeitamente limpo e organizado; agora mais parecia um depósito de lixo, cheio de caixas, roupas sem passar, pó...

Ela começou a olhar sobre a penteadeira, nas mesas de cabeceira, prateleiras e afins, tentando encontrar a tal agenda. Impaciente, começou a revirar tudo. A bagunça era tão grande que ela teve certeza de que sua tia nem notaria a diferença.

Depois de alguns instantes, Tânia encontrou uma agenda telefônica surrada. As páginas eram amareladas e a capa estava se desfazendo, mas isso pouco importava; ela só precisava do número. Virou as páginas às pressas até encontrar a correspondente à letra "F". Em seguida localizou o número de Flávia.

— Finalmente! — Tânia murmurou, enquanto cadastrava o número na agenda do *smartphone*. Em seguida, recolocou a agenda numa prateleira aleatoriamente. Devido à pressa, Tânia acabou derrubando uma velha caixinha dourada que se encontrava ali por cima. O objeto caiu no chão quebrando-se ao meio. A tampa voou longe, e seu conteúdo se espalhou pelo piso sujo. A garota se irritou, pois não precisava de mais atrasos.

Foi quando algo chamou sua atenção: um objeto que ela vira apenas uma vez, alguns anos antes, mas que seria capaz de reconhecer em qualquer lugar do mundo, sob qualquer circunstância. E que nunca, jamais, poderia estar naquela caixa.

Tânia viu o colar com o pingente de turquesa que seu pai tinha dado à sua mãe, o mesmo que havia sido roubado na noite em que ambos foram assassinados.

O pai, na primeira conversa que tiveram através do Media One, mencionara algo sobre as verdadeiras razões para ele e Márcia terem sido mortos, mas Tânia não tinha entendido o que ele quisera dizer. Até aquele momento!

Não tinha sido um roubo seguido de morte, como a polícia supunha. Os pais de Tânia haviam sido vítimas de um matador de aluguel, e ela tinha acabado de descobrir quem eram os mandantes do crime.

— Que barulho foi esse? Tânia, você está estragando minhas coisas, sua... — Helena chegou reclamando, mas logo foi interrompida.

— Que merda é essa?! Por que este colar está com você? — gritou Tânia.

Helena arregalou os olhos ao ser confrontada. Seu pior pesadelo estava se tornando realidade. Ela tentou se manter firme, mas o olhar a traía.

— Devolva o meu colar; não gosto que mexam nas minhas coisas!

— Eu não vou devolver nada. Esse colar era da minha mãe e foi levado pelo assassino dela! Por que está com você?

— Que gritaria é essa? O que está acontecendo aqui? — Ricardo chegou pisando duro. Ao ver do que se tratava, ele ficou petrificado ao lado da esposa.

— O que está acontecendo aqui é muito simples. Eu acabo de descobrir os mandantes do assassinato dos meus pais. Vocês dois os mataram, não é mesmo?! Confessem!

— Do que você está falando, Tânia? Isso é loucura! Vamos conversar e... — Ricardo usou um falso tom de conciliação, enquanto se aproximava da sobrinha. Tânia não hesitou: pegou um frasco grande de perfume de cima da penteadeira e o quebrou com violência contra a quina do móvel, deixando as pontas de vidro afiadas como navalhas.

— Afastem-se! Vocês não vão me enrolar! — Tânia gritou, apontando sua arma improvisada na direção dos tios, que recuaram diante do olhar furioso da moça. — Esse colar foi roubado na noite do crime; o bandido que vocês contrataram o levou para que a polícia pensasse que tinha sido um assalto que dera errado. Mas você fez questão de guardá-lo como um troféu, não é mesmo, titia?

— Tânia, querida, você precisa de ajuda. Nós vamos cuidar de você; obviamente tem algo errado — disse Helena com tanta falsidade que, se porventura existisse alguma dúvida para a garota, ela acabara de ser dissipada.

— Não se aproximem! Eu vou denunciar vocês dois por homicídio! — berrou Tânia, transtornada. — Foi por isso que vocês se mudaram para cá; estavam de olho no dinheiro dos meus pais, já que eu era uma criança e vocês, os meus responsáveis legais! Agora a farra acabou. Vocês vão para a cadeia!

O casal se entreolhou, em pânico. Depois de tantos anos, não passava pela cabeça deles ter aquela conversa com a sobrinha.

— Tânia, você precisa de ajuda. Nós vamos buscar algum especialista que possa auxiliar, está bem? — Ricardo falou.

— Eu não estou louca. Não seja ridículo, tio! Saiam de perto de mim; eu corto a garganta de quem se aproximar! — ela bradou mais uma vez. — Afastem-se! Agora!

Os tios de Tânia lentamente se afastaram sem tirar os olhos dela. Eram olhares cheios de ódio, nutridos por um sentimento de vingança mal disfarçado. A moça finalmente entendera tudo: aquela era a verdadeira face dos dois parasitas. Eles não eram apenas implicantes e interesseiros, eram pessoas más, dissimuladas e, acima de tudo, perigosas.

— Vocês vão pagar caro pelo que fizeram à minha família. Eu juro por Deus! — Tânia falou num tom sinistro.

— Você está louca, menina. Completamente louca — rosnou Helena com desprezo.

— Sim, nós vamos ajudá-la. Ela precisa de tratamento — Ricardo completou, encarando-a com raiva.

A moça lançou um último olhar de ódio contra aqueles dois seres humanos detestáveis e jogou o pedaço de vidro que tinha na mão contra um antigo espelho que sua tia trouxera, destruindo-o. Em seguida, ela enfiou o colar na bolsa e deixou a própria casa às pressas, sem fazer ideia de para onde deveria ir.

Trêmula, Tânia pegou o celular e discou para Rubens. Estava tão nervosa que demorou mais de trinta segundos para se dar conta de que sua atitude era absurda: o namorado, obviamente, não tinha como atender, pois estava trancafiado de forma ilegal numa delegacia.

— Meu Deus, para quem eu vou ligar? Estou muito encrencada agora! — ela murmurou, assustada.

Com a cabeça fervendo, parou num ponto de ônibus. Tinha pouquíssimo dinheiro, estava apenas com a roupa do corpo e não tinha ninguém com quem pudesse contar. Foi quando se lembrou da mãe de Rubens: precisava avisar a ela o que estava acontecendo com o próprio filho; pelo menos essa parte dos seus problemas ela conseguiria resolver.

Tânia pegou o *smartphone* e abriu sua agenda de contatos. Antes que conseguisse efetuar a ligação, entretanto, uma mão forte e pesada como aço a agarrou por trás, enlaçando-a pela cintura. Outra tapou sua boca, impedindo-a de gritar.

A moça ficou com os olhos esbugalhados de terror, enquanto se debatia de forma desesperada. Sua bolsa e celular ficaram caídos na calçada, próximo do ponto de ônibus.

Tânia fora arrastada para um carro grande com vidros negros, que arrancou em alta velocidade instantes depois.

— Está liberado, moleque. O delegado aliviou para você! Vaza! — o carcereiro falou, enquanto abria a grade da cela e mandava Rubens sair. O rapaz, apesar de abatido, não pensou duas vezes. Foi um alívio observar a porta da cela sendo trancada encontrando-se do lado de fora, sob os olhares raivosos de vários detentos.

Seus pertences lhe foram devolvidos; entre eles estava o Media One. Rubens olhou para o aparelho perguntando-se mais uma vez se a melhor coisa a fazer não seria destruir aquilo.

— Há anos eu não vejo um celular tão antigo assim. Ele funciona? — o funcionário responsável pela devolução de objetos pessoais perguntou.

— Infelizmente funciona sim, só não sei por quanto tempo — Rubens comentou de forma enigmática, enfiando o aparelho no bolso com raiva. O funcionário estranhou aquela resposta, mas decidiu não fazer perguntas; não era problema dele.

Minutos depois, Rubens saiu para a rua e respirou o ar puro. Sentiu o sol acariciar seu rosto com a sensação de que fazia anos que não experimentava aquilo. Era como nascer de novo. Ele, sem dúvida, preferiria morrer a passar por uma experiência como aquela novamente; não conseguia imaginar como tantas pessoas atravessavam anos num lugar tão assustador.

Rubens voltou para casa sentindo-se esgotado. Ele sabia que precisava ligar para Tânia e Paulo para avisar que tinha sido libertado e também para obter informações atualizadas de Jonas. Porém, não se sentia com ânimo para fazer nada daquilo. No seu íntimo, o fato de eles não o terem procurado nenhuma vez enquanto estivera preso soava como uma traição, sobretudo no que dizia respeito a Tânia. Ser tão apaixonado pela moça fazia com que esperasse mais dela e, naquele momento, sentia que não estava sendo tão correspondido quanto gostaria.

Ao entrar em Lucy, Rubens observou as manchas de sangue e os buracos de bala espalhados pela sala. Havia marcas no sofá, nas paredes, nas prateleiras, por todos os lados. Aquilo tudo parecia estar registrado ali para lembrá-lo de que precisava tomar uma decisão vital: eles dariam prosseguimento ao projeto? Fazia sentido continuar com aquilo?

Considerando que duas pessoas queridas estavam mortas, outra no hospital em estado grave e que havia um assassino à solta, além do fato de a polícia parecer mais interessada nele do que em localizar o atirador, Rubens certamente tinha ótimos motivos para ter dúvidas.

Ele tirou o aparelho do bolso e o encarou, perguntando-se o que deveria fazer. Destruir aquilo talvez fosse a coisa certa. No fundo, ele pensava que, se acabasse com o Media One, ao menos parte dos seus problemas desapareceria. Talvez fosse um absurdo pensar daquela forma, mas ele precisava ter esperança de que era possível remediar o que estava acontecendo.

Rubens respirou fundo, pegou alguns produtos de limpeza e se pôs a executar a mórbida tarefa de limpar o sangue dos amigos da cena do crime.

Após finalizar a limpeza, Rubens se jogou no sofá, exausto. A sensação de se acomodar em algo confortável após dias na prisão era maravilhosa. Ele gostaria de não precisar sair dali nunca mais. Cochilou por cerca de duas horas, mas acordou sufocado por um pesadelo. No sonho, ele ouvia os gritos dos amigos após ser baleados, mas também escutava nitidamente as vozes de Tânia e Paulo implorando para que ele os salvasse.

Rubens esfregou o rosto com ambas as mãos e decidiu que precisava encarar sua vida, ou ao menos o que sobrara dela. Ele apanhou seu *smartphone* e o conectou na tomada; precisava falar com os amigos, por mais que o ânimo lhe faltasse.

Ficou cismado quando viu várias ligações perdidas de um número desconhecido; alguém aparentemente tentara encontrá-lo diversas vezes, sem êxito.

Sentindo um mau pressentimento, Rubens retornou a ligação. Ele raramente recebia chamadas de pessoas desconhecidas naquele número de telefone; só podia ser algo relacionado ao crime ocorrido em sua casa.

Após alguns instantes, Rubens ouviu a voz de um homem que parecia levemente familiar.

— Rubens, ainda bem que você ligou. Estou tentando falar com você há dias!

— Oi, desculpe, eu estava... ausente por motivos pessoais. Quem está falando? — Rubens perguntou.

— Aqui é o João Pedro, pai do Paulo. Eu estou ligando porque meu filho desapareceu há três dias e nós estamos desesperados!

Rubens conversou por cerca de dez minutos com o pai de Paulo. O garoto achou incrível como conseguiu explicar em tão pouco tempo tudo o que acontecera. O aparelho Media One, o tiroteio em sua casa e a sua prisão — Rubens não omitiu nada, pois sabia que os pais do amigo precisariam de toda informação disponível para tentar localizar o filho. João Pedro não acreditou em tudo, mas levou bem a sério a parte em que Rubens mencionou um assassino armado que poderia estar perseguindo seu filho; talvez o tivesse tomado como refém ou até coisa pior.

João Pedro desligou prometendo que procuraria a polícia, mas não sem antes avisar Rubens de que ele estava proibido de chegar perto de Paulo. O rapaz ouviu calado o desabafo; naquele momento, aquilo era um problema muito menor. Encerrada a ligação, imediatamente chamou o número de Tânia. Precisava se certificar de que a moça estava bem, apesar de seus instintos estarem gritando o contrário para ele. Repentinamente, ele passou a ter certeza de que o estranho sumiço da namorada nos últimos dias podia significar algo mais do que mera displicência da parte dela.

A ligação caiu na caixa postal: outro indício preocupante. Ele respirou fundo e decidiu tentar de novo. Caso não conseguisse, quebraria o silêncio e procuraria o comandante, que provavelmente teria respostas.

Antes que pudesse apertar o botão de rediscagem, entretanto, Rubens sentiu um calafrio e o corpo inteiro se arrepiou quando uma arma encostou na parte de trás de sua cabeça. O jovem arregalou os olhos com a pressão inconfundível de uma pistola sendo empurrada contra sua nuca.

— Desliga — uma voz sinistra ordenou. — Caso contrário, você vai ter o mesmo destino dos seus amigos.

Rubens meneou a cabeça, concordando, com medo de fazer qualquer movimento brusco. Sentiu o suor brotando em sua testa, e lentamente desligou o *smartphone*, colocando-o no sofá. O invasor pegou o aparelho e o guardou no bolso do casaco negro que vestia.

— Onde está o protótipo?

— Qual protótipo? Não sei do que você está falando.

— Não brinque comigo, Rubens. Você fez um ótimo trabalho limpando este lugar; seria uma pena enchê-lo de sangue de novo — o homem ameaçou, engatilhando a pistola. — Entregue-me o aparelho que vocês chamam de Media One. AGORA! — falou de forma enfática.

Com cuidado, Rubens se levantou e pegou o aparelho, que estava sobre uma das prateleiras, entregando-o para o invasor. Curioso, ele o analisou, mas manteve o jovem parado de frente para ele, sob sua mira.

— É isso aqui? Tanta confusão por causa de um aparelho sem graça como esse? — o bandido perguntou, cético. — Se você estiver me enrolando, moleque, garanto que essa será a última vez que você fará isso na sua vida desgraçada.

— Não se preocupe, estou falando a verdade. É esse o aparelho — falou Rubens com sinceridade, sentindo o pulso acelerar.

— Ótimo, acredito em você — pontuou, guardando aquele aparelho também. — Essa coisa é mesmo capaz de falar com os mortos?

— Se duvida, faça um teste — Rubens respondeu secamente. — Garanto que vai se surpreender.

— Talvez mais tarde, confesso que estou curioso. Por enquanto nós dois vamos dar um passeio, aposto que você está ansioso por sair um pouco de casa depois de três dias preso.

— Como você sabe disso? Está me espionando? — perguntou Rubens, apesar de já saber a resposta.

— Faz tempo que estamos observando vocês. Temos o maior interesse nesse projeto.

— Para onde você vai me levar? — Rubens questionou, sentindo as pernas amolecerem.

— Ah, se eu contar vai estragar a surpresa! Prefiro mostrar quando chegarmos — o bandido anunciou com um sorriso estranho no rosto.

— O Paulo está com você, certo? O que fez com ele? — Rubens tentou ganhar tempo, com medo de partir com aquele homem sinistro e nunca mais voltar. Ele logo imaginou seu corpo sendo encontrado em algum terreno baldio, todo queimado em meio a uma pilha de pneus velhos.

— Sim, eu peguei seu amigo. É preciso falar que acho estranho você perguntar primeiro dele e não da sua namorada. Seu colega foi comigo numa boa, mas sua garota lutou muito, não foi fácil domar aquela leoa — ele revelou com um sorriso que fez Rubens arregalar os olhos de terror. — Mas, no final das contas, eu consegui dobrar a fera.

Rubens se descontrolou ao ouvir aquilo. Atacou o criminoso de mãos limpas, ignorando a arma, o perigo, tudo. Aquele desgraçado tinha se atrevido a tocar na sua namorada, e ele morreria por aquilo.

— Assim que eu gosto! É mais divertido quando as pessoas dificultam as coisas! — disse, pulando para trás e impedindo que Rubens o agarrasse. Em seguida, ele deu uma coronhada na têmpora do rapaz, que sentiu uma dor violenta e, em seguida, viu milhares de pontos brancos rodopiarem diante dos seus olhos. Entre esses pontos, ele podia jurar que tinha visto a imagem de Tânia encarando-o com lágrimas nos olhos.

Rubens estava desmaiado antes mesmo de bater no chão.

O rapaz acordou atordoado, com a cabeça doendo absurdamente. Respirou fundo e tentou se mover, mas congelou ao perceber que estava num ambiente extremamente apertado. Era tão escuro que ele ficou na dúvida se estava realmente de olhos abertos.

Com dificuldade, virou-se devagar e percebeu que estava com os pulsos presos atrás das costas, o que o impedia de usar as mãos para se levantar. Ao fazer isso, sentiu náuseas.

— Puta merda, onde eu estou?! — perguntou-se, tonto. Depois tratou de ficar quieto rápido; sentia medo de acabar vomitando ou até mesmo desmaiando naquele espaço apertado e escuro.

Rubens procurou se acalmar e tentou entender onde estava. Ao perceber que tudo balançava, logo teve ciência do que tinha sido feito com ele. Isso o apavorou ainda mais.

— Caralho, estou num carro! Aquele filho da puta me colocou na porra do porta-malas de um carro! — Rubens murmurou, aterrorizado.

O veículo continuou sacolejando por mais alguns minutos. Na cabeça de Rubens rodopiavam mil pensamentos. Ele não tinha dúvida de que aquele maluco estava envolvido nas mortes de Ryan e Alex, e era questão de tempo até que ele mesmo tivesse destino idêntico. Bem que gostaria de achar uma forma de sair dali, mas algemado seria impossível. Só torcia para que, por algum milagre, Tânia e Paulo ainda estivessem vivos.

Depois de algum tempo rodando, ora por vias expressas, ora por ruas secundárias cheias de curvas, o veículo finalmente estacionou. Rubens não sabia dizer se preferia ficar no carro em movimento ou não, mas tinha certeza de que as coisas estavam prestes a piorar.

— Meu Deus... — Rubens murmurou, trêmulo, quando o carro foi desligado e ele escutou o som de diversas portas sendo abertas e depois fechadas. Seu sequestrador não estava sozinho; ele tinha trazido um bocado de ajuda.

Após alguns instantes, longos e torturantes, durante os quais o rapaz pôde escutar diferentes vozes conversando do lado de fora, o porta-malas foi aberto. Uma luz forte invadiu sua minúscula prisão, forçando-o a estreitar a visão para enxergar os quatro homens que o encaravam; no meio deles estava o que o sequestrara.

— Esse aí parece ainda mais insignificante do que os outros dois — um deles comentou, sarcástico. — Será que também é teimoso?

— Nós vamos descobrir isso agora — respondeu o sequestrador de Rubens, que aparentava ser o líder do grupo. — Tirem-no daí e tragam-no para dentro!

Três homens puxaram Rubens para fora do porta-malas sem nenhuma hesitação. Todos eles eram mal-encarados e pareciam analisá-lo com desprezo e ferocidade.

Ele estava dentro da garagem do que parecia ser uma grande empresa, e foi levado por entre vários carros estacionados. Depois seguiu por uma sequência de corredores mal iluminados até uma sala que parecia estar fechada. O líder do grupo deu três batidas secas na porta e, em seguida, esta se abriu. Ele tomou a dianteira e mandou que todos entrassem.

Rubens se viu numa sala sem janelas, cujas paredes eram revestidas com um tipo de isolante acústico. No meio do cômodo, no piso, havia um ralo, enquanto uma mesa e uma cadeira feitas de ferro, fortemente parafusadas ao chão, compunham todo o mobiliário do lugar.

— Boa noite, Rubens! Faz muito tempo que eu esperava poder conhecê-lo.

Cristiano estampou um estranho sorriso no rosto enquanto colocava uma bolsa azul sobre a mesa. Então disse:

— Vamos começar?

O AÇOUGUEIRO

— Eu sou o Cristiano, pai do André, seu colega de faculdade. Espero que não se incomode por termos trazido você até aqui, mas eu queria muito que tivéssemos uma conversa — disse ele, enquanto calmamente retirava da bolsa e vestia um grosso avental verde, repleto de manchas de sangue. Rubens já estava sentado na cadeira e ainda tinha os pulsos algemados atrás das costas.

— Você é o homem a quem chamam de "O Açougueiro"? — Rubens perguntou, sentindo o próprio pulso acelerado, sem conseguir desviar os olhos das manchas vermelhas no avental.

— Eu não criei esse apelido, tampouco o reivindiquei para mim. Mas eu sou, sim, a pessoa à qual você se refere — pontuou, cruzando os braços à frente do peito. — Talvez esse nome me defina bem, mas particularmente não gosto dele.

Rubens estremeceu ao ouvir aquilo; ele preferiria ter ouvido uma resposta que desse a entender que os boatos não eram verdadeiros.

— O que você quer de mim? — indagou Rubens, suando frio.

— Quero saber que raio de aparelho foi esse que você inventou, como ele funciona, tudo. Por sua culpa, já tive muitos problemas. Mas aparentemente minhas dores de cabeça e as de meus parceiros estarão apenas começando se deixarmos essa coisa ser vendida por aí — Cristiano respondeu, fuzilando Rubens com o olhar.

— Eu não fiz nada, por que você está falando que eu lhe causei problemas?! — Rubens perguntou um pouco mais alto do que gostaria, pois naquele momento Cristiano retirara da bolsa uma enorme tesoura usada para desossar aves, a qual dispusera tranquilamente sobre a mesa.

— Pois é, Rubens, você não fez nada. Ninguém nunca faz nada, todos são sempre inocentes. Ah, se eu ganhasse uma moeda toda vez que ouço isso!

— Mas é verdade! Eu nem sabia que você existia até alguns dias atrás! Precisa acreditar em mim!

— Tudo mentira! Ninguém nunca assume a responsabilidade pelos próprios atos! Eu deveria matá-lo agora mesmo! — Cristiano levantou a voz e produziu uma expressão que não deixava dúvidas: ele era louco.

Caminhou até Rubens e agarrou o rosto do rapaz com ambas as mãos, forçando-o a encará-lo.

— Olha para mim, desgraçado! Por sua culpa, eu feri o meu próprio filho! Você tem ideia da dor que trouxe para a minha vida?! — gritou Cristiano com o rosto tão próximo da cara de Rubens que gotas de saliva lhe respingaram. Apesar de apavorado, o rapaz não conseguiu se conter.

— Você feriu o André?! O que você fez?! — berrou, tentando sustentar o olhar de pedra de Cristiano.

— Meu filho descobriu minhas atividades profissionais graças à sua maldita invenção. E ele tentou me confrontar! Justo a mim, que sempre fui um bom pai! Eu prezo pela família e pelo respeito, e meu filho ignorou esses valores quando me acusou de coisas horríveis! E, por isso, eu tive que puni-lo. Você envenenou meu garoto contra mim com essa coisa diabólica que criou! Eu sem querer enfiei uma bala na cabeça do meu filhinho, Rubens! A arma disparou por acidente; eu tinha bebido demais e estava furioso! Você consegue imaginar a emoção de um pai ao ter o próprio filho nos braços lavado em sangue? Garanto que você não faz ideia!

Rubens encarou aquele maluco com espanto. Aquilo explicava tudo: o sumiço repentino do amigo sempre parecera muito estranho.

Cristiano o encarou longamente, ainda segurando o rosto dele com ambas as mãos. Em seguida, empurrou Rubens para trás; foi até a bolsa e pegou uma longa faca de cozinha, aparentemente muito afiada. O jovem observou aquilo com os olhos esbugalhados e sentiu vontade de chorar, mas o medo era tamanho e nem isso ele conseguia fazer.

— Eu sinto muito, o André era meu amigo... — Rubens sussurrou, enquanto Cristiano se ajoelhava diante dele com a faca numa das mãos.

— Se você fosse mesmo amigo do meu filho, nunca o teria arrastado para essa confusão — cochichou Cristiano, encostando a lâmina afiada e gélida no rosto do rapaz. — Onde estão os planos do aparelho? Como ele funciona?

— Eu não faço ideia, eu o fiz por acidente, por favor...

— Shhhhh... não, não, não... não quero ouvir mais mentiras, Rubens, por favor — Cristiano sussurrou, colocando o dedo indicador sobre os lábios do jovem. — Onde estão os planos do aparelho? Como você conseguiu fazer com que ele se comunicasse com os mortos?

— Eu não sei, não tem nenhum plano.

— Mentiras, mentiras, mentiras... — Cristiano balançou a cabeça, como se estivesse decepcionado. — Você não me dá escolhas, Rubens, serei obrigado a machucá-lo desse jeito.

Lentamente, Cristiano enfiou a lâmina da faca sob a camiseta de Rubens. O rapaz tremia descontroladamente e seu estômago revirava de terror. Com um movimento brusco, o Açougueiro rasgou o tecido da camiseta, fazendo com que Rubens soltasse um grito de terror e por um instante pensasse que aquele bandido rasgara sua barriga.

Mais uma vez, Cristiano retornou à bolsa e retirou outro objeto de dentro dela. De pronto, Rubens não entendeu do que se tratava, mas, quando o bandido acionou um botão e a chama surgiu, logo se deu conta de que era um maçarico. O torturador ajoelhou diante dele mais uma vez, carregando o utensílio que soltava uma chama azulada o tempo todo. Rubens arfava, enquanto o suor escorria por sua testa.

— Vamos lá, Rubens, última chance de ser sincero. Diga-me o que eu quero saber e deixo você ir — Cristiano falou de uma forma que realmente causou a impressão de que não queria fazer aquilo; era como se Rubens fosse o culpado e não estivesse deixando alternativa para ele.

— Você é louco, seu desgraçado... — soltou Rubens, apavorado.

— Finalmente uma frase sincera! Espero que você continue falando a verdade — Cristiano sussurrou com ansiedade. Parecia estar esperando por aquele momento fazia muito tempo.

Rubens gritou de dor quando Cristiano começou a queimá-lo com o maçarico.

Rubens acordou depois que o homem que o sequestrara jogou um balde de água fria em sua cabeça. Aquele era Tenório, o principal capanga de Cristiano.

Assim que abriu os olhos, assustado, o rapaz sentiu a dor percorrer o seu corpo. O peito e a barriga estavam repletos de queimaduras; a pele estava em brasa; e ele ofegava de tanto sofrimento. Já fazia mais de uma hora que aquela tortura começara, e Cristiano parecia disposto a não permitir nenhum momento de alívio, pois, logo que Rubens desmaiara, já mandou que o acordassem.

— Você é bastante durão para alguém tão jovem, e eu admiro isso! Mas existe uma diferença enorme entre valentia e burrice. Quando é que você vai parar com a teimosia e falar o que eu quero saber? — Cristiano perguntou com raiva.

— Vai para o inferno! — murmurou Rubens, exausto, encarando Cristiano diretamente nos olhos e deixando-o ainda mais irritado. — Eu quero que você se foda, estou falando a verdade.

— Meu Deus... — Cristiano sorriu enquanto se ajoelhava diante de Rubens. — Diga-me que você não está aguentando o tranco desse jeito por causa do dinheiro que supostamente vão lhe pagar. É triste ver um garoto colocando a grana acima da própria vida. Você é uma decepção, rapaz.

— Eu estou me lixando para a sua opinião. Me mata agora e acaba logo com isso — Rubens respondeu, exalando ódio.

— Muito bem, já vi que você é dos meus. Conheci muitos caras como você, sabia? Morrem de medo da dor, mas, depois que sentem o gosto dela nos ossos, acham que são invencíveis e que nada será capaz de dobrá-los. Esse, entretanto, é um grande engano. Todo mundo tem pontos fracos, Rubens, basta descobrir quais são eles. No seu caso, isso é bastante óbvio — Cristiano falou de forma tranquila, como um professor que explica pacientemente a um aluno uma matéria muito simples, mas que ele parece ter imensa dificuldade para aprender.

— Seu desgraçado, deixe-a fora disso! Eu vou matar você! — Rubens gritou com tanto ódio que fez com que Cristiano sorrisse.

— Viu só? É disso que eu estou falando! Você devia explorar mais esse seu lado sombrio! — disse o bandido ainda sorrindo; ele parecia contente por ter finalmente conseguido irritar Rubens. — Podem trazê-los, está na hora de uma reunião de família!

Rubens, com medo do que veria a seguir, enrugou todo o rosto e deixou o desespero estampado quando viu Tânia e Paulo sendo trazidos por dois dos homens de Cristiano.

— Rubinho, não! — Tânia gemeu, vendo o namorado todo machucado e com a pele do torso em carne viva. Ela também estava ferida; dava para ver escoriações em seu rosto, braços, ombros e abdômen. Paulo estava pior; parecia estar apanhando sem parar por dias. Ele mal conseguia se manter de pé.

— Calma, Tigresa, vai ficar tudo bem! Deixem-na ir, desgraçados! — Rubens vociferou, enquanto fazia um esforço sobre-humano para tentar se soltar das algemas.

— Então conte a verdade, porra! Cadê os planos do aparelho?! Eu já tenho o protótipo; quero todo o resto! — gritou Cristiano. Ao ver que Rubens continuava encarando-o como se o estivesse desafiando, ele decidiu que estava na hora de torcer os parafusos. Pessoalmente, pegou Tânia pelo braço e a trouxe até perto do jovem, jogando-a no chão. Frente a frente, ambos se viram com lágrimas nos olhos.

— Meu Deus, eu sinto muito, amor — ele murmurou, trêmulo. — Deixe-a ir, por favor. Eu juro por Deus que estou falando a verdade.

— Eu te amo! Sinto muito, Rubens — Tânia sussurrou, enquanto as lágrimas finalmente caíam dos seus olhos.

— Emocionante! Agradeço por esse momento. Vamos ver se o amor vai continuar depois que eu cortar uma das orelhas da sua namorada — tornou Cristiano, pegando a tesoura e agarrando Tânia pelos cabelos, bem diante de Rubens. — Última chance para falar a verdade, moleque do caralho! Depois disso, eu vou começar a cortar partes dela e vou obrigá-lo a comer!

— Você faz ideia do que é o inferno, Açougueiro? — Rubens perguntou, surpreendendo seu algoz.

— Eu não acredito no inferno, moleque. Não sou religioso — disse com desprezo.

— Pois deveria. É uma prisão mental, inconsciente, onde você mergulha na própria culpa e sofre indefinidamente, revivendo a dor dos pecados que cometeu em vida, devorado pela própria consciência. É isso que o espera quando você morrer — murmurou Rubens de forma sinistra.

— Eu não tenho consciência, moleque. Por isso não tenho medo do que você está falando — ele declarou com os olhos injetados de loucura, puxando os cabelos de Tânia com tanta força que a garota gritou de dor.

Rubens gritava com Cristiano, implorando-lhe para não fazer aquilo, enquanto Tânia chorava. Paulo suplicava por misericórdia.

Naquele momento, Tenório foi até um corredor próximo, deixando Cristiano junto com os jovens sequestrados e acompanhado de três homens armados. Dois dias antes, Paulo explicara a ele como usar o Media One, após uma longa e dolorosa surra. Agora o capanga queria ter uma chance de ver aquilo funcionando com os próprios olhos, antes de entregá-lo para o chefe.

Ele fez a conexão para saber se havia alguém ali por perto. Aquilo seria interessante; justo ele, que tinha enviado tantas pessoas para o outro lado, agora poderia entender um pouco a respeito da vida após a morte.

— Alô, tem alguém aí? — ele perguntou, um pouco impaciente. No fundo, achava que poderia ser tudo uma farsa daquele bando de moleques.

— Oi, Tenório, sou eu! Você não se cansa de fazer merda, não? — uma voz sinistra, fria como o aço, surgiu no aparelho, fazendo-o arrepiar-se inteiro. Aquilo não podia estar certo; ele sabia exatamente quem estava falando.

— Irmão?! Afonso, é você mesmo?!

— Sim, Tenório! Você pensou mesmo que conseguiria se livrar de mim após me matar? Pois saiba que eu estou aqui para acertarmos as contas!

— Como o maldito aparelho funciona, Rubens?! Eu quero saber! — Cristiano continuava puxando os cabelos de Tânia com tanta força que parecia que arrancaria a cabeça da moça a qualquer momento. — Essa é a sua última chance!

— Eu não sei, porra! Eu juro por Deus que não sei! — Rubens gritou, desesperado. — Solte-a, por favor!

— Não solto ninguém até você contar a verdade, seu infeliz! Eu quero o aparelho para mim e vou vender cópias a todos os meus aliados que tiverem muito dinheiro para pagar! Informação é poder, moleque, e eu não vou abrir mão dessa chance! — esbravejou, apontando a tesoura para o rapaz. — Você é patético, garoto. Que mundo é esse em que um homem coloca o dinheiro acima da vida da sua piranha?! Vou cortá-la; depois corto seu amigo; e, se você insistir em ficar quieto, vou trazer sua mãe aqui e vou arrombar aquela vadia na sua frente, que tal?

Rubens arregalou os olhos, que estavam empoçados. Aquele homem era um sádico, era alguém que não aceitava um "não" como resposta e não tinha nenhum pudor em machucar, mutilar e até mesmo matar uma pessoa para conseguir o que queria.

— Por favor, eu não sei... Faça isso comigo, mas não machuque a Tânia — implorou Rubens, voltando-se para ela.

— Tudo bem, amor, vai ficar tudo bem... — Tânia sussurrou, chorando e sentindo que Cristiano estava prestes a cumprir sua ameaça.

— Meu Deus, por favor... — Paulo sussurrou, incapaz de acreditar no que estava acontecendo.

— Muito bem, boneca, vamos começar a diversão — cochichou Cristiano no ouvido de Tânia, encostando a lâmina da tesoura na orelha dela e saboreando o desespero de Rubens.

Repentinamente, a porta da sala se abriu e o estrondo de um tiro se fez ouvir. Um milésimo de segundo depois, a cabeça de Cristiano explodiu diante de Rubens, que paralisou ao ver o bandido caindo como um saco de areia no chão e derrubando Tânia junto com ele. Todos da sala olharam para a porta; os capangas, em ato reflexo, sacaram suas armas. Eles viram, surpresos, Tenório ofegante e com os olhos vermelhos e febris ainda segurando a pistola fumegante numa das mãos e o protótipo do Media One na outra.

O tiroteio que se seguiu durou poucos segundos. Tenório disparou no peito de um dos seus comparsas; em seguida alvejou o seguinte na altura do abdômen. O terceiro, sob sua mira, foi mais rápido e disparou contra ele, acertando-o no peito. Tenório bateu contra a parede atrás dele e, quase sem mirar, disparou contra o homem que o acertara, alvejando-o na cara. O infeliz caiu para trás com sangue e pedaços do seu rosto voando pela sala.

Tenório tentava se equilibrar, sentindo as pernas cederem, quando mais dois tiros o atingiram, fazendo-o cair sentado, encostado na parede. O homem que ele acertara no abdômen, apesar de cambaleante, ainda estava vivo e o encarava com ódio. Tenório o encarou de volta, ergueu a arma e lhe deu um tiro certeiro na testa. A bala atravessou o cérebro e arrancou um pedaço imenso do crânio. Mais um homem fulminado.

Sem conseguir respirar, com o sangue saindo pela boca por causa dos dois pulmões perfurados, Tenório ergueu o Media One de

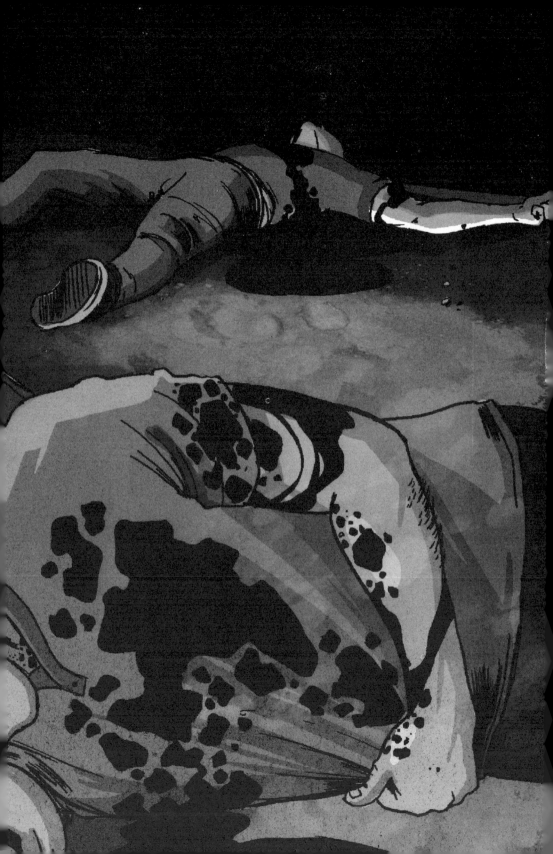

forma trêmula, enquanto olhava para Rubens, que o encarava com surpresa, ainda preso à cadeira. O assassino levou o aparelho à boca.

— Está feito, irmão... — Tenório sussurrou, no limite de suas forças. — Agora você e a mamãe me perdoam?

Em seguida, sua mão tombou, inerte, ao lado do corpo, enquanto sua cabeça pendia para a frente.

A PROMESSA

Rubens demorou alguns segundos para reagir após o acontecido. Tânia chorava convulsivamente, caída no chão sob o cadáver de Cristiano, que parecia querer mantê-la presa mesmo depois de morto.

— Amor, você está bem? — Rubens perguntou, esforçando-se para sair do seu torpor.

— Não... — Tânia soluçou, exausta, após tantas desgraças.

— Então vamos sair daqui rápido. Preciso que você encontre a chave das algemas; deve estar com algum deles — Rubens falou, indicando os cadáveres.

Tânia, com grande dificuldade, rolou o cadáver de Cristiano para o lado e, com o estômago embrulhado, revistou os bolsos de cada um dos homens. Apavorada, ela sentia que algum deles abriria os olhos a qualquer momento, como nos filmes de terror, e exigiria explicações. Quando chegou a vez de checar a roupa de Tenório, Tânia viu o aparelho ligado em sua mão. Ela pegou o Media One e o levou ao ouvido.

— Alô?

— As chaves estão no bolso esquerdo dele. Vocês precisam sair daí agora mesmo; tem mais homens desse maluco a caminho! — E o comandante praticamente gritou no ouvido dela. — Vão! Vão!

— Ai, meu Deus...

Ela pegou as chaves e tirou as algemas de Paulo e, em seguida, de Rubens, abraçando o pescoço do namorado com força, apavorada.

— Eu pensei que nunca mais fosse ver você — ela sussurrou perto do ouvido dele. — Ao longo de todos esses dias, pensar em você era a única coisa que me dava coragem para continuar suportando tanta dor.

— Também só pensava em você, tanto na delegacia quanto aqui — Rubens respondeu, tentando se recompor. — Me prometa que nunca mais ficaremos longe um do outro novamente.

— Eu juro — ela respondeu, mal disfarçando as lágrimas.

Em seguida, os três amigos fugiram daquele cenário de horrores.

O trio chegou à casa de Rubens algum tempo depois. Pairava o silêncio, pois não havia o que ser dito naquelas circunstâncias. Eles compraram alguns materiais numa farmácia. Pelo fato de Rubens ser menor de idade, não se atreveram a ir até um hospital; sabiam que se fizessem isso a polícia seria chamada de imediato.

De alguma forma, os amigos precisavam retornar à vida normal, mas antes tinham que tomar uma decisão juntos. Ao que tudo indicava, não seria muito fácil chegar a um consenso. Então decidiram descansar um pouco em Lucy antes de pensar em qualquer outra coisa.

Fizeram curativos uns nos outros, depois comeram algo, ainda mantendo o silêncio. Paulo e Tânia eram os mais abatidos; eles tinham passado dias de absoluto pavor nas mãos daqueles bandidos, com pouca comida e tendo apanhado diversas vezes. Todos eles precisavam desesperadamente de um banho e de uma cama confortável para dormir.

— Nós temos que destruir essa coisa. Para mim já chega — Rubens falou após se sentar cuidadosamente no sofá. Apesar da medicação, a dor o estava matando. — Esse aparelho é amaldiçoado. O mundo não está pronto para ele, e nós também não!

— Eu concordo. Num intervalo de poucos dias, nós vimos sete pessoas morrerem por causa dele. Quantos mais precisarão ser sacrificados até nos convencermos de que isso é um erro? — Tânia perguntou, exausta. — Por mim, destruímos já.

— Pessoal, sejamos razoáveis, está bem? Nós estamos todos cansados, doloridos e assustados. Mas a verdade é que acabou. O cara que tentou nos matar está morto, assim como os capangas dele. O pior já passou, e não precisamos desistir, principalmente após tudo que tivemos que enfrentar — Paulo argumentou, tentando convencer os colegas.

— Nós não temos como ter certeza disso. Amanhã pode vir outro maluco atrás dessa coisa e começará tudo de novo. Enquanto esse aparelho existir, haverá quem queira se apossar dele — ponderou Rubens, sério. — Uma coisa que causa tamanha discórdia não pode ser boa, Paulo, desculpa.

— Por isso mesmo que temos que seguir em frente. Depois que lançarmos no mercado, ninguém mais virá atrás de nós! A coisa toda deixará de ser novidade e nós estaremos seguros! Enquanto isso for um segredo acessível a poucos, continuarão surgindo pessoas, como aquele tal de Cristiano, capazes de matar os próprios filhos apenas para conseguir brincar de Deus — disse Paulo com uma nota de impaciência na voz. — Vimos muita gente morrer, e nós mesmos fomos torturados e quase mortos. Não podemos simplesmente desistir, senão todo esse sofrimento e sacrifício terão sido em vão!

— Paulo, quantos sinais você vai precisar receber para perceber o que o universo inteiro está gritando para nós? Essa é uma péssima ideia! Por favor, vamos encerrar essa história antes que seja tarde demais. Nós temos que destruir o aparelho! — Tânia falou, fitando o amigo nos olhos de forma suplicante. — Eu sei que é muito dinheiro, mas nós temos que parar agora antes que alguém mais se machuque.

— Eu não estou pensando apenas no dinheiro, Tânia, também tenho em mente todos aqueles que buscam alguma redenção nesta vida, para os quais esse aparelho seria o caminho. Não podemos ser tão egoístas assim! — devolveu Paulo, irritado.

— Eu entendo a sua frustração. Todos nós queríamos dar um presente ao mundo. Mas agora estou convencido de que a melhor forma de ajudarmos a humanidade é não mexer com essas forças que estão além da nossa compreensão — Rubens falou calmamente, relevando a agressividade do amigo. — Eu concordo com a Tânia; temos que acabar com isso.

— E vocês pretendem se despedir dos seus pais e nunca mais falar com eles? É isso? Vão todos simplesmente dizer adeus? — indagou Paulo, incrédulo.

— Sim, vamos nos despedir e dar esse assunto por encerrado. Finalmente eu estou em paz comigo mesma. Além disso, agora que eu tenho certeza de que iremos nos reencontrar no futuro, consigo esperar sem tanto sofrimento — respondeu Tânia com sinceridade.

— Eu também. Sinto que agora consigo seguir em frente sem tanta dor — concordou Rubens. — Você deveria fazer o mesmo.

— Uau!!!! Parabéns aos dois pela epifania! Eu esperava que fossem menos egoístas e se dispusessem a compartilhar com o resto do mundo toda essa paz de espírito que o Media One proporcionou a vocês. Tudo o que estou vendo, entretanto, são dois adolescentes assustados e incapazes de enfrentar seus medos pelo bem maior — soltou Paulo com desprezo, levantado-se do sofá. — Vocês são uma decepção! Maldito seja o dia em que eu os conheci!

— Paulo, por favor, não fale assim. Vamos conversar... — Tânia murmurou, magoada, tentando impedir o amigo de ir embora.

— Sim, Paulão, vamos conversar melhor. Tenho certeza de que podemos nos entender — Rubens procurou persuadi-lo, sem muita esperança.

— Vão à merda, não tenho mais nada para conversar com vocês! Estou indo embora desse lugar desgraçado! — bradou Paulo enquanto se dirigia à saída e batia a porta com violência atrás de si, deixando Rubens e Tânia a sós. O casal estava cansado demais para tentar convencer o amigo naquele momento. Tânia se recostou no ombro de Rubens e soltou um suspiro pesado.

— Acha que ele vai superar essa mágoa? — ela perguntou, seus olhos fixos em algum ponto indistinto do cômodo.

— Espero que sim, mas vai depender dele. O que aconteceu nos últimos dias transforma a vida e a mente de uma pessoa. Teremos que ver qual direção ele vai tomar — avaliou Rubens, alisando os cabelos da namorada e dando-lhe um beijo no alto da cabeça. — Você falou mais cedo que me amava. É verdade? — ele perguntou.

— Sim, é verdade; eu realmente o amo. A única pessoa em quem eu pensei durante meu cativeiro foi você — Tânia respondeu, sincera. Ela estava desistindo de ser tão receosa com relação aos próprios sentimentos.

— Eu também amo você! Acho que sempre amei, desde que nos conhecemos — devolveu Rubens, abrindo o coração. — Eu não sei o que vamos fazer com o aparelho, mas ele pelo menos nos aproximou mais do que nunca, o que para mim é mais importante do que qualquer outra coisa.

Tânia olhou para o namorado e sorriu, beijando seus lábios com suavidade. A despeito de toda aquela experiência traumática dos últimos dias, eles se sentiam felizes.

— Amanhã, vamos nos despedir dos nossos pais e, depois, destruir o aparelho? — ele reuniu coragem para sugerir.

— Sim, vamos! Eu vou sentir saudade, mas acho que é a coisa certa a fazer. Chega de lutar contra o destino. Temos que admitir que tentar comercializar esse aparelho foi um erro — respondeu Tânia, segurando com firmeza a mão do rapaz. — Rubens, descobri algo grave que eu preciso lhe contar.

Ao ouvir aquela frase, e depois de tantos momentos aterrorizantes na memória recente, Rubens não se via pronto para mais uma catástrofe. Porém, ele imaginou que não tinha alternativa a não ser enfrentar o que estivesse por vir.

— O que houve?

Rubens andava de um lado para o outro da sala, sentindo o rosto quente como se estivesse febril. Desejava, em vão, que tudo o que Tânia lhe contara fosse mera brincadeira. Sentada no sofá, a garota observava seus movimentos, sentindo-se arrependida por não ter esperado um pouco mais antes de trazer aquele problema à tona.

— Tem certeza disso? Seus tios ordenaram o assassinato dos seus pais? — repetiu Rubens.

— É a única explicação, concorda? — perguntou Tânia. — Você precisava ter visto o olhar de pânico da minha tia quando eu a confrontei. Foram eles, Binho, tenho certeza.

— Você falou com mais alguém sobre isso? Chegou a falar com a polícia?

— De forma alguma; não tive tempo. Assim que saí de casa, fui sequestrada pelo tal de Tenório — ela disse, balançando a cabeça enquanto respirava fundo, o coração acelerado pela simples lembrança daquele dia.

— Você vai denunciá-los às autoridades, certo? Não podemos deixá-los escapar — balbuciou Rubens, ajoelhando-se ao lado de Tânia e segurando suas duas mãos.

— Não sei se adianta. Minha única evidência era o colar, e eu o perdi junto com a minha bolsa quando aquele cara me sequestrou. Aliás, o colar em si também não provaria nada; somente eu e os meus pais sabíamos a respeito daquele presente. Seria a palavra de uma rebelde toda tatuada, falando de lembranças de quando era criança, contra a de dois idosos. Em quem você acha que a polícia vai acreditar?

O garoto suspirou. Ela tinha razão; as chances eram mínimas. Mesmo assim, ele pretendia tentar.

— Nós vamos encontrar uma forma, eu prometo.

Tânia tinha ido tomar banho, deixando Rubens sozinho na sala. Ele continuava pensando na chocante revelação da moça. Seu sangue fervia só de imaginá-la vivendo durante anos sob o olhar ganancioso dos assassinos dos próprios pais.

    Ele inspirou fundo, pegou o Media One e o ligou. No mesmo instante, veio a voz do comandante.

    — Como está se sentindo, garoto? Ficamos preocupados com todos vocês.

    — Nós estamos bem, graças ao senhor. Muito obrigado — respondeu o rapaz com sinceridade. — Não sei como vocês conseguiram, mas sou grato.

    — Usei a única cartada que eu tinha: localizei todos os parentes que pude daquele bando de loucos; então aguardei, torcendo para que algum deles ligasse o Media One e nos desse a chance de pressioná-lo. O cara que usou o aparelho era justamente o mais suscetível de todos, porque tinha matado a própria família anos atrás; a mãe e o irmão dele se prontificaram a ajudar. Honestamente, eu não esperava e nem queria que ele saísse matando todo mundo. Ainda assim, estou feliz que vocês tenham conseguido escapar.

    — Eu realmente lamento, comandante — disse Rubens, pesaroso.

    — Por minha causa, cinco homens morreram hoje, Rubens. Obviamente, eu encaro a morte de uma forma completamente diferente da de vocês, mas o fato é que eles perderam qualquer chance, por mais remota que fosse, de se redimir dos seus erros. E eu fui o responsável direto por isso — o comandante continuou.

    — Eles estão no inferno de vocês?

    — Sim, e vão permanecer assim por tempo indeterminado! É assim que funciona, Rubens. Eles ficarão presos na própria mente por anos, talvez séculos, sofrendo pela culpa.

    — Bem feito para eles! — Rubens sussurrou.

    — Eu ouvi a conversa de vocês quando chegaram. Parece-me que tomaram uma decisão. Agora têm mais uma coisa com a qual lidar, não é?

    — Sim, não foi consenso, como você pôde ver, mas decidimos destruir o aparelho. Chegou a hora de acabar com essa insanidade — respondeu. — Será doloroso, mas temos que fazer isso antes que essa coisa consuma nossa alma. Desculpe perguntar, mas o senhor sabia a respeito dos pais da Tânia?

— Sim, sabia. Reuni informações a respeito de todos vocês. E os pais dela também sabem; só não falaram nada para protegê-la. Estão cientes de que ela correria risco se soubesse a verdade.

— Nós vamos enfiar aqueles dois monstros na cadeia, eu garanto. Essa será minha próxima missão nesta vida — disse Rubens em tom sinistro. — Mas isso não muda nada, vamos destruir o aparelho.

— Tem certeza, garoto? Não quer pensar melhor? — preveniu o comandante, tentando não demonstrar quanto estava decepcionado.

— Certeza absoluta, comandante. Temos que acabar com essa loucura antes que mais alguém se machuque — Rubens pontuou.

— Se é isso que você quer fazer, eu respeito, Rubens — o velho oficial soltou um suspiro desanimado. — Seu pai não está aqui hoje, mas amanhã prometo trazê-lo para que vocês possam se despedir adequadamente. Tenho certeza de que ele vai apoiá-lo — o comandante falou por fim.

— Obrigado, comandante! Vou sentir muita falta das nossas conversas; essa foi uma das melhores partes de toda essa experiência! Prometo nunca esquecê-lo.

— E eu prometo nunca mais perder você de vista — replicou o comandante, espirituoso.

— Da próxima vez, eu vou inventar algo que permita fazer chamadas por vídeo, assim poderei descobrir como vocês são... — Rubens devolveu a brincadeira e os dois sorriram.

Em seguida, eles se despediram, marcando para o dia seguinte o derradeiro contato. Rubens desligou o aparelho e sorriu. Respirou fundo e, ato contínuo, fez mais uma ligação, mas desta vez usando seu *smartphone*.

Uma voz feminina atendeu demonstrando um misto de surpresa e ansiedade pela ligação tão importante e tão esperada.

— Oi, mãe, tudo bem?

— Filho?! Que bom ouvir sua voz! A bateria está acabando, eu...

Em seguida ficou tudo em silêncio! Rubens franziu a testa e tentou ligar novamente, mas todas as chamadas foram redirecionadas para a caixa postal. Aparentemente, o celular da mãe tinha desligado.

— Malditos aparelhos celulares! Nenhum de vocês presta mesmo! — Rubens murmurou e sorriu de forma cansada, revirando os olhos.

— Senhor, desculpe a franqueza, mas não estou entendendo. Nós não deveríamos tentar impedi-lo de destruir o aparelho? — um soldado perguntou, diante do olhar cansado do comandante.

— Sim! O problema vai ser convencê-lo a continuar com esse projeto após tantos percalços. Ele ainda é muito jovem e quase morreu duas vezes em poucos dias. Preciso pensar no que vou fazer.

— E quanto a sua missão de ajudá-los a viabilizar o aparelho? — o soldado perguntou, preocupado.

— Eu não sei. Sinceramente, não faço a menor ideia — murmurou o comandante, levando as duas mãos ao rosto.

Do outro lado da cidade, os pais de Paulo se jogaram nos braços do filho quando o viram. Eles estavam apavorados após tanto tempo sem notícias, e só repararam que o rapaz estava ferido depois de alguns minutos.

— Foi um sequestro. Os bandidos me confundiram com o filho de algum milionário e me arrebentaram, mas depois acabaram me soltando quando perceberam que haviam pegado o cara errado — Paulo mentiu descaradamente, torcendo para que o alívio dos pais falasse mais alto e eles o deixassem em paz o mais rápido possível.

— Filho, seu amigo Rubens contou uma história esquisita de que vocês tinham inventado um aparelho capaz de falar com os mortos, e que talvez você tivesse sido sequestrado por esse motivo. De que diabos ele estava falando? — perguntou João Pedro com delicadeza. Ele estava tão aliviado pelo fato de o filho ter voltado a salvo que não queria correr o risco de começar uma nova discussão.

— Isso é invenção da cabeça do Rubens; não sei de onde ele tirou essa ideia maluca — respondeu, tentando mostrar segurança.

— Nós temos que ir até a polícia, então. Precisamos notificar as autoridades! Já existe uma queixa pelo seu desaparecimento; temos que avisar que você voltou e contar o que realmente aconteceu.

— Podemos fazer isso amanhã? São quase onze horas da noite e eu preciso muito descansar — disse Paulo.

Ele definitivamente não pretendia procurar a polícia. Estava torcendo para que outros capangas de Cristiano simplesmente acobertassem o massacre e dessem aquele assunto por encerrado, assim nem ele nem os amigos teriam que explicar para as autoridades o que eles estavam fazendo em mais uma cena de crime.

João Pedro e Jussara concordaram sob a condição de, no dia seguinte, logo cedo, resolverem aquilo. Paulo, interiormente, sabia que nunca iria procurar os investigadores.

O rapaz conversou um pouco mais com os pais e se retirou para o seu quarto, ainda mancando. Ele se jogou na cama sentindo-se esgotado. Fazia dias que sonhava com aquele momento e, se fosse absolutamente sincero, em muitos instantes se convencera de que nunca mais teria a oportunidade de voltar para casa.

Depois de alguns minutos, Paulo se levantou, tomou um longo banho e voltou para o quarto. Algo vinha perturbando sua mente, e ele achou que precisava resolver naquela noite sem falta, do contrário, enlouqueceria. Tratava-se de algo que o comandante tinha sugerido na noite do tiroteio.

"As vozes dos fantasmas não estão sendo captadas pela antena, e sim pelo microfone. E o aparelho deve estar redirecionando a voz que entra pelo microfone até a saída de som. Deve ser um erro no circuito" — ele lembrava cada palavra. Se a teoria do comandante estivesse certa, talvez Paulo conseguisse solucionar o problema que vinha atormentando todos eles fazia meses.

O rapaz pegou uma das várias réplicas que tinha construído do Media One e tentou recriar o erro que o comandante detectara, e que provavelmente estaria acontecendo no protótipo original. Ao fazer aquilo, ele poderia jurar que estava no caminho certo. Após analisar o protótipo centenas de vezes, percebeu que o circuito de fato agora estava mais parecido com o original.

Paulo fechou o aparelho e o segurou com as duas mãos. Fazia muito tempo que ele sonhava em conseguir realizar aquela proeza; se não desse certo, não saberia mais o que fazer.

— Por favor, Deus, se o Senhor existe de fato, eu imploro por Sua ajuda! — suplicou Paulo, praticamente rezando, apesar de ser ateu.

Em seguida, respirou fundo e ligou o aparelho.

— Fala, japonês maldito! Estou vendo que alguém o arrebentou. Bem feito! — disse Renan, sarcástico, do outro lado da linha. Paulo arregalou os olhos, que se encheram de lágrimas, enquanto o coração disparava dentro do peito.

Paulo ficou ofegante ao ouvir a voz de Renan. Era como ver um sonho sendo realizado. Depois de inúmeras noites de trabalho ininterrupto, ele finalmente tinha conseguido replicar o Media One. Sobretudo tinha conseguido fazer Renan voltar a falar com ele.

— Sim, me acertaram de jeito! Eu pensei que fosse morrer — Paulo contou com sinceridade.

— É realmente uma pena; teria sido ótimo encontrar você de novo. Estou ansioso pelo dia em que ficaremos frente a frente — zombou Renan com uma nota de prazer na voz.

Paulo não respondeu. Com dificuldade, ele se levantou da cama e, lentamente, se ajoelhou no chão. Em seguida, começou a chorar de forma convulsiva.

— O que você pensa que está fazendo?! — Renan perguntou, engrossando a voz.

— Por favor, me perdoe. Eu estou implorando de joelhos o seu perdão, é isso que estou fazendo.

— Ah, nem adianta implorar! Eu vou me vingar de você, japa! Você está fodido!

— Pode se vingar à vontade; eu aceito tudo o que você quiser fazer comigo. A única coisa que eu peço é que você me perdoe. Fui um monstro, um imbecil e não mereço viver, mas peço, pelo amor de Deus, que você seja melhor do que eu fui.

— Você está mentindo, desgraçado! Sei que você é ateu! Não tente me enganar!

— Permiti que dias de tortura sob a mira de uma arma transformassem o meu coração. Em nossa primeira conversa, eu só tentei me justificar, mas não fiz o mais importante: não pedi o seu perdão. É isso que estou fazendo agora. Me desculpe pela monstruosidade que eu fiz — implorou Paulo, soluçando tanto que sua voz saiu toda entrecortada.

— Você acha de verdade que pedir desculpas resolve alguma coisa? — perguntou Renan com frieza.

— Não. Só o meu sofrimento no inferno vai desfazer a injustiça que eu cometi. Mas aceito o meu castigo de bom grado, caso você seja magnânimo e me perdoe. É só isso que eu peço, por favor — Paulo suplicou mais uma vez, cerrando os olhos com força por causa do sofrimento. Lágrimas grossas escorriam pelos dois lados de seu rosto. — Meu Deus, o que foi que eu fiz...?

Um longo momento de silêncio se fez, enquanto Paulo chorava desesperadamente, aniquilado, botando para fora uma culpa de anos.

— Você está falando sério? Está mesmo tão arrependido assim? — sussurrou Renan, em dúvida. — Por que isso agora?

— Porque eu quase morri e só pensava que, se eu não implorasse o seu perdão ainda vivo, depois de morto ele não valeria mais nada. Preciso disso; é a única forma de eu não enlouquecer — falou Paulo, esfregando os olhos e tentando tirar as lágrimas que turvavam a sua visão.

— Ah, Paulo, gostaria de acreditar nisso... — disse Renan com muita tristeza na voz. Era a primeira vez que ele não recorria ao escárnio e à ironia.

— Pois acredite. Eu passei os últimos anos pensando em você. E essa imensa sensação de culpa não me deixou um único dia sequer.

— Eu não entendo, o que foi que eu fiz para merecer aquilo? Por acaso eu o ofendi? O que eu fiz de errado?!

— Absolutamente nada! A culpa foi toda minha. Eu era estúpido, violento, arrogante e fiz algo terrível! Vou ter que pagar por isso, mais cedo ou mais tarde — Paulo respondeu, exausto de tanto chorar. — Meu castigo virá, pode ter certeza. Aliás, acredite em mim, já estou pagando pelos meus erros — concluiu, esgotado.

— Deus, confesso que não esperava por isso — Renan soltou um suspiro pesado. — Sempre imaginei que você não ligasse para nada, e olha que eu o observo há anos.

— Você pode ter me observado, mas não tinha como enxergar a minha alma. Eu sinceramente sinto muito. Sei que não resolve nada falar isso, mas realmente lamento — tornou Paulo de forma dolorosa.

— O.k., Paulo, me dê um tempo. Você não faz ideia do ódio que eu senti de você; de quantas vezes rezei para que você morresse logo. A dor, a revolta, tudo o que você me causou. Não consigo esquecer tudo isso de imediato. Não é tão simples assim.

— Leve o tempo que precisar, mas saiba que eu estou aqui implorando. Fui um monstro com você, mas não sou mais assim. A vida me ensinou.

— Talvez. Vamos ver! Se você quer mesmo receber meu perdão, tem algo que eu quero que faça para mim.

— Pode pedir qualquer coisa. Se estiver ao meu alcance, considere-a feita — adiantou Paulo, ansioso.

— Garanta que o maior número possível de pessoas tenha acesso a esse aparelho! Muitos de nós sonhamos com a chance de falar com os vivos; agora você precisa dar essa chance a todos — disse Renan, sério. — Faça isso e talvez eu consiga perdoá-lo.

Paulo pensou nos amigos e no que aconteceria se traísse a confiança deles. Haviam passado por muitas coisas juntos e agora eles tinham decidido encerrar o projeto. Mas para ele não havia escolha: precisava de uma chance de redenção.

— Eu prometo — afirmou Paulo, por fim.

NÃO ME DEIXE SÓ

Rubens foi encontrar Tânia no quarto. A moça penteava os cabelos negros com cuidado, seu corpo inteiro ainda doía depois dos momentos de terror vividos com Cristiano e seu bando. Ao olhar para o namorado, ela notou algo diferente. Ele parecia mais leve e relaxado.

— Está tudo bem? Com quem você estava falando ao telefone? — ela perguntou.

— Liguei para a minha mãe, mas não consegui falar com ela. Acho que acabou a bateria — respondeu o rapaz, sentando-se na cama ao lado dela. — Quero fazer as pazes com ela. Chega de briga. Tudo o que eu quero é viver em harmonia.

— Fico feliz por você, querido. Vai ser melhor assim — disse Tânia com um sorriso carinhoso. — Espero poder encontrá-la em breve.

— E ela vai adorar saber que estamos juntos — divertiu-se Rubens. Ele hesitou por um instante, então pediu, ansioso: — Tigresa, vem morar comigo.

— Como assim, Rubens? Você ficou louco? — disse Tânia com os olhos arregalados. — Não podemos morar juntos; o nosso relacionamento ainda é muito recente.

— E o que tem isso? Você não pode voltar para sua casa por enquanto; eu também não sei se poderei continuar aqui. Mas não importa, desde que fiquemos juntos.

— Querido, não sei... Eu amo muito você e sou praticamente uma sem-teto, mas...

— Você *é* uma sem-teto. Mas comigo sempre haverá um lugar para você, eu prometo — proclamou ele de forma solene. — Não estou pedindo você em casamento; quero apenas protegê-la.

Tânia deixou escapar um sorriso enquanto fitava Rubens. Aquilo lhe parecia loucura, mas, ao mesmo tempo, exatamente a coisa certa a fazer. Por mais que buscasse, ela não conseguia encontrar argumentos realmente convincentes que justificassem uma recusa.

— Ah, que se dane, eu topo! — rendeu-se, lançando os braços em torno do rapaz. — Você vai se cansar rápido de mim, estou avisando!

— Duvido. Estou investindo nessa relação há quase dez anos e ainda não cansei! — rebateu Rubens, afagando-a.

Os dois se beijaram com ternura, depois conversaram animadamente e fizeram diversos planos para o futuro, até irem dormir. Estavam exaustos e, em poucos instantes, Tânia adormeceu profundamente.

Por sua vez, a cabeça de Rubens ainda transbordava com tudo que ocorrera até ali. Os amigos que morreram. A violência que dilacerara a vida e os sonhos de tantos mais. A revelação perturbadora sobre o assassinato dos pais de Tânia. E, agora, a decisão de ir morar com seu primeiro e único amor. Após longos minutos tentando pegar no sono, o garoto decidiu se levantar e ir até a cozinha beber um pouco de água.

Ele se levantou com delicadeza para não acordar a namorada, dando uma última olhada em seu rosto tranquilo antes de sair. Sua expressão se converteu em um sorriso de gratidão diante daquela visão serena. Sentiu então que tudo valera a pena.

Rubens fechou a porta e cambaleou pela escuridão. A luz tênue da lua entrava pela janela da sala, permitindo-lhe divisar os móveis. Ao virar-se na direção da cozinha, entretanto, Rubens gelou. Tinha algo errado.

A porta da sala estava aberta.

Rubens estreitou os olhos e refez mentalmente a cena: ele tinha sido o último a entrar na sala e estava certo de ter deixado a porta fechada. A tranca estava quebrada desde o ataque, então ele tivera que empurrar um móvel para escorar a porta. Aquilo só podia significar uma coisa: alguém tinha entrado na sua casa. De novo!

Sentindo o coração martelar no peito e a descarga de adrenalina atravessar seu corpo como um raio, Rubens se virou em direção às prateleiras em busca do Media One. Ele precisava urgentemente falar com o comandante e avisar a polícia.

Ao girar o tronco, entretanto, sentiu um impacto poderoso no peito, como se uma marreta tivesse atingido sua caixa torácica e partido suas costelas. Um cheiro de pólvora invadiu suas narinas.

Diferentemente do que via acontecer nos filmes, o garoto não caiu instantaneamente, apenas deu um passo para trás por causa do impacto. Aos poucos, suas pernas perderam as forças e ele desabou pesadamente no chão. A parte posterior da cabeça bateu com força no piso gelado.

Desorientado e sentindo a dor se espalhar rapidamente pelo corpo, Rubens começou a experimentar ondas de frio, enquanto um líquido viscoso e quente vertia sobre seu peito e escorria pelo chão.

Repentinamente, uma figura sinistra se moveu na penumbra: usava uma balaclava, um casaco e luvas pretos. Aquela visão durou para Rubens bem mais do que a fração de segundo em que esteve diante dele.

Arfando de dor, ele começou a se sentir sufocar: o ar parecia não conseguir mais encher seus pulmões; toda vez que inspirava, sua respiração se tornava mais curta.

Sentiu o ímpeto de gritar, mas não conseguia dizer se o intruso ainda estava dentro da casa. Ele poderia acabar se enfurecendo com seu berro e decidindo encerrar mais rápido o trabalho iniciado.

Então o atirador ressurgiu. Ele trazia algo escondido numa das mãos; na outra, portava uma longa pistola equipada com um silenciador. Mesmo sem conseguir enxergar o objeto, Rubens teve certeza de que era o Media One.

— Você não precisa... fazer isso. Por favor... não atire.

Seu algoz lentamente apontou a arma na direção de sua testa, o que fez com que os olhos do garoto se enchessem de lágrimas.

— Meu Deus, me perdoe... Tânia, a culpa foi minha, toda minha... — ele murmurou, em pânico, rezando para que a namorada não acordasse e saísse do quarto. Se ela não aparecesse, haveria uma chance, mesmo que remota, de aquele maluco deixá-la em paz.

— Não adianta chamar por Deus agora. É tarde demais — sussurrou a figura. — Você O desafiou e sabe disso. Chegou a hora de pagar por seus pecados.

— Quem é você? Por que está fazendo isso? — Rubens perguntou com dificuldade, tentando ganhar tempo.

— Você sabe quem eu sou, Rubão. Para você, não passo de uma das vítimas da sua invenção infernal. Mas Jesus Cristo me salvou e me mostrou o caminho da redenção. Foi lindo! Ele falou comigo enquanto meu corpo agonizava e me cercou com seus anjos! Eu tive uma revelação — entoou o invasor, deixando Rubens ainda mais apavorado —, e vi que a raça humana não está pronta para este aparelho. Ele enlouquece a todos. Enche as pessoas de cobiça, inveja e ódio. Foi quando eu entendi por que continuava vivo. Deus me manteve neste mundo como um dos seus soldados, e com um único propósito: Ele quer que eu proteja Sua criação. O Pai quer que eu mantenha a humanidade a salvo deste aparelho, que é pura tentação e pecado. É o que eu farei, Rubão, custe o que custar.

A fala era tão fervorosa que Rubens não teve dúvida de que se tratava de alguém completamente perturbado. O invasor, em seguida, removeu a balaclava, e o que sua vítima viu causou-lhe imenso espanto.

Era André, seu amigo desaparecido.

— André?! É você?! Eu pensei que estivesse...

— ... morto? Sim, Rubão, eu estive morto. Por quase dois minutos meu corpo pereceu, mas os médicos me trouxeram de volta. A bala que meu pai disparou por acidente contra a minha cabeça quase me matou, mas, como eu disse, Deus tinha outros planos para mim, e me manteve aqui para travar uma guerra santa em Seu nome — divagou André com o rosto parcialmente encoberto pelas sombras.

— Cara, não faz isso! Você me conhece! — Rubens implorou, tentando trazer o amigo de volta à razão.

— Não conheço mais, Rubão. Você e os outros só pensavam em vender o aparelho e ganhar rios de dinheiro. Depois que vi meu pai se transformar num monstro, precisava fazer alguma coisa. Ele, que sempre foi meu melhor amigo, apontou uma arma para a minha cabeça e exigiu que eu entregasse você e o Media One. Mas eu fui firme e me recusei. Ele ficou tão furioso, tão descontrolado, que puxou o gatilho por acidente. Você entende o que eu estou falando? Quando saí do coma, eu me dei conta de que a culpa não era dele, mas sua e dessa coisa aqui — disse, mostrando o aparelho para Rubens. — Por isso eu vim atrás de vocês: esse celular tem que desaparecer e todos que sabem que ele existe precisam morrer!

Rubens, de olhos esbugalhados e cheios de lágrimas, começou a bater os dentes de tanto medo e frio. Ele estava apavorado ao ver que o amigo tinha perdido completamente a razão.

— E não adianta falar que eu estou errado, Rubão. Quando meu pai soube que eu tinha fugido da clínica de reabilitação alguns dias atrás e voltado para o país, ele deu a ordem a seus capangas para que viessem atrás de vocês. Eu cheguei antes, mas infelizmente não deu para recuperar o aparelho, e ainda tive que matar seus amigos Ryan e Alex, que Deus tenha piedade de sua alma — André falou, fazendo o sinal da cruz. — Mas desta vez não haverá erros; vou destruir essa coisa de uma vez por todas.

— Ainda... dá tempo. Nós... podemos resolver isso... — Rubens arfou, consciente de que seu tempo estava se esgotando.

— Não tem como resolver a minha situação, Rubens.

André se aproximou bem ao dizer a última frase, e Rubens pôde enxergar detalhes de sua nova fisionomia. Havia uma deformação no meio da testa: o crânio, logo acima dos olhos, parecia mole; a pele estava levemente ondulada; e uma grande cicatriz tornava o visual ainda mais assustador.

— Como você pode ver, eu fui ungido. Deus deixou Sua marca em mim. Fique tranquilo, será rápido. Também serei breve com a Tânia, com o Jonas e com o Paulo; prometo que nenhum deles vai sofrer. — André apontou novamente a arma para o meio da cabeça de Rubens. — Adeus, Rubão.

De repente, um grito emergiu da escuridão e Tânia se materializou ao lado do assassino. A moça avançou contra os punhos de André e ergueu a arma para cima apenas um instante antes de ele puxar o gatilho. A bala se alojou no teto da sala.

Os dois giraram e caíram no chão, num corpo a corpo de vida ou morte. Ambos tentavam, a todo custo, dominar a arma. André continuava segurando o cabo com a mão direita, enquanto Tânia prendia seu pulso com toda a força, pelejando para que ele não apontasse a pistola em sua direção. Chegaram a rolar pelo piso da sala entre gritos e palavrões.

Uns tempos atrás, André teria vencido Tânia com facilidade, mas, após o longo período que passara recuperando-se dos efeitos do tiro acidental, ele estava magro e abatido. Isso deu chance à moça de ganhar terreno naquele confronto.

Tânia bateu a mão de André contra o chão com toda a sua força, fazendo o rapaz gemer e soltar a pistola, que caiu a alguns metros deles. Os dois se arrastaram até a arma, mas André estava um pouco à frente de Tânia. Quando ele agarrou a pistola, a moça avançou sobre suas costas, mas o rapaz fora mais rápido, encostando a arma na lateral do corpo dela e puxando o gatilho.

Ela gritou quando a bala penetrou seu corpo e o sangue começou a jorrar. Caiu de lado, próximo de André, que, vitorioso, apontou a arma para a amiga ferida.

— Boa tentativa, Tânia. Eu não fazia ideia de que você estivesse aqui. Isso facilita bastante as coisas. Valeu! — disse André com iro-

nia. Tânia o encarou sem medo, apesar da dor e do ódio infinito que sentia. — Desculpe, mas vou precisar atirar em você primeiro.

— É justo! Principalmente depois do que fizemos com seu papai e os capangas dele — provocou Tânia, tentando ganhar tempo. André arregalou os olhos.

— Como assim? O que vocês fizeram com o meu pai?!

— Seu pai veio atrás de nós e tentou nos matar. Felizmente quem acabou morto foi ele e sua gangue — contou ela, trincando os dentes e soltando faíscas dos olhos de tanta raiva. A despeito da dor excruciante, Tânia conseguiu sorrir de satisfação ao ver o rosto de André se contorcer numa careta de sofrimento.

— Mentirosa! Vadia! — gritou, enlouquecido. — Vocês não fizeram isso!

— Ah, fizemos! Pode ter certeza disso! Seu papai está apodrecendo lá naquele galpão dele. A não ser que a polícia já tenha passado por lá, é claro — caçoou Tânia com naturalidade, desfrutando a raiva de André. — E você devia ter aprendido mais com ele: ficar falando enquanto aponta a arma para alguém, sem considerar a presença de uma terceira pessoa na casa é muita burrice.

André ergueu as sobrancelhas e se virou. Não teve tempo de processar o instante em que Rubens atingiu seu rosto em cheio com uma das ferramentas que apanhara na prateleira mais próxima. Ambos caíram no chão: André estava desmaiado, com a cabeça sangrando. Rubens sentia seu corpo ser varrido por ondas de frio que o faziam tremer sem controle. Mesmo assim, ele se arrastou até Tânia, desesperado. A moça encostou a cabeça no chão, esgotada.

— Ai, meu Deus, Tânia! Calma, meu amor, vou chamar ajuda! — ele falou com urgência. O sangue escorria do peito perfurado. Tudo tinha sido tão rápido que só depois ele conseguiu entender a extensão do ferimento da namorada. Ao olhar a mancha de sangue, deu-se conta de que a bala tinha atingido o fígado, talvez um dos pulmões também.

— Não... dá tempo. Não... aguento mais — Tânia gemeu. — Sinto muito.

— Não, não, não, Tânia, por favor, não faz isso! Não me deixe sozinho, pelo amor de Deus! — implorou, em meio às lágrimas que corriam em abundância.

— Você... nunca ficará... sozinho. Eu... prometo — Tânia sussurrou com doçura. — Eu amo... você, Binho.

Em seguida, a jovem fechou os olhos, fazendo o rapaz gritar de desespero.

EPÍLOGO

Paulo estava na sala de espera da Organon; esfregava as mãos de forma nervosa. Ele se sentia um traidor, ainda mais diante dos últimos acontecimentos. Mas não tinha escolha: fizera uma promessa e sabia que precisava cumprir, caso contrário atrairia para si o rancor renovado de Renan. Ele olhou mais uma vez para o aparelho em suas mãos e imaginou qual seria a reação de Rubens, que ainda estava hospitalizado, quando soubesse o que ele tinha feito.

Em seu íntimo, Paulo torceu para que um dia o amigo fosse capaz de perdoá-lo. Depois de alguns instantes de espera, a pesada porta de madeira, ricamente entalhada, abriu-se com um rangido. Um homem de uns sessenta anos, magro e de cabelos ralos, surgiu diante dele. Tinha uma aparência séria e sinistra.

— Entre, Paulo, por favor! Quero discutir com você os termos do nosso contrato.

— Eu pensei que fosse falar com o senhor Ivan — adiantou-se Paulo, surpreso por estar sendo recebido por uma pessoa diferente.

— O senhor Ivan Leão foi realocado para outra unidade. Eu assumirei este projeto — disse o homem. — Meu nome é Messias; por favor, me acompanhe.

Paulo até sentiu vontade de rir daquele nome inusitado, mas havia um quê de sisudez naquela figura que impedia qualquer desejo de brincar. Messias tinha o ar intimidador. Os dois se sentaram numa imensa sala de reuniões e Paulo entregou-lhe o aparelho, que foi avaliado com interesse.

— Então, este é o modelo que o senhor desenvolveu sozinho? E quanto ao primeiro protótipo, onde está? — perguntou Messias.

— Eu não sei. Como lhe falei ao telefone, os outros desenvolvedores do projeto ficaram com ele e disseram que não tinham mais interesse em vender o Media One. Mas eu estou disposto a levar nosso acordo até o fim — explicou Paulo, engolindo em seco diante do olhar gélido de Messias.

— E onde seus amigos estão? Tentamos entrar em contato com o senhor Rubens e com a senhorita Tânia, mas não tivemos sucesso.

— Aconteceu algo terrível. Ambos foram baleados numa emboscada. O Rubens está no hospital e a Tânia infelizmente não resistiu — disse Paulo com pesar, sentindo a culpa sobre os ombros.

— Lamento muito por esse terrível incidente. Em qual hospital o senhor Rubens se encontra? Talvez possamos enviar-lhe nossos desejos de melhoras.

— O Rubens está na Santa Casa de Misericórdia, mas temo que ele não queira estabelecer nenhum contato. A morte de Tânia o abalou muito, e desde então ele não quer receber ninguém — Paulo respondeu com tristeza.

— Entendo perfeitamente, mas ainda assim preciso vê-lo. Nosso negócio depende da garantia de que não haja outros aparelhos por aí.

— Não pode deixá-lo superar a fase do luto? — Paulo tentou se impor diante daquela resolução.

— Não se preocupe com ele; ficará tudo bem. Nós resolveremos da melhor forma — finalizou Messias, levantando-se e tomando a direção da máquina de café que estava num aparador atrás de Paulo.

De súbito, Paulo sentiu seu pescoço ser agarrado por trás. Ele se debateu com desespero, arranhando em vão o braço que o estrangulava. Sentiu como se seus olhos fossem saltar das órbitas, ao mesmo tempo em que uma mancha quente de urina umedecia sua calça jeans.

— Vocês são todos pecadores. Esse aparelho é uma invenção de Satã — sussurrou Messias ameaçadoramente no ouvido do rapaz. — Sabe, quando a empresa precisa lidar com problemas como você, é a mim que ela chama.

Paulo sentiu, desde o momento em que entrara naquela sala e avistara a figura funesta, como se já tivesse previsto que algo ruim aconteceria. No instante seguinte, seu pescoço emitiu um som de graveto seco se quebrando. Sua cabeça pendeu para o lado num ângulo impossível, enquanto o corpo se contorceu num espasmo final. O assassino afrouxou o aperto, deixando que o rapaz tombasse de forma desengonçada e com os olhos vidrados.

Messias se serviu de uma xícara de café e se sentou calmamente numa cadeira. Por alguns instantes, observou o corpo, sem esboçar qualquer reação; então pegou um celular e iniciou uma ligação.

— E então?

— Está feito. Mas falta o outro.

— E o pacote?

— Está comigo.

— A outra cópia está com o outro, certo?

— Exatamente.

— Traga o pacote para mim ainda hoje, sem falta. E, quanto ao outro, resolva rapidamente. Não queremos problemas.

— Pode deixar — respondeu Messias, encerrando a chamada e discando outro número em seguida.

— Preciso de uma equipe de limpeza aqui no terceiro andar o mais rápido possível... Sim, sim, mantenha-a de sobreaviso; teremos mais uma faxina para hoje ainda — comunicou Messias antes de desligar e sair da sala, deixando o cadáver de Paulo para trás.

Tânia abriu os olhos, sentindo-os queimar e o cérebro latejar dentro do crânio. Engolindo em seco, ela cerrou as pálpebras novamente, até recobrar a coragem para tentar reabri-las. Quando tentou falar, percebeu que havia um grande tubo de silicone inserido em sua boca e ligado a uma máquina que ela nunca tinha visto na vida.

Aturdida, tentou se levantar, mas imediatamente sentiu uma vertigem tão intensa que quase desmaiou. Nunca se sentira tão fraca. Seu corpo inteiro estava dormente.

Arquejando dolorosamente, Tânia entrou em pânico. Onde estava? Que lugar era aquele?

Ela olhou para si mesma e chocou-se ao perceber que estava coberta apenas por um leve lençol azul, em uma cama hospitalar de aspecto incrivelmente moderno. Com dificuldade, ergueu o tecido sobre seu corpo desnudo e viu, ainda mais estarrecida, que diversos cateteres conectavam diferentes veias e artérias à maquina ao lado da cama. Havia pequenos sensores levemente brilhantes presos aos seus braços, pernas e tórax. Levando as mãos à cabeça, ela encontrou mais sensores ali. Muitos mais.

Meu Deus, o que aconteceu comigo?! O que está havendo?!, pensou, desesperada. Ela olhou ao redor, na tentativa de encontrar alguém que pudesse ajudá-la. Então, Tânia teve a visão mais perturbadora de toda a sua vida.

Ela se encontrava em um gigantesco salão fracamente iluminado, onde se viam inúmeras camas idênticas à dela. Em cada uma, uma pessoa coberta com um lençol azul e ligada ao mesmo tipo de máquina. Eram fileiras intermináveis de pessoas inconscientes, pálidas e debilitadas, de aparência moribunda, até onde a vista alcançava.

Em pânico, ela se ergueu com um impulso, quase arrancando um dos cateteres do braço. Naquele instante, ouviu passos apressados e, ao se virar, viu duas mulheres se aproximando.

— Não faça isso, por favor! Você vai se machucar — disse uma delas, enquanto delicadamente acomodava Tânia de volta em seu leito. Seus trajes brancos indicavam que as duas eram enfermeiras.

Tânia grunhiu algo, lutando teimosamente com o tubo em sua boca.

— Fique calma. Daqui a pouco vamos tirar esse tubo, está bem? — tranquilizou a segunda enfermeira enquanto verificava o equipamento. — Você vai precisar de tempo, pois ficou um longo período imóvel e seus músculos estão atrofiados. Mas isso vai melhorar logo.

— Há quanto tempo ela está aqui? — a primeira perguntou.

— Dezoito — respondeu a outra rapidamente, baixando significativamente a voz, como se não quisesse que Tânia a escutasse.

— Não é muito tempo. Fique tranquila que, em breve, você se sentirá melhor.

Tânia balançou a cabeça afirmativamente, tentando se acalmar, embora o número dezoito a deixasse apreensiva. Teria ela ficado dezoito dias desacordada? Ela sentiu ansiedade para saber como Rubens estava e que lugar era aquele.

Em seguida, mais uma pessoa surgiu. Tratava-se de um homem, que aparentava ter cerca de cinquenta anos de idade. Seu semblante era sério e venerável, e ele andava a passos apressados. Ao se aproximar da cama, suas feições suavizaram e ele sorriu para Tânia com ternura.

— Olá, Melissa. É um prazer reencontrá-la — disse o homem. E, ao soar daquela voz, o coração de Tânia disparou e seus olhos marejaram. Ela seria capaz de reconhecer aquela voz em qualquer lugar.

Alvoroçada, Tânia olhou para a máquina e viu dois monitores coloridos, lado a lado. Em um deles, linhas verdes se moviam horizontalmente, como se indicassem uma pessoa que havia morrido. No canto esquerdo do painel, havia o nome "Tânia". O outro monitor mostrava linhas que oscilavam freneticamente, indicando o pulso acelerado de alguém sob grande estresse. Nesse, lia-se "Melissa".

— Melissa, eu sou o comandante. Seja bem-vinda de volta ao Nirvana.

Mais tarde naquele dia, o comandante avançou, resoluto, pelo complexo hospitalar. Os episódios recentes tinham comprometido todo o plano e, agora, ele precisaria improvisar. Se não conseguisse falar com Rubens, tudo estaria perdido e as consequências seriam inimagináveis.

Em momentos como aquele, ele se sentia compelido a ir até uma parte do complexo à qual pouquíssimas pessoas tinham acesso. O comandante passou por diversos bloqueios, identificando-se em cada um deles, até chegar a uma última porta fortificada, onde dois guardas mantinham a vigilância. Após a última validação de acesso, ele finalmente chegou a uma cama isolada, na qual um homem dormia enquanto era monitorado pelo maquinário sofisticado. Em um canto do cômodo, uma enfermeira checava o prontuário daquele paciente, que era mantido em segurança máxima.

O comandante meneou a cabeça, cumprimentando a mulher, depois se aproximou da cama, absorto no silêncio que era interrompido apenas pelos sons esporádicos da máquina que mantinha o homem adormecido e vivo.

— Sinto falta dos seus conselhos, meu general. Todavia, nos mantemos todos fiéis ao senhor e seguiremos seu plano à risca, custe o que custar. Isso eu lhe prometo — pronunciou o comandante com a voz solene enquanto observava seu mentor adormecido.

Em um dos monitores que exibiam os sinais vitais do paciente, via-se o nome "Rubens".

ASSINE NOSSA NEWSLETTER E RECEBA INFORMAÇÕES DE TODOS OS LANÇAMENTOS

www.faroeditorial.com.br

CAMPANHA

Há um grande número de pessoas vivendo com HIV e hepatites virais que não se trata. Gratuito e sigiloso, fazer o teste de HIV e hepatite é mais rápido do que ler um livro.

FAÇA O TESTE. NÃO FIQUE NA DÚVIDA!

ESTA OBRA FOI IMPRESSA

EM JULHO DE 2021